宇航员吉姆·洛弗尔（Jim Lovell）（左）、演员汤姆·汉克斯（Tom Hanks）（中）和洛丽·加弗（右）在 NASA 总部。（1995 年 7 月，NASA）

洛丽·加弗与完成人类首次登月任务的三名宇航员迈克尔·柯林斯（Mike Collins）（左二）、巴兹·奥尔德林（Buzz Aldrin）（右二）和尼尔·阿姆斯特朗（Neil Armstrong）（右一）参加《与媒体见面》节目。（1999 年 7 月，NASA）

与"阿波罗 11 号"宇航员在椭圆办公室，向克林顿总统赠送阿波罗月岩。（1999 年 7 月，NASA）

洛丽·加弗和超级男孩乐队的兰斯·巴斯（Lance Bass）宣布完成医学认证，开始在俄罗斯莫斯科为乘坐"联盟号"进行飞行训练。（2002年5月，盖蒂图片社）

NASA 前局长查尔斯·博尔登（Charles Bolden）和洛丽·加弗在参议院听证会上作证。（2009 年 7 月，NASA）

奥巴马总统在肯尼迪航天中心发表演讲后问候洛丽·加弗。（2010 年 4 月，NASA）

洛丽·加弗由埃隆·马斯克（Elon Musk）陪同，参观 SpaceX 位于宾夕法尼亚州霍索恩的工厂。（2010 年 9 月，NASA）

理查德·布兰森爵士（Sir Richard Branson）（左一）、理查森州长（左二）、洛丽·加弗和巴兹·奥尔德林抵达美国航天港，参加落成典礼。（2010年10月，NASA）

洛丽·加弗在肯尼迪航天中心向奥巴马总统介绍次子米切尔。（2011年4月，NASA）

洛丽·加弗在 NASA 纽约市教育论坛上与学生交谈。（2011 年 3 月，NASA）

航天飞机最后一次飞行结束后，洛丽·加弗和 STS-135[①] 指令长克里斯·弗格森（Chris Ferguson）在"亚特兰蒂斯号"下交谈。（2011 年 7 月，NASA）

① STS-135 是 2011 年 7 月执行的一次载人航天任务，此次飞行任务由"亚特兰蒂斯号"航天飞机执行，是"亚特兰蒂斯号"的最后一次飞行任务，同时也是美国航天飞机的最后一次飞行任务。——编者注

前宇航员、参议员约翰·格伦（John Glenn）与洛丽·加弗在俄亥俄州哥伦布市出席"水星 7 号"始飞五十周年纪念活动。（2012 年 2 月，劳伦·沃利）

将"发现号"航天飞机交给国家航空航天博物馆，在场人员还包括博物馆馆长杰克·戴利（Jack Dailey）（左三）、史密森学会秘书韦恩·克劳夫（Wayne Clough）（左二）、交通部长雷·拉胡德（Ray LaHood）（左一）和其他政要。（2012 年 4 月，NASA）

洛丽·加弗在洛杉矶机场"奋进"号前讲话，这架航天飞机随后将运抵洛杉矶科学博物馆。（2012 年 9 月，NASA）

在国家大教堂为首个登月者尼尔·阿姆斯特朗举行的追悼会上，最后一个登月者吉恩·塞尔南（Gene Cernan）与洛丽·加弗交谈，旁观者为得克萨斯州共和党参议员凯·贝利·哈奇森（Kay Bailey Hutchison)和洛丽的丈夫戴维·勃兰特(David Brandt)。（2012年9月，NASA）

洛丽·加弗与查尔斯·博尔登在 NASA 总部展示她的官方肖像。(2014年 9 月,NASA)

洛丽·加弗和杰夫·贝佐斯（Jeff Bezos）在国家航空航天博物馆。（2016 年 9 月，戴维·勃兰特）

在肯尼迪航天中心与 NASA 的职员菲尔·麦卡利斯特（Phil McAlister）和马克·蒂姆（Marc Timm）一起参加 SpaceX 的"重型猎鹰"火箭发射。（2018 年 2 月，戴维·勃兰特）

一个商业航天开创者的自白

ESCAPING GRAVITY

[美] 洛丽·加弗 ◎ 著
LORI GARVER

王祖宁 ◎ 译

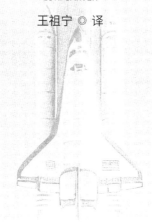

引领人类航天进入新纪元的
革新、抗争与救赎施政手记

中国科学技术出版社
·北 京·

本书中文简体字版通过 **Grand China Publishing House**（中资出版社）授权中国科学技术出版社在中国大陆地区出版并独家发行。未经出版者书面许可，不得以任何方式抄袭、节录或翻译本书的任何部分。

北京市版权局著作权合同登记　图字：01-2024-0036

图书在版编目（ＣＩＰ）数据

一个商业航天开创者的自白 / （美）洛丽·加弗 (Lori Garver) 著；王祖宁译 . -- 北京：中国科学技术出版社，2024. 9. -- ISBN 978-7-5236-0869-2

Ⅰ . I712.55

中国国家版本馆 CIP 数据核字第 202432FC78 号

执行策划	黄　河　桂　林
责任编辑	申永刚
策划编辑	申永刚
特约编辑	钟　可
版式设计	吴　颖　严　维
封面设计	东合社
责任印制	李晓霖

出　　版	中国科学技术出版社
发　　行	中国科学技术出版社有限公司
地　　址	北京市海淀区中关村南大街 16 号
邮　　编	100081
发行电话	010-62173865
传　　真	010-62173081
网　　址	http://www.cspbooks.com.cn

开　　本	787mm×1092mm　1/16
字　　数	232 千字
印　　张	20
版　　次	2024 年 9 月第 1 版
印　　次	2024 年 9 月第 1 次印刷
印　　刷	深圳市精彩印联合印务有限公司
书　　号	ISBN 978-7-5236-0869-2/I·92
定　　价	89.80 元

（凡购买本社图书，如有缺页、倒页、脱页者，本社销售中心负责调换）

出 品 人 推 荐

深圳市中资海派文化传播有限公司　创始人
中资海派图书　首席推荐官

桂林

中资海派诞生于创新之都的深圳。金融与科技是深圳的底色也是中资海派的聚焦点。创立 20 余年的中资海派，为读者提供了近 2 000 种优质的图书，其中不乏出版界现象级的作品，也博得了千千万万读者的认同。作为创始人和领航者，我每时每刻都以责任与匠心、温情与敬意，致敬我们这个伟大的时代，致敬我们的作者和读者。

一书一世界，一页一心语。中资海派以"趋势洞察、敏捷行动、向善理念"为行动指南，愿和所有作者、读者一起，完成人与知识的美好链接，获得最佳的阅读体验。展望未来，中资海派将继续秉承"关联、互动、衍生"的商业生态逻辑，将科技与创新精神深植于企业文化之中。在世界出版业的变革浪潮中，我们站在巨人的肩膀之上，让思想的光芒熠熠生辉。

《一个商业航天开创者的自白》正是我们这个时代创新精神的杰出体现。本书由 NASA 前副局长，获得三枚 NASA 杰出服务奖章以及 2020 年航空航天女性终身成就奖的洛丽·加弗撰写，洛丽以其独特的视角，展现了商业航天这个行业从萌芽到蓬勃发展的全过程。大量经得起公众审视的公务细节和众多风云人物的对话和史实，都是她个人推动航天变革的经历的真实记录。这本书是对敢于梦想、勇于探索的人们的最好致敬。

正如埃隆·马斯克所言，洛丽对航天的未来产生了真正的影响。她的故事激励我们不断追求创新，不断突破边界。本书的出版，是我们对传播这种探索精神的承诺，也是我们支持和鼓励更多人投身科学探索的行动。

书籍是不同文化背景的人们相互交流与理解的纽带。让我们共同期待，在创新的道路上，以书为媒，文明互鉴；行稳致远，成就非凡。

再看看那个光点，它就在这里。

这是家园，这是我们。

你所爱的每一个人，你认识的每一个人，

你听说过的每一个人，曾经有过的每一个人，

都在它上面度过他们的一生。

我们的欢乐与痛苦聚集在一起，

数以千计的如此自信的宗教、意识形态和经济学说，

每一个猎人与粮秣征收员，每一个英雄与懦夫，

每一个文明的缔造者与毁灭者，每一个国王与农夫，

每一对年轻情侣，每一个母亲和父亲，

满怀希望的孩子、发明家和探险家，

每一个德高望重的教师……

都在这里——一个悬浮于阳光中的尘埃小点上生活。

在浩瀚的宇宙剧场里，地球只是一个极小的舞台。[①]

——美国太空计划领导者 卡尔·萨根 (Carl Sagan)
《暗淡蓝点》(*Pale Blue Dot*)

[①] 中文文本引用自人民邮电出版社 2014 年出版的《暗淡蓝点：探寻人类的太空家园》(卡尔·萨根诞辰 80 周年纪念版)。——编者注

献给

戴维、卫斯理和米切尔

你们是我宇宙中最闪亮的星星

献给

所有为我们照亮前路

让我们走向美好未来的人们

埃隆·马斯克（Elon Musk）
SpaceX、特斯拉创始人

　　洛丽·加弗对航天的未来产生了真正的影响。大多数人把真正的事业放在一边，玩弄政治，迎合既得利益者。但是有一些人真正关心人类在太空中的未来，并会在巨大的反对声中做正确的事情。我们很幸运，在NASA 的高级领导层中有几个这样的人，洛丽就是其中之一……洛丽做了很多好事。

理查德·布兰森（Richard Branson）
维珍集团创始人

　　最近商业太空旅行的进展是许多坚定的个人和组织几十年来工作的结果。洛丽这本引人入胜的回忆录抓住了利用太空探索来改变和造福人类的意义。本书让我们看到了幕后的故事：一群梦想家是如何挑战地心引力和现状，启动一个新的太空时代。

马克·阿尔布雷希特（Mark Albrecht）
乔治·H.W. 布什政府国家太空委员会前执行主任

洛丽播下了商业航天的种子，让它得以继续发展。她无疑是政界的领军人物……她是奥巴马政府太空政策忠实的倡导者。显然，她在政府制订太空政策方面具有重大影响力。

迈克尔·希茨（Michael Sheetz）
美国全国广播公司财经频道航天记者

洛丽·加弗的《一个商业航天开创者的自白》是理解 21 世纪美国航天业变革的必读之作。她以清晰的视角从 NASA 和美国权力核心的内部揭示了当今新太空时代开启的原因和方式。洛丽巧妙地刻画了数十位风云人物，从家喻户晓的亿万富翁，到政客、官员、名人、企业家、高管，不一而足。书中的故事引人入胜，均是她的亲身经历，其间交织着鲜为人知的对话和史实，以及不同意志之间的角逐。

艾瑞克·伯格（Eric Berger）
著有《冲向火星》

除了埃隆·马斯克以外，洛丽·加弗也曾在鼓励、推动和促使 NASA 接受商业航天及其无限前景方面出了一臂之力。如今，航天业已成为全球令人艳羡的行业，洛丽向我们道出她如何在过去 30 年中完成了这一壮举。书中既指名道姓，曝光了种种黑幕，又生动形象地描绘了人类的美好未来。

克里斯蒂安·达文波特（Christian Davenport）
著有《太空巨头》（*The Space Barons*）

自称"太空海盗"的洛丽·加弗曾与 NASA、航空航天业的专家以及多位国会议员展开较量，开创了现代商业航天业。她直言不讳，不偏不倚，引人入胜的描述不止局限于航天领域，更从内部向我们揭示了华盛顿当局的运作方式，我们将看到谁是赢家，谁是输家，又有谁背负伤痕。

彼得·H. 戴曼迪斯 (Peter H.Diamandis)
X 奖基金会和奇点大学创始人兼主席，著有《富足》、《创业无畏》和《未来呼啸而来》

　　本书揭开了现代商业航天革命的内幕。在 SpaceX、蓝色起源、维珍银河和 X 奖基金会问世前，航天业向来是男人的天下，只有寥寥几家军事防御公司参与其中。这个行业耗资巨大，而且不愿作出任何改变。洛丽·加弗率先发起冲锋，颠覆旧貌，开启了今天世人所见的创业大门。

乔治·怀特塞兹（George Whitesides）
维珍银河公司前首席执行官

　　假如你想要读到一个女性先驱在男性主导的航天业引发变革的故事，请翻开这本书。假如你想要了解埃隆·马斯克和理查德·布兰森进入航天业初期的关键转折点，请翻开这本书。在洛丽的人生故事中，不可思议的冒险俯拾皆是，她对人类在太空和地球上的未来都产生了深远影响。

艾米丽·卡兰德雷利（Emily Calandrelli）
福克斯电视台《探索外太空》（*Xploration Outer Space*）和网飞《艾米丽的神奇实验室》（*Emily's Lab*）节目主持人

　　洛丽·加弗是促使 NASA 进入新太空时代的催化剂。为对抗该行业内部中饱私囊的境况，启动一个更有意义和更可持续的太空计划，她做出了前无古人的重大贡献。本书讲的就是一位有着不同背景和独特视角的女性扭转乾坤，最终成为一股不容忽视的力量的故事。这样的故事向来经久不衰。

基思·考因（Keith Cowing）
NASAWatch.com **网站编辑**

　　商业航天新闻层出不穷，没有哪周不会登上头条。NASA 今天虽然备受瞩目，但过去并非如此。在本书中，NASA 前副局长洛丽·加弗记录了部门内外的诸多漫长斗争。这些斗争往往发生在幕后，正是它们促使 NASA 逐渐接纳了商业航天。为推动这一转变，她始终奋战在前线。如果你想真正了解当今商业航天的由来，一定不要错过本书。

人员、技术、政策与私人资本的恰当结合，打开更广阔的商业航天未来

《乔布斯传》作者，《时代》周刊 (*Time*) 前总编
沃尔特·艾萨克森（Walter Isaacson）

肇始于 20 世纪 50 年代末的太空时代有助于我们定义 20 世纪。自此以后，地球大气层上方的空间开始被卫星和航天器占据，它们与人类世界相连接，为我们带来了有关地球和宇宙的新知识。人类第一次登上月球是美国在载人航天史上建立的伟大功勋，此举也向世界表明，我们完全有可能实现大胆的目标，完成在过去看来无法完成的伟业。

我在杜兰大学教技术史时，学生们曾在课堂上就哪些因素能够推动创新展开讨论。大型政府项目与灵活的企业家，哪个更为有效？答案当然是两者互利共生，因为这样才能取得重大突破。

1940 年，麻省理工学院工程系主任、雷神公司（Raytheon）[①] 联合创始人范内瓦·布什 [②]（Vannevar Bush）被 F.D. 罗斯福任命为国防研究委员会主席，负责监管政府科研计划，他负责的科研计划后来制造出了原子弹和电子计算机。1945 年，他发表的论文《科学——无尽的前沿》（*Science—the Endless Frontier*）对后世产生了深远影响，该论文描述了学界、商界和政府将如何相互协作，推动创新。

电子数字积分计算机"埃尼阿克"（ENIAC）由美国陆军出资建成，诞生于宾夕法尼亚大学，它是通用自动计算机"尤尼瓦克"（UNIVAC）和多数其他电子计算机的起点；今天的互联网起源可以追溯到美国国防高级研究计划局（Defense Advanced Research Projects Agency，DARPA）拨款建立的网络；主要由美国国家卫生研究院资助的人类基因组测序项目，也为生物技术产业带来了曙光……每一次创新无不沿着这条相互协作的道路前进。

洛丽·加弗是一位果敢、高效的领导者，始终致力于确保美国的太空计划能够遵循这一"创新进程"，包括促成政府各部门与私人企业之间的合作。前者最著名的是她曾任职的 NASA，后者包括埃隆·马斯克、杰夫·贝佐斯和理查德·布兰森创办的商业航天公司。

马斯克在成立 SpaceX 一年后表示："就像国防高级研究计划局为互联网提供了原动力，并在最初承担了大笔开发成本那样，NASA 的做法也如出一辙，出资开发了……基础技术。只要我们能将自由的商业企业纳入其中，我们就能看到曾经在互联网行业出现的巨大加速度。"

---

① 美国大型国防合约商。2020 年 5 月，雷神公司名列 2020 福布斯全球企业 2 000 强榜第 86 位。——译者注（如无特殊说明，后文均为译者注）
②"二战"时期美国最伟大的科学家和工程师之一。战时创立了美国科学研究局，曼哈顿计划的提出者和执行人。

洛丽促使 NASA 与私营企业合作的努力至关重要。当 NASA 在登月竞赛中取得成功后,随后的几位总统都曾发表过类似宣言,希望人类重返月球,并在那里建立基地,将其作为登陆火星的中转站。但 NASA 提出的实施方案如同"阿波罗计划"般耗资巨大,却缺乏正当理由。执行此类由中央政府主导的大型任务需要付出极其高昂的制度成本,正是这一点扼杀了 NASA 不断创新和降低成本的能力。为取代航天飞机而建立的传统项目最终都被政府合同中固有的逆向激励所压垮。

2008 年夏,洛丽受邀为总统候选人贝拉克·奥巴马评估 NASA,NASA 的航天飞机按计划将于两年后退役,而接替的项目也已偏离正轨。当时,唯一的指望便是向俄罗斯支付报酬,让他们运送宇航员往返国际空间站。在此情况下,奥巴马政府建议 NASA 向美国私营部门求助,以完成自身无法完成的任务,但 NASA 领军人物、航空航天业和国会对这一想法嗤之以鼻。

今时今日,大多数人都很清楚,私营部门近年的投资对降低航天成本和提高航天能力产生了重大影响:

- 创业企业在创新方面超越世界其他地区,让美国一跃重返太空领导地位;
- 创业企业还扩大了航天业的经济规模,确保国家安全;
- SpaceX 已将我们的宇航员送往宇宙空间站,而成本却比人类以往所有航天任务都降低了一个数量级。

政府项目和政策只是起到了激励作用,并非一定能够取得以上成功。

洛丽和她称之为"太空海盗"的先驱者们认识到，降低航天运输成本对充分利用太空优势为社会服务而言至关重要。正是人员、技术、政策与私人资本的恰当结合，才让 NASA 载人航天项目以少量预算脱离强大的军工复合体，取得了上述进步。

与好斗的商业竞争对手一样，马斯克、贝佐斯和布兰森也在相互鞭策。NASA 及其大型企业承包商洛克希德·马丁公司和波音公司创办的合资企业联合发射联盟最终也从这种竞争中受益。这是一种互惠互利的关系。一个深谋远虑的政府只有将其资源与甘冒风险的企业家的魄力结合起来，才能获得最大的技术进步。

政府时常寻求变革，而大多不尽人意。在这本富于启迪、极具个性的著作中，加弗用引人入胜的文笔，讲述了她协助一群梦想家、行为乖张的官员和亿万富翁，开启新太空时代的故事。

政府应激励私营部门推动科技进步，
团结一致解决全球问题

联邦政府的政策以牺牲进步为代价，延长耗资巨大且不必要的项目，但其造成的后果不只是航天业停滞不前。艾森豪威尔总统曾担心军工复合体的负面影响会失去控制，如今这一担忧已成现实。我们不应让这种影响继续下去。

NASA 对私营部门的小额投资表明，即使是在最具挑战性的载人航天领域，这些公司也可以超越传统的国防企业。这样做并非为了让现有的公司倒闭，而是希望通过真正的竞争进行激励，让它们变得更加完善。就像微软出道后，国际商业机器公司（IBM）就不得不做出改进。

对 NASA 来说，在拥有政府和企业岗位的国会选区，人们宁愿放弃考虑效率问题，也要优先选择支持大型项目。为维持当前的军费开支和基础设施，他们需要延续落伍的项目，而这些项目关注的是过去的凯旋，而非未来的胜利。面对新冠疫情，美国措手不及，我们所有人都应该敲响警钟。不受党派控制的组织"政府监督计划"（Project on Government Oversight，PGO）一语道破了大多数人的想法：

> 这无疑是我们这个时代的一个奇怪现象：在过去二十年无休止的战争中，美国军队耗费了数万亿美元，各方死亡数十万人，虽然胜利仍遥不可及，但五角大楼所获拨款之多仍令人瞠目，而那些危及民众安全和国家安危的事项，政府投入的资金却少得可怜。
>
> 早在1961年，德怀特·D.艾森豪威尔总统就首次对人们发出警告，无论所处时代好坏，美军及其附属的"工业复合体"仍会在华盛顿发挥核心作用，就算它们与美国民主面临的最大挑战毫不相干。

美国民众乃至全人类面临的安全风险正不断增加，增加速度之快超过了我们现有应对系统的发展。正如民用航天项目一样，军事项目也需要进行改革和重组，去设法解决当前危及国家和平繁荣的问题。五星将军出身的美国前总统艾森豪威尔曾在任期内将国防预算削减了27%，并且表示：**"战争并不只是花钱而已，它会耗尽劳动者的血汗、科学家的智慧和孩子们的希望。"**

在过去十年里，鲍尔斯-辛普森财政委员会等由无党派或两党人士成立的审查组织提出，国防部应当提高效率，开展更有益且有效的公共项目。运用逆向思维会使投资发生巨大转变，转向改善公共卫生和安全，提升全球国家安全战略。2020年1月，名为"公共市民"的政府改革组织发推特称："假如你们每年在所谓的国防上耗费 7 400 亿美元，但那些为文艺复兴节盛装打扮的法西斯分子仍可以随意冲击国会大厦，那么现在也许应该重新思考一下国家安全问题了？"除非改变上述模式，否则这种周而复始的因素将会继续"自卖自夸"，为那些与现代社会脱节的项目提供支持。

当局调整国家政策和开支去研发疫苗，显示了政府利用私营部门能力推动科技进步的潜力，实现了团结一致解决全球问题。但这也暴露出不少薄弱环节。**政府政策应当激励私人、非营利组织和大中小企业开展创新，以回应当今的挑战，而不是耗费大量公共资源维持落伍的基础设施和武器系统，去应对昔日的威胁，打击过去的敌人。**

今天，政府采取的激励措施及其结果都没有实现美国开国之初设立的目标，即为社会提供福利和保障。而民众只听自己想听到的信息和新闻，就会慢慢失去独立思考的能力。这种现象也破坏了健康民主体制的一个基本要素——知情的公民群体。我不知道设置任期限制、进行公共竞选融资、更好地管控虚假新闻、对财富进行限制、将碳和其他温室气体排放量货币化以及调整税法是否能够解决问题，但所有这些似乎都值得认真考虑。我固然不是专家，但在我看来，我们对大局关注不足，因此深受其害。在密歇根州中部，我已故的祖父和叔父都是农民出身，他们担任公职的愿望是帮助邻里，也许当局可以用得上更多这种人物。

250 年前，美国宪法制定者们面临的任务是就政府的基本宗旨达成一致，并制定政策、设立机构和编制联邦预算，以解决本国当前的现实问题。但如今这项任务变得更为艰巨，因为翻新房屋有别于垒砖砌瓦。我们必须做出艰难的抉择，才能利用现代的工具和材料，疏通堵塞的管道和替换腐朽的木材，重新巩固房屋的基础，使其继续屹立百年。只要超越以往的分歧，用新的认识接纳彼此，我们就能利用已有的经验和知识获得成功。

主要人物关系图

美国联邦政府结构

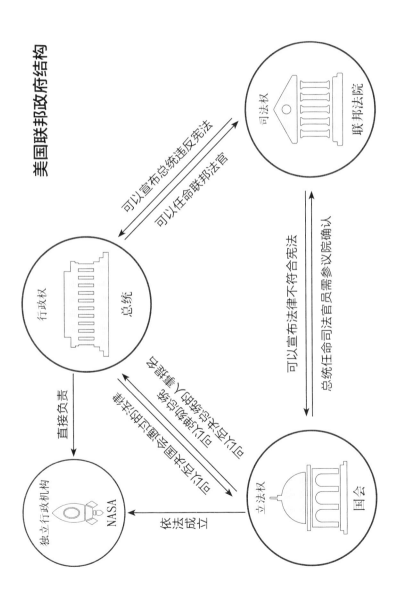

司法权
联邦法院

行政权
总统

立法权
国会

独立行政机构
NASA

可以宣布总统违反宪法

可以任命联邦法官

可以宣布法律不符合宪法

总统任命司法官员需参议院确认

直接负责

依法成立

主要人物

总统：

贝拉克·奥巴马，任期 2009—2017

注：文中当局、白宫、内阁、政府、奥巴马政府均属总统一方。

国会：

比尔·尼尔森，前国会议员，现任 NASA 局长（2021— ）

凯·贝利·哈奇森，国会议员

NASA：

丹·戈尔丁，NASA 局长（1992—2001）

查尔斯·博尔登，NASA 局长（2009—2017）

洛丽·加弗，NASA 副局长（2009—2012）

贝丝·罗宾逊，NASA 首席财务官，曾在行政管理预算局（OMB）任职

注：行政部门和立法部门各有一套各自参与编制预算管理的系统，二者各有偏重。美国联邦政府内阁组成部门——财政部并不参与各部门支出预算的编制，而是交由总统直属的办事机构管理与预算办公室（OMB）来完成。

美国宪法赋予国会掌握国库的权力，即国会有权力支配、筹集国家收入，必要时可以进行借贷。美国国会每年通过授权法案和拨款法案控制政府预算，使立法监督预算成为一种长效机制。[①]

---

① 引用自《美国政府预算制度》，肖鹏编著，2014 年版。——编者注

目 录

ESCAPING
GRAVITY

第一部分　需要冲破的，远不止地心引力

第一章　做第一个打破陈规的人 2

非科班生进入航天领域，只为开创造福人类的航天未来　3

美国载人航天难以为继，追加预算却得寸进尺　5

提出新预算案，在反对声中成了众矢之的　7

被军工复合体威胁，千夫所指，也义无反顾　10

航天事业走向太空并连接世界，不能被当权者因私利掌控　14

决然加入传统航天界排挤的"太空海盗"　18

"挑战者"号事故摧毁了我对 NASA 的崇敬　25

从政策和经济学视角，去填补航天世界的空白　29

第二章　职业生涯起步之路（1987—2000）　32

广办活动，激发更多公众兴趣　33

被斥越权行事！让总统与影帝汤姆·汉克斯同台宣传　36

对航天政策施加影响才能有积极转变，游说民众势在必行　39

官僚联合发起漫天攻击，信念重创令我气馁不已　44

丹·戈尔丁：临危受命 NASA 局长，解决僵化体制顽固旧疾　47

协助 NASA 战略部署，发现内部自我供给恶性循环　50

局长竭力降低发射成本，我的信念因此淬火成钢　55

第三章　造神：NASA 的诞生　62

总统："设定一个目标，让我一定能获胜"　63

冯·布劳恩：强调航天事关国家安全，更易骗取资金　65

相信控制太空就能赢得冷战，NASA 就有成立的理由　67

为"阿波罗计划"而成立，为过去的辉煌而牺牲　70

第四章　太空旅游事件（2001—2003）　73

离开 NASA，意外获得在俄航局乘坐航天飞机的机会　74

当"太空妈妈"，收获筹集商业赞助的第一手经验　77

接受宇航员标准的身体素质测试，还被开黄色玩笑　79

项目取消！一同升空的骗局　81

俄航的太空游客座席，"哥伦比亚"号事故的遮盖布　85

我永不知登空的感觉，但这就是对我航天政策观的打磨　87

第二部分　荆棘载途，亦不能扑灭心中梦想

第五章　　新官上任三把火（2008—2010）　　92

奥巴马邀我入 NASA 过渡团队，在任局长发出檄文　　93

代理局长力保星座计划，避免激怒国会不敢公开交锋　　99

高管洗牌，局长回避，人事周旋异常艰难　　103

正式上任副局长　　107

政府落力欲推新案，局长装傻一意孤行　　109

离谱操作致 NASA 退出预算制订进程　　113

总统勇选新案，局长推脱职责　　116

破例：直接公布取消星座计划!　　118

NASA 甩锅表里不一，二把手我难言是非　　120

反对新案另起炉灶，局长终认立场不同　　121

第六章　　忍气吞声（2010—2011）　　124

持久反对逼总统让步，业界阴暗如蛇毒噬身　　125

拉拢宇航员入伙，希望挽回些许议员支持　　129

前功尽弃，星座计划恢复，我潸然泪下　　132

收到传票! NASA 被诬陷　　135

不敢相信，业界沆瀣一气，白宫坐视不管　　138

我相信奥巴马　　142

第七章　陨落：NASA 的暗面 —————————— 147

插手超支项目，真的会收到实打实的威胁　148

NASA 雇员未经许可调拨政府资金，拉我当替罪羊　154

令人发指，瞒着政府向国家侦察局要钱　159

局长和总统有分歧，夹在中间的我里外不是人　162

以公谋私早已习惯成自然　165

东山再起，究竟要付出多少艰辛努力？　168

第八章　商业航天正式起步（2012） —————— 170

早期的商业航天项目开展犹如飞蛾扑火　171

蓝色起源：火箭技术测试　176

SpaceX：降低航天运输成本　182

NASA 转型预算案成败就看"猎鹰 1 号"最后一发　184

"龙飞船"成功对接，商业航天的价值终于被承认　186

我与马斯克　190

颠覆：自"阿波罗计划"以来最大型火箭的首航　193

NASA 动辄几百亿的大火箭，　196
不如无须纳税人出资的"重型猎鹰"

第三部分　奔赴星辰大海，虽千万人吾往矣

第九章　坚冰融化 —————————————— 200

能促使 NASA 达成统一的愿景，我深感自豪　201

只是为商业载人项目争取预算，就与国会斗了 5 年　205

不到 5% 的预算，也说"把载人航天交给了马斯克"　209

阴差阳错，国会无意间助力了商业载人项目发展　212

第一次见到 NASA 对 SpaceX 充满信心和耐心　214

寻找小行星：我终于有一个项目被批准了！　218

第十章　去变革！ —————————————— 223

性别和种族平等也是实质性问题，别拿"政治"当借口　224

为更多年轻人、女性和性少数群体敞开航空航天界大门　235

从未挺身匡乱反正，不过是战场上一个懦夫！　238

第十一章　巨龙升空 —————————————— 242

8 年后，SpaceX 的火箭上遍布 NASA 的标志　244

为这个四分五裂的国家弥合了一点点分歧，　246
我已不知眼泪为谁而流

新生力量大获全胜，航天界的派系界限终于模糊　251

"我勇敢无畏，我来势汹汹"　257

第十二章　　冲破地心引力 ———————————— 260

时至今日，NASA 的成本问题依然严峻　　261

党派之争，只会让业界同室操戈　　264

开启新时代，总需要非既得利益者发起挑战　　268

终有一日，我们会重返太空　　273

团结的力量必将让我们克服分歧，迈向更光明的未来　　274

致　谢　　277

附　录　人类航天大事年表　　283

ESCAPING GRAVITY

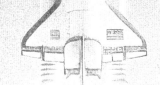

需要冲破的，
远不止地心引力

第一部分

第一章
做第一个打破陈规的人

　　2008年6月，我首次与贝拉克·奥巴马就NASA的问题开展对话。当时他刚成为民主党总统候选人，有人把我引荐给他，称我曾担任克林顿竞选团队的太空政策顾问。这个说法似乎引起了奥巴马参议员的兴趣。他告诉我说，"朋友尼尔森一直在游说他延长航天飞机的使用期限"，并询问我是否赞成这个提议。那时参议院有两位姓尼尔森的民主党人，分别是来自内布拉斯加利福尼亚州的本和来自佛罗里达州的比尔。我答道："我想您指的是比尔。不，我不赞成这个提议。"我脱口而出，并非故意冒犯。当他向我露出招牌式的灿烂笑容时，我知道他并不见怪，因此甚感欣慰。

　　他很快承认游说者确实是比尔·尼尔森（Bill Nelson），并问我为什么认为不应该延长航天飞机的使用期限。我解释道，航天飞机固然是NASA最显眼的资产，但早在35年前，它就定下了降低发射成本、使太空旅行日常化的目标。遗憾的是，这个目标始终遥不可及。我提醒他说NASA已经失去了两名宇航员，事故调查委员会建议让航天飞机在 2010 年退役。我还指出，现在的航天飞机是基于40 年前的技术建造的。最初的设计是每年飞行 40~50 次，但在前 27年里，它的年平均飞行次数仅为 5 次，耗资逾 1 000 亿美元。他听了我的满腹牢骚后问："你认为我们应该怎么做？"

这次轮到我对他嫣然一笑，向他扼要说明了在我看来 NASA 应如何利用先进技术和尖端科学，更好地实现对美国人民的承诺。我建议，与其让 NASA 反反复复去做同样的事情，同私营企业竞争，不如鼓励后者接管航天领域的日常工作，从而使 NASA 摆脱桎梏，把资金投入到对纳税人来说更有意义的项目当中。

我解释说，成立 NASA 是为了让航空航天技术造福公众，但当前它用于我们最紧迫的问题，比如说应对气候变化等问题的项目，仅占 NASA 预算的不到 10%。允许私营企业开拓新市场不仅会降低重大航天研究活动的成本，也将带来更大的经济效益和国家安全收益。假如这次谈话是场面试，我想我应该通过了，因为数周后我接到一个电话，里面说如果奥巴马在 11 月当选总统，他想请我领导NASA 的过渡团队。

在 25 年职业生涯中，我接受过大量锻炼，已经为执行这样的任务做好了准备。尽管我的背景有异于之前担任过此职的所有人，但我认为这正是我的长处而非短板。

非科班生进入航天领域，只为开创造福人类的航天未来

我并没有为了制造火箭或成为宇航员而加入航天事业。吸引我的是航天活动为地球文明带来的无限可能。我出生于 20 世纪 60 年代，从小就喜欢接受挑战。20 世纪 80 年代初，我的人生刚刚起步，那

时候的"航天"似乎是未来最重大的挑战。由于高中老师和辅导员轮番规劝，阻拦我进入男性主导的科学和工程领域，所以我选择攻读政治经济学和国际科学技术政策学位。我将航天事业视作一块价值连城、机遇无限的空白画布，决心在这个领域大展宏图。

我虽然缺乏传统背景，却奉命为奥巴马总统领导 NASA 的过渡团队，一定是有吉星高照，而此时人类历史刚刚迎来一个重大时刻。由于太空经济的美好前景以及让人感到懊丧的政府部门的拖沓，一些勇于冒险的个人开始在航天器和航天运输方面创新技术，寻求进步，并取得了初步成功。我认为 NASA 应该为这些刚入场的新人和观念架桥铺路，让航天业不再那么"高不可攀"。

被委以此任后，我有机会也有义务确保政府部门出台的政策和计划能够改变固有的模式，以取得更大的进步。于是我网罗了一小批志愿者，我们开始收集 NASA 当前的活动信息，标出各种计划的优劣，同时制订更有意义的备选方案。最后，我们的过渡报告不仅同之前奥巴马与我的谈话精神相一致，也与他在科技与创新上的跨部门政策高度吻合——这份报告提出了一项变革计划，旨在减少航天业的准入阻碍，使公众从这项投资中获益。

报告受到了新一届政府的高度好评，以至于奥巴马总统在就职后不久，就表示有意提名我担任 NASA 副局长。几周后，他又提名史蒂夫·伊萨科维茨（Steve Isakowitz）出任 NASA 局长。伊萨科维茨在我推荐的 NASA 领导候选人名单上位居榜首，而他的入选是政府对 NASA 未来愿景的肯定。

伊萨科维茨毕业于麻省理工学院，拥有多个航空航天技术学位，并在该行业耕耘了二十年之久。他曾在 NASA、行政管理预算局、中央情报局（CIA）和能源部担任要职，服务过民主、共和两党政府，因此深孚众望。毫无疑问，以资历而论由他出任此职无可挑剔。

白宫计划同时公布对我们两人的提名。随着审查程序启动，我们开始讨论如何制订一个大胆的可持续计划。在奥巴马参选初期，我并不是他的支持者，但我已经看到重塑航天活动无异于对他竞选口号的一种诠释，能让"希望与改变"不再流于空喊。50 年前构想的太空时代似乎终于落入我们的掌控中。每一位总统都梦想变革，而 2009 年 2 月，我深信 NASA 可以让奥巴马政府实现这一抱负。

美国载人航天难以为继，追加预算却得寸进尺

随后我们首次遭遇阻力，因为参议员比尔·尼尔森拒绝与我们会面。这位佛罗里达州民主党人给出的理由模棱两可，但并没有提到我。白宫人事处后来向我们表示，该参议员有自己的候选人。起初，我并没有把这一威胁当真，认为史蒂夫资历深厚，而总统的影响足以抵消党内某位参议员的拖延。

民主党以 60 票（多数）控制了参议院，因此几乎可以肯定民主党对 NASA 领导人的任何提名都会得到确认。更何况听证会的委员会主席也不是尼尔森，而是来自西弗吉尼亚州的保守派民主党参议员杰伊·洛克菲勒（Jay Rockefeller）。洛克菲勒头脑开放，在负责监督航天部门的国会议员中实属罕见。当然，对于新总统提出的 NASA 领导人选，他一定会进行公开听证。

白宫本可以在没有尼尔森参议员支持的情况下继续推进，并安排我们在确认提名前与洛克菲勒参议员以及委员会的其他成员会面，但在那个时候，他们尚未意识到每一点一滴进步都需要他们努力争取。人事小组告诉史蒂夫，他们将考虑进行临时任命，因此有

可能推迟确认提名，但由于总统不愿与尼尔森参议员正面对抗，史蒂夫选择了退出。

我简直不敢相信，区区一名民主党参议员，仅凭个人意见就能让被总统提名、具备资质的人选直接出局。这对 NASA 的发展来说并不是什么好兆头。

比尔·尼尔森毕生从政，因 1986 年的一场公费旅行而备受瞩目。当时他曾由纳税人出资，乘坐航天飞机遨游太空。就像其他建有 NASA 设施的南方各州的国会议员一样，他的利益集团往往囿于一隅。此前一年，仍是候选人的奥巴马曾告诉我说，尼尔森正力劝他延长航天飞机的使用期限。在我看来，他的意见可谓目光短浅。

2003 年"哥伦比亚"号航天飞机发生事故后，调查委员会建议在 2010 年前让所有航天飞机退役。布什总统表示同意，并在 2004 年就此出台了政策。我支持让航天飞机再执行一两次任务，但如果真的在 2009 年完全推翻这一决定，就需要耗费数年时间和几十亿美元，还要拿更多宇航员的生命冒险。在 2008 年的过渡期间，我听取了 NASA 的汇报，断定此事已成定局。更糟糕的是，我们还得知旨在替代航天飞机的项目，即星座计划已严重偏离轨道。新项目耗资高达每年三四十亿美元，并且情况持续五年变差，还仍未完成第一个四年计划。

星座计划的确立是为了实现让少数宇航员重返月球的长期目标，而这是 NASA 自 20 世纪 80 年代以来的夙愿。它高昂的预算与"阿波罗计划"比肩，而起到的作用却微乎其微，它缺乏地缘政治或其他合理的国家目标，又没有像"阿波罗计划"那样推动技术进步，它只是基于现有技术对航天飞机零部件及其承包商进行重组。

距离原定的登月行动还有十多年时间，因此星座计划的最初目的是运送宇航员往返空间站。不幸的是，仅仅是火箭和太空舱的资金需求就已经完全超出了实际预算。NASA 曾就布什政府提出的五年计划向过渡团队作了汇报，而这个计划旨在利用拨给空间站的专款弥补资金短缺。

资金匮乏必然导致空间站过早脱轨，火箭和太空舱就会失去目的地。等到星座计划第一批航天器准备起飞时，空间站恐怕早已化作一片焦炭，葬身太平洋洋底。届时，NASA 不仅会在不久的将来丧失运载宇航员的能力，它与国际合作伙伴开展的所有航天活动也将终止。

NASA 虽未言明，但此举实质上是为了迫使新总统就范，让他每年增加数十亿美元预算，保证资金源源不断流向航天飞机、星座计划和空间站承包商。通常情况下，载人航天在 NASA 占据优先地位，因此他们认为可以从地球和太空科研项目中抽取更多资金，来弥补超支的部分。即便如此，再多资金也无法填补他们在载人航天上所面临的运输缺口。NASA 有意在航天飞机退役后向俄罗斯联邦航天局（Russian Space Agency，下称俄航局）付费，为自己运送宇航员往返空间站，而国会也深知这一点。

载人航天已经难以为继，如果新的领导不能尽快就位，NASA 就会错失良机，难以规划一条更为现实的路线。

提出新预算案，在反对声中成了众矢之的

在 NASA 局长之职遴选标准一事上，马里兰州民主党参议员芭芭拉·米库尔斯基（Barbara Mikulski）也在初期提出了个人意见。从很多方面来看，对 NASA 而言，米库尔斯基比尼尔森参议员更加

重要，因为她担任 NASA 拨款小组委员会主席。在过渡时期首次当面会晤时，参议员米库尔斯基要我向候任总统转达以下信息："宇航员不行，军人也不行。"我明白她的意思，并且做了记录。随后我们转向其他话题，在我离开之前，她又绕回 NASA 局长人选的资历上。她说："宇航员不行，除非是萨莉·赖德（Sally Ride）。"当我向人事小组转达了米库尔斯基的态度后，他们让我征求一下萨莉的意见，看她是否感兴趣。

从宇航员岗位退役后，赖德博士曾为 NASA 提供过大量服务，我也由此结识了她。早在 8 年前，克林顿总统就试图邀请她担任 NASA 局长未果。至于她现在是否会转变态度，我并不抱任何幻想。我们的谈话如期进行。萨莉对此固然熟稔，但并不想介入其中。她表示她愿意以任何其他方式提供帮助，但言辞之间几乎是在恳求我不要让奥巴马直接打电话给她，因为总统比我更难回绝。我认为萨莉会成为一位出色的局长，只要她点头应允，尼尔森参议员很可能会和米库尔斯基参议员一起支持她。但萨莉不想担任此职，我们又回到了原点。白宫继续约见潜在的局长人选进行面谈，但始终没有人通过审查程序，局面一度僵持。

在制订预算的过程中，这一延误在关键时刻阻碍了事情的进展。由于预计自己会被提名出任副职，因此我从 1 月 20 日起正式离开过渡团队。我本可以监督制订经济刺激计划中与 NASA 有关的内容，包括为我们新确立的优先事项提供巨额资金等事宜，但我离任后，代理局长与国会达成一致，转走了原本分配给星座计划的大部分款项。

次年的预算必须在当年春天完成，而 NASA 不愿制订一个更可持续的载人航天计划，所以当局需要设法进行变通。作为新领导团队的替代，我们成立了一个总统委员会，以便对载人航天计划进行评估，找到一条更为现实的发展道路。当局委任了 10 位备受尊崇的技术专家和政策领袖，其中包括萨莉·赖德。小组主席由航空航天巨头、洛克希德·马丁（Lockheed Martin）公司前首席执行官诺姆·奥古斯丁（Norm Augustine）担任，该小组后来被人称作第二届奥古斯丁委员会。

载人航天评估委员会于 5 月公之于众。几周后，总统宣布提名查尔斯·博尔登(Charles Bolden)主管 NASA。这位前海军陆战队将军、宇航员曾与比他年长 25 岁的国会议员比尔·尼尔森一起乘坐航天飞机飞往太空。我也被同时提名为副局长，但相比之下并不引人注意。我们顺利通过审查，并在 7 月获得了参议院认可。

我们的提名获准几个月后，奥古斯丁委员会发布了评估结果。委员会认为，"美国的载人航天计划看来已经走上了一条不可持续的发展道路"。该报告称，NASA "所追求的目标与所得到的资源不相匹配，而且这种危险做法仍在继续"。报告概述了利用发展迅猛的商业航天业开发新技术的潜在选择，从而获得新的能力，同时可能降低成本。

奥古斯丁委员会的意见与过渡团队报告中的观点相吻合，二者共同充实和巩固了奥巴马总统的提议，即让 NASA 从开发和控制常规操作系统转型，鼓励私营部门提供载货和载人航天运输服务，这样 NASA 就能把资金投向更尖端的技术和突破性的科学发现。

2010 年 2 月 1 日，当局首次发布全面预算，公开要求为 NASA 提供 190 亿美元资金，用于安全发射航天飞机并扩建空间站；增加对地球科学、先进技术、火箭引擎开发和基础设施振兴的资助；逐步与美国工业界建立合作关系，开展向空间站运送宇航员的商业载人活动。这一转型方案的制订会让NASA逐渐减轻制约其发展的体制负担，NASA要想取得进步，就必须终止令其陷入困境的星座计划。

国会和工业界的老牌航天支持者们却对该方案感到愤怒。这些人在航空航天业所形成的利益集团根深蒂固，他们的整个职业生涯都在筹划类似星座计划这样的项目。他们宁可牺牲更具竞争力的项目，也要在关键国会选区保留那些造价高昂的基础设施和岗位，无视其运营效率。那些手握数百亿美元合同的公司也强烈抗议，并联合愿意为之游说的权势人物反对该方案。传统既得利益者无视众多政府审查报告和奥古斯丁委员会的公开结论，认为我们提出的转型方案过于激进，有损NASA的体制。他们声称这项提议无异于是对他们的一场偷袭。

博尔登局长很难解释清楚该提议的价值，因此人们普遍认为他并未参与制订或者并不支持这项行动计划。

在反对该计划的声浪中，我成了众矢之的。

被军工复合体威胁，千夫所指，也义无反顾

我受到了来自国会民主共和两党、航空航天业内人士以及知名宇航员的攻击，原因是我提出的方案有悖于他们的利益。我们欢欣鼓舞、踌躇满志地认为当局有可能推动重大变革，但实际已经受到了身价上万亿美元军工复合体的威胁，而我个人更是千夫所指。

路易斯安那州参议员戴维·维特（David Vitter）谴责我一手策划终止了星座计划，并暗示"执掌NASA的不是局长而是我"。《十月的天空》（October Sky）一书作者、电影《火箭男孩》（Rocket Boys）

的主人翁霍默·希卡姆（Homer Hickam）称我是一个"讨厌的牛虻，早就该辞职了"。NASA 拨款小组委员会成员、资深共和党人、参议员理查德·谢尔比（Richard Shelby）声称，总统提出的 NASA 预算案"开启了美国载人航天未来的死亡之旅""这种做法不仅鲁莽地抛弃了力求稳健的原则、已经证实的记录和稳定发展的成功之路，还彻底摧毁了我们的载人航天项目，对此国会不能也不会坐视不理"。在提到商业载人航天的预算案时，他说："眼下，与 NASA 签约的那些服务商就连将垃圾从空间站带回都做不到，更不用说安全地运送人类往返太空了。"

作为负责为 NASA 授权的参议院小组委员会主席，尼尔森参议员批评总统不该大幅削减登月计划资金，并表示此举可能导致美国在太空探索方面落后于其他国家。他指出预算案中存在积极的因素，比如延长空间站的使用期限，但表示预算整体反应不佳，因为它给人的印象是在扼杀美国的载人航天计划。他责备当局缺乏领导能力，并暗示总统不知为何竟会听任几个预算审查员左右他对 NASA 的通盘安排。

同年 3 月，该小组委员会就美国商业航天能力举行了一次听证会。预算申请中有 60 亿美元用于资助"太空出租车"商业载人项目。在听证会上，尼尔森参议员反复问及此事，并质询道："既然国会控制着财政支出，假如国会决定把总统计划在未来 5 年动用的 60 亿美元用于加速登陆火星，研发重型运载航天器，而非用于证明我们可以利用商用航天器开展载人活动，那该作何处理？"

反对我们提议的不只是这位佛罗里达州参议员，但他是国会最关注 NASA 和最有影响力的民主党人。在 NASA 领导人选的问题上，总统已默许了他的要求。他不仅不肯承认该提案的价值并呼吁人们加以重视，反而与共和党同僚携手一起唱对台戏。

得克萨斯州共和党参议员凯·贝利·哈奇森（Kay Bailey Hutchison）在 NASA 至关重要的几个委员会中担任领导职务。在早期举行的听证会上，她曾表示："国会必须对 NASA 拟议预算案中最基本的内容进行严密审查。我认为，如果国会接受并支持该预算案目前的版本，那将意味着我国在太空探索方面的领先地位就此终结。在载人航天领域，情况无疑亦是如此。"

对于出资协助开发商业航天器的提议，哈奇森声称"持怀疑态度且十分失望"，并表示"将 60 亿美元拨给一股不过刚刚起步的商业力量，在我看来极不合理，也肯定很不可靠"。然而，在该计划的批评者中，没有一人承认他们已经批准了一项替代方案，即向俄航局支付数亿美元，以运送宇航员往返空间站。

尼尔·阿姆斯特朗和吉恩·塞尔南（Gene Cernan）分别是第一位和最后一位登上月球的宇航员，也是美国尚健在的两位最伟大的英雄人物。两人在国会作证时表示，"在载人航天探索方面，当局的预算缺乏侧重点，事实上这份行动蓝图终将一无所获。"阿姆斯特朗补充说，该计划有可能出自某个小集团的秘密策划，并指责总统"得到的尽是些糟糕的建议"。塞尔南也表示，该提议很可能是某些别有用心之人仓促提出的，局长对此几乎没有发表过任何意见。他斥责道："此举不仅会危及载人航天和太空探索，也会危及这个国家的未来和我们的子孙后代。"最后，他在证词中断定，"现在，面对本届政府必然走向碌碌无为的做法，我们必须改弦更张。在决定如何投资开创美国未来的问题上，我们必须大胆而明智、富于革新精神"。

迄今为止，我认识塞尔南和阿姆斯特朗已有 20 年之久，我也和全球其他所有人一样，对他们的英勇表现和巨大成就感到敬畏。较之于其他方案，他们与早期许多宇航员一样，都希望政府继续付出如"阿波罗计划"般高昂的开支，以持续不断地把少数像他们那样的宇航员送往太空深处。塞尔南的证词也表达了此意。他是一位直言不讳的共和党人，也是奥巴马总统的批评者。两人都声称自己的观点并非针对某一党派或个人，但阿姆斯特朗的说法很难让人毫无芥蒂，因为他曾写道："过渡团队不应参与此类决策。虽然无论男女，这些人都经验丰富、满腔热忱，也制订过不少航天计划，但他们既不是航天工程师，也不是前项目负责人，他们拥有的专业知识更不足以让他们在技术领域做出任何选择。"

我衷心赞同技术问题不应由我这样的"航天爱好者"来决定，因为作为过渡团队成员和NASA副局长，我的职责并不在此。在向总统提出建议之前，我参考了可靠、独立的技术分析，这些分析结果不仅为我提出的政策和管理建议提供了信息，而且与新一届政府的目标相吻合。我虽然从未到过太空，但我深谙政府所应发挥的正确作用，以及如何设计相应政策，激励有关部门做出最符合公众利益的举动，而以上这些可不是宇航员培训课上能学到的内容。

随之而来的是一场传统航天拥趸者和新一代航天倡导者之间的漫长混战，后者认为NASA受到暗中控制，需要他们力挽狂澜。混战的一方是重大利益攸关者，包括航空航天公司、游说人士、宇航员、贸易协会、狭隘自利的国会代表团以及NASA的大部分人员，而另一方则是少数直言不讳的航天爱好者和政府官员、几位亿万富翁、出于政治考虑任命的人员以及美国总统本人。

种种批评与威胁甚嚣尘上时，适逢电影《点球成金》（*Moneyball*）上映。在电影中，红袜队老板约翰·亨利（John Henry）曾对由布拉德·皮特（Brad Pitt）饰演的奥克兰A队总经理比利·比恩（Billy

Bean）说，第一个敢于打破陈规的人必定会碰得头破血流。正是这句话让我忍受甚至欣然接纳了自己所遭受的伤害。这部电影我反反复复看了十几遍，它总是能给我带来安慰：

> 我知道你不同意我的想法，但第一个敢于打破陈规的人……必定会碰得头破血流……这是必然的。这不但威胁到他们的经营方式……而且在他们看来，还威胁到了整场比赛。真正受到威胁的是他们的生活和工作，是他们的处世之道……每次发生这种事情，无论是某个政府、某种经营方式或者任何其他事物，那些大权在握的人，那些掌控全局的人，都会抓狂不已。

我们正在推进的转型正是如此，因为这威胁到了某种经营方式，威胁到了一桩价值数千亿美元的生意，他们的反应就是实行贸易保护主义，大力谴责和抨击。由于缺少总统和局长的明确支持，我成了众矢之的，甚至被指控将会彻底葬送载人航天事业。那些自 20 世纪 60 年代以来就大权在握、在体制内掌控着航天计划的人们全都抓狂不已。

我并不打算挑起冲突，而是一心想要航天活动变得更加便捷、更可持续。我并不打算葬送未来，而是一心想要力挽狂澜。我们需要冲破的不仅是地心引力，还有当下严峻的处境。

航天事业走向太空并连接世界，不能被当权者因私利掌控

1958 年，NASA 依法成立。之后 3 年中，它将第一个美国人送

入太空，并受命开展人类登月行动。在随后 10 年里，这个年轻的航天机构成功实施了"水星计划"、"双子座计划"和"阿波罗计划"。

> "水星计划"完成了 20 次无人飞行和黑猩猩试飞，成功
> 进行了 6 次载人飞行；
> "双子星计划"成功开展了 10 次行动，将 16 名宇航员
> 送入太空；
> "阿波罗计划"完成了 11 次载人飞行，将 29 名宇航员
> 送入太空，同时有 12 名宇航员成功登月，并安全返回地球。

我 10 岁的时候，"阿波罗计划"进行得如火如荼。有人曾对 NASA 的未来进行研究，并预测到 1980 年人类将殖民月球并成功登陆火星，就连普通人也能支付得起遨游太空的费用。三十年河东三十年河西，2010 年，当我准备向候任总统提议如何以最佳方式重塑 NASA 的政策时，美国虽然已将差不多 350 名宇航员送入太空，但仍没有一人在太空中的飞行距离超过 400 英里（约 644 千米）。就这种成绩，还是纳税人平均为每位宇航员上天支付了逾 10 亿美元才达成的，研制和发射机器人航天器和卫星的开支也依然是天文数字。

以通胀调整后的相对价格计算，NASA 的预算一直是它鼎盛时期的一半以上，NASA 鼎盛时期在冷战期间，当时美国要在登月竞赛中击败苏联，但现在航天界还是将缺乏进展归咎于资金不足。

NASA 的领导人通常是宇航员和工程师出身，这些人不会质疑自己所开展活动的公共价值或实际意义。事实上，其中很多人认为他们有权要求将自己或朋友送入太空，而无须作出任何解释。他们无意将他们所享受的特权和应尽的义务转让给私营部门，并且

理所当然地认为此事应由他们决定。

为充分发挥 NASA 的潜力，我认为我们需要对政府计划和政策进行重新调整，希望能让航天活动变得更具可持续性。这就需要降低基础建设和运输成本，确保我们拥有长期进入太空的能力，以及保护环境以维持地球（和太空）的宜居性。但对其他人来说，可持续性不过意味着把工作分散到各个关键国会选区，以确保现有计划不会被取消。我的经历复杂多样，所以我得以从一个局外人的视角看待问题。我知道航天界很难接受这种看法，但我也清楚这是更重大的事业，值得我为之奋斗。

我从小就对 NASA 的历史十分着迷，但我也明白如果只是安于以往的成就，我们就会限制这个部门的未来。昔日的挑战已成过眼云烟，我们却仍以此为方向。NASA 早期的辉煌使它变得目光狭隘，妨碍了航天计划以预期速度向前推进。对于数十年的停滞，航天界虽然感到沮丧，但始终不愿接受问题的根源。有太多利害攸关者被资金和利益所驱动，要维护当前的处事方式。

事实上，**推动航天业发展的动机不胜枚举，这才是问题的关键。与其让少数人受益，不如充分利用航天活动造福人类和社会。**未来的太空活动不仅能让我们兴旺发达，还有助于整个人类的生存。在我们地球大气层以外，也就是我们称为太空的区域，开展的航天活动，已经为全球市场带来了近 5 万亿美元的经济价值。即使你并不精通数学或科学，你也能明白，与在多个行星上繁衍生息相比，人类只局限于地球一隅，显然要脆弱得多。

早期的探索者们不畏困难，在地球上艰险且陌生的环境中不断拓展自己的行动能力，利用海洋和大气这些地球自身的独特事物发展起来各行各业，行业的能力截然不同却意义重大，比如交通、通信、科学研究、国家安全、旅游和娱乐等。同样的，太空也是一个拥有独一无二特征的场所。致力于太空开发的产业也在逐渐发展，其用途同样天差地别却意义重大：

语音、数据和视频信息在全球的即时传输；

对时间和位置的精确测量；

对地球大气、陆地、冰面和海洋之间相互作用的观测……

这些都会对全人类产生影响。航天事业走向太空并连接世界，让我们得以增长知识、发展经济和促进国家安全，为人类更大的福祉做出了贡献。NASA 早期在载人航天方面取得的成功不仅提高了美国的声望，巩固了其全球领导地位，更鼓舞着世界各地的人们。

为了确保人们能安全通行，不同的可穿越的自然环境需要使用不同的运输系统。就像海运和空运一样，太空旅行正在变得更加安全可靠和经济高效，人类将开发出多种多样的运输工具、功能设备和不同的目的地，更好地对太空的独特视角、环境和资源加以利用。

与海运和空运不同的是，五十多年来，各国政府一直是人类航天运输的主导力量，因此限制 NASA 和其他政府机构发展的制度性问题普遍存在。这些机构的当权者们始终认为，摆脱地心引力、进入太空的航天事业应该继续由他们掌控。

事实上，政府部门的关键作用在于推动技术进步和减少美国私营部门的准入障碍，让他们能更好地参与国际竞争。现在航天产业日趋成熟，与公共安全、环境保护和共享资源分配相关的政府规定也必须不断改进，才能跟得上这些新兴力量的步伐。

纵观美国历史，个体和私营部门都曾取得过重大技术成就。莱特兄弟①（Wright Brothers）、格伦·柯蒂斯②（Glenn Curtiss）、霍华德·休斯③（Howard Hughes）、贝尔实验室④（Bell Labs）、史蒂夫·乔布斯（Steve Jobs）和比尔·盖茨（Bill Gates）等通过创新和投资改进了多项技术，超越了政府独立开展的行动，极大地利好社会和国家。

载人航天的进步一直被相互冲突、规划不当的政府计划和政策阻碍。这些政策遏制了它发展所需的资本投资水平，而情况直到近年才出现转机。

现在，航天活动终于得以重回航空业在最初几十年里所达到的高度。有人开始不惜重金前往太空，只为一览无垠胜景，体验令人激动的失重感。而 SpaceX、蓝色起源、维珍银河以及其他数百家私营企业受到激励，获得了巨大成就，也为将来能够取得更重大的进展铺平了道路。但这只不过是迈出了第一步。

现在我们已具备足够的学识和能力，可以规划出一条充分利用太空领域来促进地球资源可持续管理的道路。假如我们能够做到这一点，那么有朝一日，那些勇敢无畏的人们将会和航天探测器一起，向外太空拓展更大的人类生存空间。

决然加入传统航天界排挤的"太空海盗"

我出生于 20 世纪 60 年代的密歇根州，父母分别是股票经纪人

---

① 美国著名发明家，哥哥是威尔伯·莱特（Wilbur Wright），弟弟是奥维尔·莱特（Orville Wright），他们发明了世界上第一架飞机"飞行者一号"。

② 美国第一位驾驶自制水上飞机实现水面起飞并安全降落的驾驶员，美国航空先驱，飞行家，著名飞机设计师，也是柯蒂斯飞机与发动机公司的创始人。

③ 美国企业家、飞行员、演员。创立休斯飞机公司，该公司先后发明了第一个实用激光器、第一颗同步卫星、第一台登月探测器。

④ 贝尔实验室在 20 世纪 50 和 60 年代的重大发明有太阳能电池，激光的理论和通信卫星。

和家庭主妇，祖父母都是农民，因此人们很难料到，我后来竟会在 NASA 任职且饱受争议。我依稀记得曾在电视上观看过登月直播。母亲还保存着一张我的画作，画上是一名宇航员站在月球上，拿着国旗矗立在登月舱旁，但我从没想到有一天我会与自己画作中的这名宇航员如此熟稔。我曾竭力回想 8 岁那年我是否对太空留下过什么深刻印象，但大多数时候只记得自己玩芭比娃娃的场景。假如父母注重培养我儿时的兴趣，那我后来很可能会成为一名理发师，因为我总是喜欢剪掉娃娃的头发。

在那个年代，如果家中没有男孩，屋子里就不可能有飞机、火箭或航天玩具，而我也的确没有兄弟。与我未来职业生涯最接近的事件发生在 20 世纪 70 年代。当时，我有一位叔父在美国联合航空公司当飞行员。受到他的启迪，我忽然对空姐产生了短暂兴趣。在兰辛机场的一次户外教学中，布鲁斯叔叔向我们这些五年级学生展示了他所驾驶的波音 737 飞机的驾驶舱。班上的男生收到的翼形胸针上写着"未来飞行员"，而女生的上面则写着"初级空姐"。

12 岁那年，我所在的坚信礼班（church confirmation class）要求每名成员挑选一个词语用来形容另一名成员，然后在教堂会众面前受礼时予以公布。我们为男孩子选择的词语包括有领袖气质、头脑聪明、擅长运动等，为女孩子选择的则是性格开朗、举止优雅和心地善良。我站在会众面前，急切地等待牧师宣布朋友们对我的评价。当我听到牧师说出"性格坚毅"一词时，我强忍住自己的泪水。尽管坚毅的性格对我后来的人生大有裨益，但在 1973 年，作为一个年仅 12 岁的少女，我还是希望人们认为我性格开朗、举止优雅或心地善良。事实证明，我的朋友们比我更加了解我自己。

回想起来，那时的我简直就是个假小子，只不过这在当时是个贬义词，用来形容那些表现出被视作男孩典型特征和举止的女孩。我留着一头短发，热衷并擅长各类运动。我热爱科学和数学，而且成绩优异。但我也同样喜欢跳芭蕾、弹奏乐器和当啦啦队长。我不想错过这一切，但在 20 世纪 70 年代的密歇根州中部，这其实不太可能。

在高中时期，我功课全优，能力测验预估我将从事与工程和科学有关的职业。包括我在内，我们年级共有 6 人在高中四年级之前完成了所有可学的数学课程。暑假结束后，我发现学校的管理人员为另外 5 名男生在当地大学注册了微积分课，但没有人联系过我，问我是否想和他们一起上这门课。当我的父母问起原因时，得到的回复是他们没有想到一个女孩愿意去学微积分。虽然母亲对此十分不悦，但我却很高兴自己可以多学一门选修课，并且为不用跟那些讨厌的男生一起乘车上课感到释然。然而，由于高中没有学微积分，导致我像很多同龄女孩一样在大学时选择了社会科学。我对太空并没有产生过什么直接兴趣，直到后来 NASA 派遣一名跟我长相酷似的宇航员进入太空，情况才发生了改变。

1983 年，我从科罗拉多大学毕业，开始了第一份全职工作，为约翰·格伦（John Glenn）参加总统竞选服务。经常有人猜测，我之所以到华盛顿为格伦工作，是因为他是一名宇航员。我知道这种猜测很适合用来描述关于我的种种传闻，所以有时候我也不加纠正。事实上，我大学毕业后找第一份工作时的目标更加务实：我对美国目前的政治领导层感到失望，我想帮助我认为更加出色的人物当选。在大选前一年多，我在为毕业后做打算时，格伦是竞选中唯一一位在民调中领先里根总统的民主党人。

我出生于政治世家，甚至还不会走路时就开始参与竞选。我的祖父和叔父都是共和党人，除了务农，两人在密歇根州的立法机构一共工作了 40 年。姐姐和我都曾出现在竞选宣传册上，当我还是个婴儿时，祖父就会带我参加游行，一边抱着我一边与其他人握手。有一次州议会开会，恰逢学生到国会参观，于是祖父让我和他一起进入众议院大厅。这段经历给我留下了不可磨灭的记忆。我的榜样是那些致力于帮助同胞的人民公仆，他们对我的性格发展产生了重大影响，因此我的理想是像他们一样造福他人。

在 1983 年之前，我已经参加了很多政治竞选活动，但还未参与过全国大选。我发现这样的经历着实令人精神振奋。我勤奋工作，后来成了一名日程计划员，经常要在一个敞开式办公室里待上很长时间。烟灰在办公桌上的烟灰缸里堆积如山；长长的电话线弯弯绕绕，连接着一部部大型电话，响铃声此起彼伏。我很快喜欢上了这场竞选活动，也爱上了即将成为我丈夫的戴夫·勃兰特[1]（Dave Brandt）。他毕业于肯特州立大学，当时正在格伦的新闻办公室工作。

在独自完成轨道飞行不到两年后，格伦离开了 NASA，也是第一位离开 NASA 的宇航员。作为一名参议员，他避免在任何与航空事务相关的委员会任职。他想让人们记住的不只是他历时 5 小时的三圈轨道飞行。但在竞选期间，当根据汤姆·沃尔夫（Tom Wolfe）的著作改编的电影《太空先锋》（*The Right Stuff*）在各大影院上映时，他同意对以往的航天经历展开宣传，以凸显自己的独特之处。然而，事情的进展却不尽人意。就像其他"水星计划"的宇航员一样，格伦被描绘成一个不切实际的改良主义者。有人认为这部电影给他带来的弊大于利。

---

[1] 戴夫是戴维的昵称。

1984 年 3 月，13 个州陆续公布了"超级星期二"① (Super Tuesday) 的初选结果。参议员格伦虽然在竞选开支上超过了其他候选人，却没有拿下一个州。翌日，一幅政治漫画不胫而走。在这幅漫画中，加里·哈特 (Gary Hart) 声称"我是新生力量"，沃尔特·蒙代尔 (Walter Mondale) 表示"我正蓄势待发"，而格伦则说道"我已成为历史"。

我始终未能与格伦参议员熟络起来，但当他打电话到办公室或亲自造访时，作为一名政治家，他总是佯装记得我。在后来的职业生涯中，我还与他共事数次，当时我们都在 NASA 负责为其他总统候选人提供咨询。我与他在竞选初期的交集为我们后来的职业交往打下了良好的基础，只不过他的政策观点要比我更为传统。

尔后，竞选活动骤然结束，高级员工开始为初级雇员寻找出路，有人帮我在一个名为"国家航天研究所" (National Space Institute) 的非营利性会员制机构找到了一份入门级工作。1974 年，NASA 在"阿波罗计划"后缺乏舆论和政治支持，人称"登月计划之父"的沃纳·冯·布劳恩 (Wernher von Braun) 感到沮丧，受航空航天业资助，他创立了这个研究所。冯·布劳恩于 1977 年去世，但我的新上司、执行董事格伦·威尔逊 (Glen Wilson) 博士从为林登·约翰逊参议员担任议会书记员时就认识冯·布劳恩。威尔逊博士打算于不久后退休，因此会每天上午读读报纸，下午向大家讲起他记忆中的冯·布劳恩以及航天计划开展之初的轶事，包括 NASA 成立的缘起。

在威尔逊博士退休前，国家航天研究所与另一个航天游说组织

---

① "超级星期二"是 1984 年美国总统大选，两党举行参选人提名初选时，首次出现的专有名词。美国总统选举可分为预选和大选两个阶段，根据传统，年初预选时，会有多个州集中在星期二进行选举，其结果对最终党内提名会产生重要影响，这一天因此被称为"超级星期二"。

L5 协会 [①] 合并，更名为国家航天协会（National Space Society）。L5 协会由普林斯顿大学物理系教授杰拉德·奥尼尔（Gerard O'Neill）的一批追随者所创建，与成立之初就有高层介入和业界支持的国家航天研究所形成鲜明对比。奥尼尔教授提出了许多理论，尤其是可自由飘浮和自我维持的太空殖民地这一概念。该协会名称来自地球—月球系统内的拉格朗日点，也就是奥尼尔设想的巨型圆筒状太空定居地计划悬浮的地点。

国家航天研究所致力于倡导 NASA 提出的一切项目，但 L5 协会的成员相对激进，希望推出更可持续的航天发展计划。简言之，冯·布劳恩的拥护者们就像一群探险家，他们之所以被航天活动所吸引，是为了迎接大胆的挑战；而奥尼尔的支持者们则是一群开拓者，他们被太空所吸引，是为了进行经济扩张并为人类寻找新的定居地点。这两个组织除了各自倡导的观点不同，具体行动方式也存在差异。**国家航天研究所走的是一条自上而下的传统道路，而 L5 协会更乐于采取积极行动挑战现状。这也是我首次结识这个在本书中被我称为"太空海盗"的群体。**

就像地球上的公海海盗一样，这群"太空海盗"既会被描述为英雄，也会被形容成坏蛋。20 世纪 30 年代，在连环漫画《巴克·罗杰斯》（*Buck Rogers*）中反复出现的恶棍被称为"太空海盗"，不过对早期科幻小说家来说，这个词是指未来在太空贸易航线上对小行星进行采掘以及从事其他活动以获取悬赏的豪杰。

更为人熟知的角色还有《星球大战》（*Star War*）中的汉·索罗

---

① 1975 年，美国电气工程师基思·亨森和他的妻子卡罗琳·迈内尔成立了 L5 协会，帮助普及太空殖民的想法。L5 协会自 1975 年至 1987 年持续出版《L5 新闻》通讯，主要报道空间和太空殖民技术的进展。

以及安迪·威尔《火星救援》（*The Martian*）一书和同名电影中的马克·沃特尼，后者自称是第一个"太空海盗"，因为他为了在这颗行星上生存下来，未经 NASA 许可占据了一艘停在火星"国际空域"的太空船。

2019 年，参议员特德·克鲁兹（Ted Cruz）在为特朗普政府的新"太空军"辩护时称，正如海盗危及公海安全，太空也有可能发生同样的事情。埃隆·马斯克随即在推特上发布了一面画着骷髅和交叉腿骨图案的海盗旗。

与任何群体一样，"太空海盗"也是由一些具有共同特点和观点的独特个体所组成。他们当中有许多人耗费了数十年时间，付出了高昂的个人成本，促进了航天文明。他们促成了多项重要政策和立法，阻止美国签署可能妨碍太空发展的条约，成立了一个个新的公司和组织，对国会议员发起游说，挑战航空航天业的资深领袖……他们做了很多，但往往遭到传统航天界的忽视和排挤。这些人不仅激励了我，也是我最早加入的太空大家庭。

1972 年，尼克松总统在宣布建造航天飞机的计划时表示，这将是"一种全新的航天运输系统，旨在让 20 世纪 70 年代的太空边界到了 20 世纪八九十年代为人熟知，（边界内）成为便于人类出入和开展活动的领域"。他还说："这将使人们对进入临近空间的航行变得习以为常，（对出行宇宙）发生彻底改观，并极大地降低宇宙航行的成本。"NASA 最初预计该计划的研发费用为 60 亿美元，但实际开支却翻了两番。到了 20 世纪 80 年代中期，对所有关注该项目的人们来说，这个当初许下的诺言显然永远无法兑现。

"太空海盗"们早就发现，航天事业发展的最大障碍在于行业缺乏可负担及可信赖的准入门槛。他们认为航天飞机计划正在阻碍技术进步。这一观点让他们成了一些人心目中的英雄，也成了另一些人眼中的反派。为了实现目标，"太空海盗"们最开始的时候采取了多项举措，其中包括策划《1984 年商业航天发射激励法》(*1984 Commercial Space Launch Incentives Act*)，旨在支持政府从私营部门获取更多新型设备和服务。

我认为这一观念极为合理，但我并未深究为何此事不是由国家航空航天部门发起，而是由一个小型非营利游说组织完成。当时我还没有意识到，但"太空海盗"们却很清楚：传统的航空航天界更关心如何在 NASA 的预算中多分一杯羹，无人关心如何削减成本以设计一个可持续的行动方案。

"挑战者"号事故摧毁了我对 NASA 的崇敬

和大多数人一样，我仍对 NASA 仰之弥高。在国家航天协会，我办公室对面就是 NASA 位于华盛顿特区的总部。我和同事经常光顾当地的酒吧，并且在那里认识了不少宇航员和 NASA 的高层人士。我对 NASA 的一切都沉迷不已，甚至还加入了他们的垒球队。一开始，航天飞机计划成功激发了民众的兴趣。当我逐渐结交了一些宇航员，并发现他们并非全是出身行伍的白人时，我感到我们正在迎来一个全新的太空时代。国家航天协会也以广为人知的新型航天飞机为重点，开展了会员观光和公众教育活动，于是我立即抓住机会，参与了进来。

1986 年 1 月 12 日，当"哥伦比亚"号执行代号 61-C 的飞行任务时，我正在佛罗里达州带领会员参观。这是该飞行任务第 5 次尝试发射，自 1985 年 12 月起，我先后 4 次率团抵达，但每次都会遭遇发射延迟。技术和天气问题一直困扰着该项目，在航天飞机交付使用 5 年后，这仅是其第 24 次执行任务。NASA 急于证明他们可以达到此前宣传的发射率，为了证实该系统的安全性与常规性，他们开始让非专业宇航员登上航天飞机参与飞行。为此，当天上午佛罗里达州众议员尼尔森与新手飞行员查尔斯·博尔登一起加入了机组。我做梦也没有想到，他们两人在这次飞行中建立的联系日后会对航天计划与我的事业产生怎样的影响。

此时，第二架航天飞机"挑战者"号已被安置在邻近发射台上，足以显示 NASA 意欲加快行动步伐。当"哥伦比亚"号终于点火成功后，下次飞行任务按计划将于两周后执行。

我兴奋地带领另一个参观团回到佛罗里达州的阳光下，准备观看 1 月 27 日的"挑战者"号发射。在 4 英里外的观景现场，我一边和大家一起从上午等到下午，一边回答有关 NASA 和航天飞机计划的问题。

负责关闭舱门的技术人员在从舱门卸下把手时遇到了困难，先是尝试手动松解未果，于是请求借助电动工具进行拆卸。发射台的技术人员去取来电池驱动的钻机和切割刀片，但在到达竖架顶部时却发现电池没有电。接着，他们决定用钢锯切断把手，并请人把钢锯送来。一名维修工再次奔出服务大楼，乘电梯来到竖架上。最后，众人协力锯掉了把手。就在此时，由于锋面过境，风力超过了发射阈值。此前频发的状况已经耽搁了数小时之久，随着风暴即将到来，发射时限业已失效，7 名宇航员被护送出了飞船。

为了激发公众兴趣和证明航天飞机的安全性与常规性，NASA不仅将国会议员送入了太空，还启动了以"太空教师"为首的平民航天计划。第一位入选的教师是克里斯塔·麦考利夫（Christa McAuliffe），她也加入了"挑战者"号机组，这让当天频发的尴尬状况变得更加公开化。我曾在华盛顿的数次活动上见过麦考利夫和其他几名机组成员，可以想象得出对于令人困惑的延误，他们也和其他人一样感到懊丧。

当我们离开观看现场时，我询问NASA派到我们巴士上的志愿者，在他看来次日是否会进行发射。这位20多岁的工程师漫不经心地答道，天气预报显示明日清晨气温过低，因此不适合进行发射。在得到上述回复后，我乘坐晚些的航班返回了华盛顿特区。然而，当我仍在公寓准备前往办公室时，我发现NASA准备再次尝试发射，并且已经进入了倒计时。

一夜之间，一股冷锋竟然席卷了卡纳维拉尔角。摄像机拍下的照片显示，在燃料装载过程中航天器和燃料舱结冰。但既然他们已经开始倒计时，应该也没什么问题。现场的经历总是激动人心，遗憾的是我错过了。对于事前得知发射有可能遭遇天气问题的坏消息，我感到有些恼火。然而，就在升空73秒钟后，航天飞机的尾迹突然爆炸，变成了一团火球，我的失望之情顿时化作难以置信。

参加这次发射活动的有不少是宇航员的亲友，当他们在佛罗里达州空旷的天空中极目搜寻，当数百万学童在电视上观看盛况时，"挑战者"号突然解体。这是NASA首次在飞行中出现宇航员死亡的事故，而NASA此前承诺，这种航天器将使太空旅行变成一种价格低廉、安全可靠的日常活动。

后来，当萨莉·赖德等人将注意力集中在导致高温气体从固体火箭助推器中泄漏的温度问题上时，世人得知，负责这次发射的NASA 管理人员和承包商不顾工程师们的强烈反对，没有遵守既定的温度规则。**和其他许多人一样，我对 NASA 和业界领导人物对国家的宝贵资产、机组人员的生命和人类航天的未来如此无所顾忌，感到无比惊愕与气馁。**

"挑战者"号事故是航天业发展的一次决定性事件。为了证明政府在该项目上巨额投资的合理性，美国的政策规定，几乎所有卫星都要由航天飞机发射，而这种做法消灭了市场竞争。这场灾难不仅造成 7 名宇航员死亡，还导致数十颗用于国家安全的卫星以及民用和商用卫星停飞。事故发生后，政府出台了一项新政策，规定航天飞机仅能用于执行需要宇航员参与的任务，并且将已有一次性火箭的所有权移交给私营部门。在中断了近三年后，航天飞机重新起飞，只不过执行的任务更加单一。

1984 年，里根总统启动了一项名为"自由空间站"的行动计划，旨在作为 NASA 发射航天飞机的主要目标。政府宣称该计划是"合乎逻辑的下一步"。如果没有目的地，航天飞机执行载人飞行任务时不能超过一周，因此建立一个空间站对于探索如何在太空中长期生活和工作至关重要。此外，一旦拥有了空间站，航天飞机就有理由继续运行下去，这一点恐怕并非巧合。"挑战者"号发生事故后，对于是否继续使用航天飞机，舆论没有太多争议，但如果政府没有筹划建立空间站，情况则要另当别论。

里根总统在一次演讲中对该计划做了介绍，概述了建立空间站的目的，即促进科学进步和商业发展。里根预测，"空间站将使我们在科学、通信以及那些只能在太空中制造的金属和救命药物方面的研究取得重大进展。"他说："正如海洋为快速帆船和聪明的商人开辟了一个新世界，今天的太空蕴藏着巨大的商业潜力。"25 年后，当我回到 NASA 工作时，该计划已耗资 1 000 多亿美元，但上述目标仍遥不可及。

从政策和经济学视角，去填补航天世界的空白

1986 年的航天飞机事故对我的职业生涯也产生了决定性影响。这场悲剧让我和许多人开始质疑 NASA 到底在做什么及其目的何在。国家航天协会是当时为数不多的非政府航天组织之一，因此也应媒体之邀发表专业见解。事故发生当晚，我作为嘉宾来到华盛顿特区的国家公共广播电台，仿佛被丢进了深水区，但我并没有被各种问题吓倒，因此不断收到邀请，要我就公共航天事务进行分析和发言。

我喜欢强调航天事业催生了众多创新产业，让我们获得了绝无仅有的科学知识。人们普遍认可的是，NASA 的早期投资推动了全球即时通信、小型电子设备和航空技术的进步，增进了我们对地球的了解，而这些知识无法直接从地面获得。很多人对 NASA 自"阿波罗计划"以来的所作所为提出质疑，足以表明政府投资载人航天的目的与民众相脱节。民众更关注的是在登月竞赛中击败苏联后，美国取得了哪些成就以及付出了怎样的代价。

我竭尽所能为 NASA 的载人航天项目辩护，给出了人们最常想到的理由，譬如为了提高国际声望和鼓舞人心。但在"哥伦比亚"号事故发生后，这些理由变得越来越牵强。以往的经历使我懂得，在接受媒体采访时，要想为政府在载人航天方面的投资辩护，往往需要巧妙地避开潜在的问题。然而，对人们提出的所有疑问，我决心如实地严肃作答，并加以深入探讨。

NASA 所谓制造"副产品"（spin-offs）的说法似乎也常常站不住脚。如果政府只是想要搞出诸如记忆海绵或无线电力工具之类的创新，比起耗费数十亿美元将宇航员送上太空，一定还有更可行的方法。此外，这种经济观点也具有一定欺骗性，因为对政府工作岗位的直接投资假使不能刺激产生新的市场，只会减缓而非促进经济发展。

在我看来，需要持续开展航天活动的理由很简单：人类这个物种生存下去的唯一机会是超越地球的界限。这是一个需要许多代人努力才能实现的目标，而不单单是 NASA 的责任。不过，"太空海盗"们已经想出了很多利用太空资源的方法，能够为仍在地球上生活和已经离开地球的人们提供帮助。

我很喜欢弗兰克·怀特（Frank White）的《总观效应》（*The Overview Effect*）一书。这本书描述了宇航员在太空中看到的一切如何改变了他们对地球环境以及人类在地球上共同生活和工作能力的看法。我认识的每一位宇航员都曾谈到，在看到大气与陆地之间那条一望无际的细线时，他们的世界观被彻底改变。这一景象当然十分特别，但我也意识到这种体验除非来自出身各异、形形色色的人们，否则很难产生重大影响。

对我而言，人类航天的价值在于它能够改变人类和社会。关于这一点，我最喜欢举的一个例子是"阿波罗8号"的宇航员从月球背面拍摄的一张照片，名为《地球升起》（*Earthrise*）。这是有史以来最著名的照片之一，被公认为环境运动的发端。在此之前，机器人航天器也曾从太空拍摄过地球的照片，但只有人类才能发现这种独特的视角。这是人类第一次亲眼看到这一景象，清楚了这一点，这张照片对我们来说才更有意义。

由于对航天项目做出过缜密而清晰的解读，我一时声名远播，并开始意识到自己可能会在该领域扮演重要角色。我的使命是确保未来的航天活动充分发挥其潜力，从而对社会产生积极影响。我本打算去研究生院攻读工商管理学或法律，但在发现了自己新的目标和激情所在之后，最终决定要拿到与之相关的高级学位。

乔治华盛顿大学开设了国际科学与技术政策硕士课程，且侧重航天政策，于是我在继续全职工作的同时上了夜校。该课程着眼于历史，而我也很愿意学习怎样才能吸取过去的教训，以推出更行之有效的政策和利用太空的优势。我之所以被航天项目所吸引，几乎与其他喜爱航天世界的人的原因都不一样，这一点有时很令我困扰。我不希望自己显得方枘圆凿、格格不入，我想方设法要把各个环节连接起来。**我想填补整个拼图中缺失的一块，帮助那些才华非凡的工程师和科学家们破解宇宙的奥秘，推动文明的发展。**

"挑战者"号事故打破了传统规则，所有航天活动的参与者都无比震惊。NASA 的决定注定让它命运多舛，事故不仅显现了其糟糕的管理方式，也暴露了声望卓著的安全和工程领导团队所忽视的技术失误。从那个寒冷的冬日开始，政策发生了转向，最终让私营部门得以大张旗鼓上场角逐，只不过当时还不引人注目罢了。无论是命运使然还是成绩欠佳让我无法学习微积分和攻读工程学，后来的事实证明，研究政策和经济学给予了我一个独特的视角，也为我接下来 35 年的职业生涯奠定了基础。

第二章
职业生涯起步之路（1987—2000）

1987 年，在国家航天研究所与 L5 协会合并一年后，我晋升为国家航天协会执行主任。上任之初，我最大的目标是融合这两个组织的文化观念，因为它们的差异似乎远大于相似之处，在管理方式、历史由来和航天理念上相差甚远。

我发现二者虽然根系不同，渊源却一致，都离不开 NASA 的早期成功和科幻小说的愿景。20 世纪 70 年代，冯·布劳恩从这两个领域招募了一批名人，包括宇航员艾伦·谢泼德（Alan Shepard）、哈里森·施密特（Harrison Schmitt）和约翰·格伦，以及科幻作家雷·布雷德伯里（Ray Bradbury）、艾萨克·阿西莫夫、吉恩·罗登贝瑞（Gene Roddenberry）和亚瑟·C. 克拉克（Arthur C. Clarke）。我竭尽全力想要发掘他们每一个人的才智。当时，著名电视记者休·唐斯（Hugh Downs）已同意召集一个董事会，而我则致力于物色总裁与主席人选，以吸引更多人的注意。

广办活动，激发更多公众兴趣

　　在"挑战者"号事故发生前，为使乘坐航天飞机开展太空旅行变得不再遥不可及和代价高昂，NASA 采取了多项举措，譬如只要具有有效载荷，公司代表就可以加入宇航团队。1984 年至 1985 年间，查理·沃克（Charlie Walker）曾以麦道公司员工的身份，三次乘坐航天飞机出行。作为首位民间太空旅客，他在"太空海盗"中备受尊崇，于是我邀请他出任总裁。他表示应允，并成为我最早的导师之一。在国家航天协会任职期间，我始终与他携手合作、亲密无间。

　　既然已经成功网罗到一位非同凡响的总裁，我开始集中精力，寻觅一位不畏艰险的主席。

　　在此前一年的某次会议上，我认识了巴兹·奥尔德林（Buzz Aldrin），发现他的观点与协会相当吻合。作为第二个登上月球的人，奥尔德林是一位家喻户晓的偶像人物和英雄。我清楚他的加入会激发公众兴趣，增加会员数量，并带来更多机会。在早期的宇航员中，像他这样更关注未来而非留恋过去的人实属罕见。出乎意料的是，在我们首次通电话时，他便同意担任协会董事会主席。随后，他担任此职超过十年。

　　休、奥尔德林和沃克加入领导团队后，其他一些声望卓著者也慕名而来，成为董事会成员。董事会兼收并蓄，汇聚了众多取得巨大成功的人士。他们来自技术或非技术领域的各个行业，却被共同的兴趣所吸引，期望建立更有价值的航天计划。尽管作为个人，结识这些人物令人神往，但他们之间的关系更耐人寻味。于是我千方百计探寻董事会的意愿，以期在他们之间开展互动，促进协会和航天计划的发展。

由于两个组织的财务都缺乏稳定性，合并势在必行，所以我让董事会参与了筹资。《星际迷航》原初系列被取消时，我只有 7 岁，虽然很晚才接触到这部电视剧，但我不得不承认罗登贝瑞所创造品牌的价值。我打电话给他，做了一番自我介绍。我第一次参观派拉蒙影城（Paramount Studios）时，他开着一辆高尔夫球车带着我兜了一圈，想要见见原初系列的剧组人员，但是却迷了路。当时，他们正在影城的一个片场进行拍摄，而"下一代"（Next Generation）系列的剧组也在另一个片场拍摄。在审查当天录制的内容，即原始胶片时，他一边让我在旁边观看，一边解释说最初他并不打算把这写成太空主题的电视剧。罗登贝瑞是一位人道主义者，他清楚只有把背景设定在未来，他想传达的信息才更容易被接受。他也是"太空海盗"的一员，关心的是怎样让航天探索造福人类。

我们当下一拍即合，罗登贝瑞同意在《星际迷航》的片场为国家航天协会举办一场募款晚宴，以答谢主要捐赠者。尼切尔·尼克尔斯（Nichelle Nichols）等剧组成员甚至签了名，同意为协会拍摄公益广告。罗登贝瑞告诉我说，他创造的角色卫斯理·克拉希尔是他心目中理想的儿子形象，所以他才把自己的小名卫斯理赋予了这个天才男孩。1991 年年底，罗登贝瑞去世时，我和丈夫已经怀上了一胎。儿子出生后，我们征求了罗登贝瑞遗孀玛吉尔的意见，给他取名卫斯理。

此外，我还大费周章，让罗登贝瑞把《星际迷航：下一代》的几乎所有演员都带到华盛顿，参加国家航天协会的筹款活动，以纪念艾伦·谢泼德进入太空 30 周年。除了一场大型晚宴以外，我们还在国家天文台举行了观星聚会，并且在副总统丹·奎尔（Dan Quayle）的宅邸举行了招待会。他的宅邸恰好位于同一观星地带，当晚到处星光熠熠，不需要望远镜就能看得很清楚。

这次活动大获成功，我们计划在接下来的几年里举办更多周年纪念活动，以筹集资金并提升公众对航天活动价值的认识。奥尔德林同意主持东西海岸举行的晚宴，以纪念"阿波罗 11 号"登月 25 周年。副总统戈尔和卡尔·萨根博士也在华盛顿特区的晚宴上向航天精英们发表了演讲。

我的第二个孩子即将在两个月内出生，但我还是带上不太讨喜的孕妇装，次日飞往洛杉矶，准备在协会举办的第二次盛会上铺设红毯，迎接知名演员和宇航员。由于电影《阿波罗 13 号》（*The Apollo 13*）准备在当年夏天开拍，我打电话给环球影业，邀请该片的全体演员和工作人员参加聚会。我声称他们可以利用这个机会，结识一下真正的阿波罗宇航员。这多少有点像在行骗，因为我又故技重施，告诉宇航员吉姆·洛弗尔及其机组成员，他们可以借此认识罗恩·霍华德和汤姆·汉克斯等人。结果不出我所料，双方接到邀请后，都感觉自己无法拒绝。

吉姆·洛弗尔在晚宴上表示，他从未获得过国会太空荣誉勋章，并对此感到失望。这话是他向同桌人员解释发射"阿波罗 13 号"的情况时顺带提到的。他说该行动被视作一场失败，而 NASA 也竭力加以掩饰。此时，汉克斯与我对望了一眼，我们心照不宣地表示认同。

当晚，有好几位明星发表了演讲，但洛弗尔的幽默风趣尤其令人难忘。他插科打诨地解释道，当他听说《阿波罗 13 号》电影开拍时，他觉得应该让凯文·科斯特纳（Kevin Costner）来扮演自己，因为"他们两人都是金发碧眼，而且妻子还是原配"（但当年晚些时候，科斯特纳与妻子离了婚）。洛弗尔提到了科斯特纳在《百万金臂》（*Bull Durham*）、《侠盗王子罗宾汉》（*Robin Hood*）、《梦幻之地》（*Field of*

Dreams），以及最近荣获奥斯卡奖的影片《与狼共舞》（*Dances with Wolves*）中塑造的几个著名硬汉。在说了半天科斯特纳后，洛弗尔冲着观众中的霍华德喊道："有没有搞错，罗恩？汤姆·汉克斯长得一点儿也不像我。要知道，将来一定会出个指令长洛弗尔的公仔，只不过不可能像我了。"

他的幽默让汉克斯笑得前仰后合。接着，洛弗尔大谈特谈汉克斯在《红妆小子》（*Bosom Buddies*）、《美人鱼》（*Splash*）和《长大》（*Big*）等影视作品中扮演的一系列角色，他觉得相比之下，这些都不是什么了不起的人物。当时，《阿甘正传》已于两周前上映，于是洛弗尔最后说道，他最担心的是汉克斯在扮演他时，又变成了那个脑袋不太好使的家伙。汉克斯简直对他着了迷。两人一见倾心，后来真的成了密友。

那天深夜，汉克斯把我拉到一边，说他注意到当洛弗尔说自己没有获得勋章时，我也做出了反应。他告诉我说，如果我能设法促成此事，他会很乐意前来华盛顿特区参加颁奖仪式。我的脑子开始飞速运转，考虑如何为了航天协会和航天活动——当然，还有洛弗尔指令长——最大限度地发挥这一提议的价值。

被斥越权行事！让总统与影帝汤姆·汉克斯同台宣传

NASA 的空间站计划在国会遇到了麻烦。

尽管辖区内拥有航空航天产业的议员通常会对表示支持，但这个计划的资金需求日益增长，这很难赢得多数选票。经过多年拖延，再加上成本不断上涨，1993 年国会试图终止这项计划，但仅以一票之差未能成功。如何吸引更多人的支持至关重要，因此我希望利用汉克斯无与伦比的魅力达到这一目的。

在完成当务之急，即生下第二个孩子后不久，我又开始布设另一场棋局，只不过这次风险更大。我向汉克斯的手下暗示，白宫的颁奖典礼已在筹备之中，并问他在华盛顿特区逗留期间，是否愿意在国会的活动上发言。汉克斯表示同意。

在得到他的应允后，我向 NASA 和白宫提议，由克林顿总统授予洛弗尔指令长勋章，这样一来，汉克斯就会亲自前往国会山，对 NASA 表示支持。如我所期望的那样，双方都认为不能错过这个良机。经过数月的安排协调，颁奖仪式被列入了总统的日程。NASA 同意在前一天晚上为洛弗尔举办一场小型晚宴，并邀请参议员米库尔斯基参加，因为她是 NASA 在国会拨款委员会最重要的盟友。

晚宴开始前几个小时，我们收到白宫工作人员的消息，称次日的颁奖仪式将被推迟，因为"此事不宜在当天举行"。抵达宴会厅时，我怒气冲冲。其他人却泰然自若，汉克斯也改变了行程安排，准备次日一早飞离华盛顿。这就意味着他不会在国会山发表演讲。我心烦意乱，与坐在旁边的米库尔斯基参议员谈起了此事。在此之前，我们一直没有对外界公布颁奖仪式一事，所以这是她头一次听说，并同样认为此举无异于错失良机。

晚宴期间，酒店领班找到参议员米库尔斯基，称她有一个重要来电。当时手机尚未普及，所以她走出包间去接电话。返回包间后，米库尔斯基说电话是克林顿总统打来的，并为自己中途离席道歉。几分钟后，当领班再次打断我们，称有洛弗尔指令长的电话时，我发现参议员的眼中闪过一丝欣喜。洛弗尔旋即笑容满面地回到包间，告诉大家颁奖仪式将于次日如期举行。汉克斯冲我竖起大拇指，示意他会改变行程，留下来参与典礼。

当天夜间晚些时候，米库尔斯基参议员告诉我，总统打电话过来是为了与她商讨波斯尼亚不断升级的局势。讨论结束后，她提到自己正与洛弗尔和·汉克斯共进晚餐，两人为第二天不能见到总统感到遗憾。总统表示他并不知道次日要参加颁奖仪式，也不清楚何以临时改变这项安排。参议员向我转述，总统似乎对这个决定感到不太高兴。虽然米库尔斯基没有告诉大家她在其中扮演了关键角色，但最终是她促成了此事。

晚宴结束回家后，我的答录机上有一条来自白宫的信息。虽然时间已经很晚，但我还是回了电话，并接受了一通申斥。白宫的工作人员数落我越权行事，违反了种种规定，并在最后吼道："你怎么能这样办事！"我没有说正是因为他们取消了颁奖仪式，我们才别无选择，只能直接向总统恳请。

参加颁奖仪式是我第一次走进椭圆形办公室，也是第一次面见克林顿总统。其间，我也像很多人一样患上了"椭圆形办公室健忘症"。当你第一次走进这个房间时，由于心潮澎湃，后来会很难回忆起接下来发生的事情。我有几张与总统握手的合影，以及与科林·汉克斯（他和父亲汤姆·汉克斯一起来到了华盛顿）站在一起，看着洛弗尔指令长接受勋章的照片，但我对这段经历几乎毫无印象。后来再到椭圆形办公室参会时，我学会了在心里默记，以避免大脑出现类似的空白。

不过，当天晚些时候汉克斯在国会发表的演讲我至今记忆犹新。这是一次有关航天计划和空间站重要性的专题演说，满场听众中既有航空航天界要人，又有众多国会议员。迄今为止，汉克斯的这番言辞仍是我所听到的关于建立空间站最打动人心的辩护。

尽管我事先向他的助手提供了几个谈话要点，也很想接受大家对我的揄扬，揽功于己，但他的演讲要远比我提供的建议更加具有说服力。

对航天政策施加影响才能有积极转变，游说民众势在必行

在举办过多次备受瞩目的活动后，我给国家航天协会董事会和航天界的捐赠者们留下了深刻印象，但这只是我作为执行主任行动计划的一部分。我逐渐意识到，民众对 NASA 支持率下降的原因很可能不只是信息或信使的问题。在我看来，其原因在于载人航天计划的目的。有关 NASA 以往辉煌成就和未来英勇壮举的电影之所以能够激发公众的想象力，是因为故事情节意味深长。这些大片并不是为了讲述宇航员怎样绕地球飞行，怎样在太空航行更长时间的。在几项全国性民意调查中，民众受邀按优先级别列出一些政府计划项目，结果 NASA 与外国援助并列倒数。

早在"挑战者"号事故发生后我就发现，民众不清楚 NASA 在载人航天方面正在做些什么，以及为什么要这样做。而国家航天协会在航天界声名鹊起，我们得以向外界传达，航天业的发展需要有一个长期目标。NASA 仅把关注点放在少数民选领导人身上，因为这些人热衷于维护其辖区的 NASA 工作岗位，这一狭隘的目标与国家航天协会开创太空文明，让人类在地球以外建立居住地的愿景形成了鲜明对比。虽然国会掌握着财政大权，但我通过在研究生院的学习了解到，纵观历史，NASA 的政策转变向来由总统主导。我认为，只有对政府未来的航天政策施加影响，这个部门才最有可能发生积极转变。

在 1988 年的大选中，我遵奉自己的政治信仰，自愿担任总统候选人迈克尔·杜卡基斯（Michael Dukakis）的航天政策顾问。虽然杜卡基斯最终输给了副总统乔治·H.W. 布什，但我只是希望如果他能当选，我会尽力确保民主党政府能够制订一个有益的航天计划。这段经历是我首次尝试制订国家级的政策，而 1984 年我参与格伦的竞选活动时仅限于操作性问题。

在竞选活动中，航天问题被归为科技政策的一部分，所以我参加了华盛顿科技政策小组的会议。NASA 本来不是会上讨论的中心，但来自航天大州——得克萨斯州的参议员劳埃德·本特森（Lloyd Bentsen）成了副总统候选人，为政府推出一项积极的航天计划提供了良机。1988 年 8 月，杜卡基斯州长与其新任竞选伙伴来到休斯敦，宣布支持建立"永久载人空间站"，并承诺重新建立一个由副总统担任主席的内阁级国家航空航天委员会。让我感到惊讶的是，我作为一名年轻的志愿者，能够如此轻易从总统候选人那儿得到这么重要的承诺。

众所周知，"海盗"们向来难以融洽相处。随着时间的推移，国家航天协会逐渐失去了思想最保守和最激进的两批人马。那些认为我们的愿景不合常规的人们加入或创建了更传统的航天协会，而那些希望进行彻底变革的人们则成立了更激进的组织。但我们是航天界早期的思想领袖，也是一股长久的力量。我经常应邀到国会就 NASA 的预算问题出庭作证，并频繁接触媒体，就航天问题发表评论。有了这些机会，我们得以对载人航天的重大长期目标进行明确阐述，以填补航天政策的空白。我们还和时任国会少数党党鞭的纽特·金里奇（Newt Gingrich）遥相呼应。早在他作为众议院议长，误用近音词而出名之前，他就因支持在太空建立定居点而广为人知。更重要的是，当布什总统上任后，新一届政府显然也认同我们的观点。

老布什总统上任时，NASA 仍未从"挑战者"号事故中恢复，航天飞机也刚刚开始重新飞行。布什兑现了候选人杜卡基斯的承诺，恢复了 20 世纪 60 年代由副总统主持国家太空委员会的做法。尽管在公众眼里，副总统奎尔算不上一个重量级人物，但他充分利用了自己的权力。正是因为缺乏航天及技术背景，副总统及其手下较少受到传统利益的影响，他们似乎决心为 NASA 设定一条新的道路。

1989 年 7 月 20 日，为纪念"阿波罗"登月 20 周年，布什总统宣布启动"太空探索计划"，使人类重返月球并登陆火星。总统表示，"我们必须致力于开创未来，让美国人民以及所有国家的公民都能在太空生活和工作。今天，美国诚然是地球上最富有的国家，拥有全世界最强大的经济力量，而我们的目标就是让美国成为卓越的航天大国。"

我目睹总统发布此类声明，这声明无疑具有重大的历史意义。这是一个明确的国家目标——美国要成为一个航天大国。国家航天协会很快起草了信件，以奥尔德林的名义发送给广大会员，并开始招募新人，希望乘势而上。这项行动的关键是激活协会的基层网络，联系当地当选的领导人。为此，我们与国家太空委员会的工作人员进行了协调。

太空委员会要求 NASA 进行为期 90 天的调研，拿出新的太空探索计划，并明确表示他们需要的不是过去那一套。他们希望 NASA 讲解创造性的方法，甚至可能需要对目前已经确立了基础的自由空间站计划作出修改。有关 NASA 下一步计划的传闻泄露到外界后，委员会要求能源部洛斯阿拉莫斯实验室成立工作组，提出自己的计划方案进行制衡。太空委员会显然对 NASA 在载人航天方面缺乏进展感到失望，因此希望引入竞争机制，以激励该部门从其他角度进行思考。

不久前，布什总统任命前宇航员、海军上将理查德·特鲁利（Richard Truly）到 NASA 担任局长，但副总统和太空委员会似乎对他的选择感到惋惜。在传记《岿然屹立》（Standing Firm）一书中，奎尔在"火箭和官僚作风"一章里称，NASA 对白宫领导层的回应可谓顽固不化，让他十分懊丧。

> NASA 的官僚是一群被惯坏了的家伙，对他们来说，问题在于太空政策由白宫负责……虽然在局外人看来，他们正在开展的项目显然过于缺乏创意、过于昂贵、过于庞大而进展又过于缓慢，但他们仍想把政策的制定权据为己有。NASA 不介意让我们加入进来，一起跟行政管理预算局和国会搞预算战，但他们却想独揽预算编制权。

副总统和国家太空委员会在 20 世纪 90 年代初的发现与我在 20 年后的遭遇有诸多相似之处。副总统奎尔描述了他和 NASA 领导层一次早期会晤的情况。

航天项目负责人在会上承认，对于空间站计划的起始运行日期，他们一直在向国会撒谎，甚至暗示他们已经知道至少会有 4 年延误，并不惜为此捏造技术理由。

奎尔副总统回忆说，代表团的其他成员纷纷撇清，声称不认同上述言论，但他表示这不过是 NASA 的一种行事模式，这一模式令他和行政部门的其他人员深感不安。

"这种傲慢的态度简直难以置信，"他写道，"他们或许习惯了漫天报价，指望用 NASA 过去的辉煌来迷惑听众，只要有人听得进去。会后，达曼（Darman，行政管理预算局局长）对阿尔布雷克特（Albrecht，太空委员会执行秘书）说，相比之下，水门事件^①（Watergate scandal）不过是小事一桩。"

能源实验室提交了一份提案，包括建造一系列用于空间站、月球和火星基地的充气式太空舱，总成本为 400 亿美元。几周后，NASA 也发布了自己的提案，耗资 5 000 亿美元。这一方案围绕该局现有的基础设施和人员进行设计，虽然总统已明确提出要建设一个航天大国，但 NASA 并未彻底改变原有的方案，而是老调重弹，提交了一份修改版的"阿波罗计划"，且耗资更加巨大。这一天文数字不仅登上了各大媒体的头条，也让国会满怀疑虑，太空委员会愤怒不已。

在布什总统宣布了重返月球计划后，"太空海盗"们欣喜若狂。国家太空委员会更是有意为此打造一项更具创新性和更可持续的行动计划。我们在发表演讲和在国会作证时阐述了自己的意见，同时也对普通民众进行了游说。只要读一下 30 多年前这些证词的记录，便可以看出"太空海盗"们的目标是一致的：

> 从长远来看，提高性能和降低成本的最佳途径是尽一切可能，将政府支持的探索活动、政府和私人开展的研发活动以及私营部门提供的常规航天载货和服务结合起来。
>
> ……即使在政府是主要购买方的情况下，它也应尽可能

---

① 美国历史上最不光彩的政治丑闻事件之一，在 1972 年的总统大选中，为了取得民主党内部竞选策略的情报，1972 年 6 月 17 日，以美国共和党尼克松竞选班子的首席安全问题顾问詹姆斯·麦科德（James McCord）为首的 5 人潜入位于华盛顿水门大厦的民主党全国委员会办公室，在安装窃听器并偷拍有关文件时，当场被捕。

地作为商业客户行事，但有一点或许也应纳入考量，即我们应该奖励那些假以时日有望大幅降低成本的创新技术，而非那些仅仅因为研发成本已经摊销而更具有价格竞争力的陈旧技术。

我们接着解释说："对航天业来说，这至少会促使我们采用那些以结果为导向而非专注硬件设备的合同，放弃政府的微观管理和详尽的产品说明"。其原因在于，"这些做法往往会抬高成本，遏制技术创新，就 NASA 而言，则会将那些本应从事尖端研究的技术人才束缚在对合同的监管之中"。我们敦促政府"做一个进行长期采购的可靠客户"，并总结道，"NASA 和商业部门应各尽其长，由前者进行先进技术研发，后者利用市场力量作为激励，降低现有技术的成本。"

假如今天要我再次就这一主题作证，我会只字不改地重复一遍。

官僚联合发起漫天攻击，信念重创令我气馁不已

我们所传达的信息在当时可谓独一无二，副总统奎尔及其团队似乎对我们这样一个民间组织给予他们的支持颇为赞赏。除了让我们在他的宅邸举办"观星聚会"，他还邀请我们前往白宫等地参加与航天有关的会议和活动，聆听他的发言。随着知名度和影响力不断提高，我们受到了传统航空航天业的更多关注。

国家航天协会下辖一个由 10 家公司组成的航空航天产业委员会，其中每家公司每年会捐赠 5 万美元，这在协会的预算中所占比例不小。委员会委员每季度碰一次头，为换取他们可以用于免税的捐款，我们会邀请他们参加各种活动，并将其姓名列在报头。但按

照协会的治理模式，我们出台的航天政策和决定会刻意与委员会保持一定距离。虽然协会一如既往地赞同增加 NASA 的预算，也赞同建设空间站，但我们的强烈愿望还是向外界传达对新太空探索计划的支持。

波音公司（Boeing）是 NASA 现有计划的主要参与者，时任委员会主席的波音公司代表艾略特·普勒姆（Elliot Pulham）曾打电话给我，因为协会支持总统的新计划而出言威胁。他声称，如果我们不停止对太空探索计划的宣传，并将工作重点放回自由空间站，他们将取消财务支持。我为他对各大公司在协会决策过程中所起作用的误解表示歉意，并解释了我们支持这一新举措的原因。接着，我向他阐明各企业的免税捐款不得与有计划开展的特定宣传活动挂钩，并提醒他说如此"施加影响"不仅有悖职业道德，而且违反了国税局的规定。他显然没料到我会做出这种反应。

产业委员会曾经支持我担任执行主任。我很感激他们的信任，但现在我忽然感到他们的支持是有附加条件的。他们不仅公然集体表达反对总统的观点，并且暗示他们可以掌控我的行为，对此我感到极为惊愕。我们当然不会受人操纵而偏离路线，我们继续激励广大会员，敦促他们向当地民选领导人表明自己的观点。据说来信如雪片般涌入国会办公室，当我接到另一通令人不安的电话时，上述传闻得到了证实。这一次电话是凯文·凯利（Kevin Kelly）打来的，而他可是参议院拨款委员会的权势人物。

这位愤怒的高级职员表示，他们办公室的来电和信件多如牛毛，已经引起了混乱，局面几乎难以控制。他要我"把我的狗都喊走"，否则别怪他减少项目拨款。我听出了他语气中的跋扈意味，于是如实相告：即使我愿意听他的吩咐，电话也不会停止。我解释说，这些人只是在行使自己的公民权利，而且我也注意到，他们的呼声代表了那些关心航天业未来的人们。这位国会工作人员大概惯于使用此类手段控制企业说客，但我的反应再次出乎他的意料。我坚守阵地，但脚下的根基却摇摇欲坠。

我曾努力与航空航天业界和国会山上的人员建立积极的关系。我意识到，对我个人名誉的攻击不仅有损我的职业生涯，还会削弱政府对协会的支持。这是我最早亲自见识到的传统说客、官僚和国会的手段。我试图将其视作一道障碍，而非一纸判决，并且相信稳健的政策和原则最终定会获胜。

太空委员会执行秘书阿尔布雷克特后来在书中讲述了他在 NASA 的工作经历，表达了自己的挫败之情。他写道："人们常说，五角大楼是由工业界、国会和军队形成的铁三角。其实民用航天项目才是由工业界、国会、NASA 这个官僚机构和学术界的科学家们构成的钢铁四边形。如今，这个一度在美国例外论（American exceptionalism）时代被视为冠上明珠的瑰宝早已残缺不全。"太空委员会最终还是输掉了这场论战。

我耗费数年时间，终于与艾略特和凯文建立起了积极的工作关系。太空探索计划的进展并不顺利。总统在第一年申请 2 亿美元资金，但几乎被国会悉数取消。只有不温不火的支持和少量资金援助，太空探索计划举步维艰，推行了数年也仅限于概念性任务研究。自私的企业游说者、国会以及 NASA 的顽固官僚组成的联合体令人望而生畏，在任总统恐怕会不止一次遇到此类状况。20 年后，我将处于这场风暴的中心，而我本应为滂沱的暴雨作出更充分的准备。

在受够了海军上将特鲁利的拖拖拉拉和折中主义后，布什政府决定撤去他 NASA 局长之职。副总统奎尔奉命转达这一消息，但当奎尔要求特鲁利辞职时，后者表示自己为总统工作，必须听他亲口告诉自己。1992 年 2 月 12 日，在解雇了上任不到三年的前宇航员、海军上将特鲁利局长不久后，总统告诉副总统兼太空委员会主席，他希望在 4 月 1 日前确定一位出色的新任局长。这是一项几乎不可能完成的任务。

虽然有传闻称特鲁利在离职时表现得不够得体，但航天界还是对这位宇航员出身的局长遭到解雇一事感到担忧。他在企业界的同僚表示失望，就连商业新闻界似乎也站在特鲁利将军一边，反对总统的决定。我则因为自己长期以来坚持的信念遭到重创气馁不已。一面是航空航天界支持政府拨款推动航天业可持续发展，一面是堂堂政务官无视总统的指示，而总统竟要等上两年多，才因此类违规行为将其解雇。上述种种因素综合起来，严重破坏了我对太空和政治秉持的价值观念和基本准则。

丹·戈尔丁：临危受命 NASA 局长，
解决僵化体制顽固旧疾

尽管困难重重，国家太空委员会还是不负使命，完成了布什总统下达的指令。1992 年 4 月 1 日，丹尼尔·索尔·戈尔丁（Daniel Saul Goldin）宣誓就任 NASA 局长。他的确是一位杰出的新人。华盛顿的民间航天机构对他较为陌生，而他也并不热衷加入其中，因为他知道自己受命推出一项变革性方案。在职业生涯的前五年，丹[①] 在 NASA 位于克利夫兰的分局从事电力推进工作，随后受聘于汤普森·拉莫·伍尔德里奇航空航天公司（Thompson Ramo Wooldridge, Inc.），

① 丹尼尔的昵称。

即鼎鼎大名的 TRW 公司，该公司曾为"阿波罗计划"研发月球着陆器引擎。丹在工业界的见识遥遥领先于局里，早在当时他就意识到 NASA 的体制已经僵化。几年后，他告诉我说，虽然参与"阿波罗计划"的人们很了不起，但政府体制不利于创新，而 NASA 的官僚作风也令人窒息。

丹在一个不利的时机来到 NASA，当时距总统大选仅有 8 个月时间，作为一名政治任命的官员，他的去留成了悬念。即便如此，他还是立即着手工作，为推动积极变革，采取了在他看来必不可少的行动。在国家太空委员会的支持下，他成功应对了上任之初的诸多挑战，而他的首要任务是解决下级承包商泛滥和官僚主义盛行的问题。

1992 年的大选结束后，只当了一届总统的乔治·H.W. 布什离任，因此次年 1 月，丹恪守本分，开始收拾办公室，准备打包走人。

候任总统克林顿在 NASA 的过渡团队由萨莉·赖德博士领导，于是丹命令下属积极配合，收集有助于组建新团队的信息。众所周知，克林顿总统希望赖德出任 NASA 局长，但她显然不愿意。1 月中旬，新总统的手下问他是否能够留任一段时间，直至他们找到合适的人选，丹很是惊讶。萨莉只是同意白宫帮忙撑过 3 个月的过渡期，但白宫方面仍在耐心等待，企盼她能回心转意。

丹充分利用了这段时间。因为自由空间站计划一再延误，再加上成本不断增加，国会的支持逐渐减少，因此他希望设法让新总统以及民主党占多数的国会参与进来。在载人航天与空间站建设方面，俄罗斯比其他国家都更有经验，但 1991 年苏联解体后，他们的经济受到重创。他们也在竭力挣扎，以维持"米尔"，即"和平"空间站的运行。

布什总统在位时，美国已经开始进行宇航员之间的合作交流——让俄罗斯宇航员乘坐航天飞机，让美国宇航员乘坐"联盟"号宇宙飞船。于是，丹提出开展软实力外交，即扩大后戈尔巴乔夫经济改革时代的这一行动，包括邀请俄罗斯作为正式合作伙伴，重新设计空间站。这一建议在白宫大获成功，让丹和自由空间站计划赢得了克林顿政府的支持，而这正是二者所急需的。

"自由空间站"更名为"国际空间站"，简称 ISS，这一修改意义重大。丹还取消了提供技术支持的承包商和该项目负责官员的等级制度，转而采用更精简的管理架构。

可以想见，空间站现有的 14 个合作伙伴和行业承包商对该项目的变化感到不安，并抱怨他们的意见没有得到应有的考虑。这一决定意味着要对空间站重新定位，调高倾角，以便与拜科努尔（Baikonur）发射场对接，此举又反过来要求对航天飞机进行升级。以上变化还意味着放弃过去近 8 年来的进展和 400 吨已在开发中的新设备。在这场辩论中，人们基本不愿承认：如果不让俄罗斯参与进来，"自由"号很可能难以为继。

空间站计划虽然得到了克林顿总统的支持，但 1993 年，其拨款在众议院仅以一票的优势通过。丹认为计划进行改造并邀请俄罗斯参与的大胆之举可谓冒着极大的风险，但事后看来却赋予了空间站更加持久的地缘政治意义。10 年后，当"哥伦比亚"号事故导致航天飞机停飞时，正是俄罗斯人进入国际空间站，该计划才得以挽救。

除了载人航天外，在丹的领导下，其他几个重要科技项目也进行了彻底调整。他上任之初，NASA 正经历一系列令人尴尬的失败，最失败的是"火星观测者"号探测器失踪，以及哈勃太空望远镜传回的图像十分模糊。上述损失纳税人付出了 20 多亿美元的代价，引人注目且极具破坏性，这些失败增加了提高边际需求的动机，同时加剧了某种恶性循环：行动规模越来越大，行动数量越来越少。成本不断攀升，创新能力随之下降，增加新技术就意味着要拿那些耗资数十亿美元、千载难逢的任务机会去冒险，很难说这是一种合乎情理的做法。

布什政府的太空委员会曾提出要向"速度更快、质量更高、代价更低"的飞行任务过渡，而这一口号被丹奉为圭臬。这就是说要降低成本，增加行动次数，以便对更多创新技术进行测试。丹不惜斥资为这些科学任务设置了一系列的竞赛，其中很多竞赛迄今仍在开展。但就连上述改变也引起了航天工业部门的愤怒，因为传统项目能为国会关键选区的高校和承包商们带来更多资金，而且从安排上来看很难取消。

在丹担任局长的前几年里，我在工作上与他常有交集，比如他曾帮助吉姆·洛弗尔获得了太空荣誉勋章。他从本质来说也是一名"太空海盗"，并且相信我代表国家航天协会所传达的信息。1994 年，丹邀请我加入 NASA 顾问委员会，此前该委员会成员皆是德高望重的年长白人男性。两年后，他打电话给我，想让我到 NASA 协助他制订战略部署，我毫不犹豫地答应了。此时，我在国家航天协会任职已逾 12 年，迫切地希望将所学内容付诸实践。

协助 NASA 战略部署，发现内部自我供给恶性循环

我在 NASA 的第一年便遇到了挑战。

丹在大家眼中就像一位经理，在他看来，人们只有跳出舒适区，才能把工作做得更好，因此每一天都像是一次新的考验。我这个初

来乍到，又没有任何军事或工程背景的新人，突然出现在他们当中，和他们一起进行统筹部署，丹领导的团队自然不太高兴。丹的左膀右臂，绰号"小个子"的迈克·莫特（Mike Mott）和绰号"佐罗"的杰克·戴利（Jack Dailey）都加入过海军陆战队，他们对我的到来特别反感。"小个子"和"佐罗"在观念上比局长更为传统，并且清楚我到这里的目的就是为了提出不同意见，而他们竭力想要阻止我成功。在政府工作当中，信息就是力量，尤其是我们的薪酬几乎相当，因此他们认为，只要尽可能不与我分享信息，我就难以成功，并最终溜之大吉。

采购主管戴德丽·李（Deidre Lee）是 NASA 为数不多的女性高管之一，此前曾在国防部负责制订购置政策。她很快就和我结为朋友，并成了我的导师。迪[①]戏称这些男同事为"杯控男"，因为他们的咖啡杯在局里随处可见，上面还印着他们在军队的呼号：小个子、佐罗、龙、黑豹等。这样一来，其他人就不得不承认这个排外的圈子，并且接受他们的绰号。在我的职业生涯中，我曾与多位"杯控男"共事，发现他们大都很抗拒新人和新思想，而这一倾向往往与 NASA 的任务背道而驰。

"小个子"和"佐罗"想要限制我的行动，却反让我扶摇直上，这显然并非他们的本意。从日常书信往来和会议中抽出身来后，我有时间把注意力集中在最重要的战略问题上，后来我晋升为 NASA 政策办公室的负责人。

通过观察丹的行为，我学会了凡事要先构想出一个目标，然后进行反向推导，即人们常说的逆向思考。这不是他教给我的经验，而是他身体力行的示范。人们总是把要有战略眼光这句话挂在嘴边，

---

① 戴德丽的昵称。

但很少有人将其付诸日常行动，而丹天生喜欢把结局放在前面加以思考。那些被官僚机构所吸引的雇员往往是过程型思考者，因此拥有一位战略型的领导至关重要。我见过许多人专注于设计、开发和操作任务的过程，而这并非我所长。我还注意到，在一个项目的开发周期中，即使成本会增加，最终目标仍会逐渐压缩。只有彻底改革这种体系，才能打破恶性循环，但在政界领导人中，很少有人看重变革性解决方案。

"速度更快、质量更高、代价更低"这句口号常常与丹在NASA推出的变革联系在一起。事实上，商业航天活动之所以能够实现，很大程度上是归功于领导者。作为一名政策制订者，以我从"太空海盗"们那里学来的经验，我认为航空航天领域最具建设性，值得我进行挖掘，因此我成立了一个小组，以便就如何在载人航天领域创造商业机会提出建议。

经丹批准后，我网罗起一个团队，包含项目办公室和总法律顾问办公室的人员，并聘请了曾亲自在太空开展实验的宇航员玛丽·艾伦·韦伯（Mary Ellen Weber）博士。我们开始在该领域深耕，推动商业政策的发展，希望制订一份能够引领成功的蓝图。

团队首先研究的是如何促进国际空间站的早期商业用途。NASA已为国际空间站的开发投入了数百亿美元，但对其使用的研究仅耗资几亿美元。丹希望改变这一模式。

他率先与美国国立卫生研究院达成协议，开发突破性生物科学，刺激私营部门投资，并利用自己的名望吸引潜在的新用户。《纽约时报》在醒目位置刊登报道，称NASA有意允许私人赞助在空间站开展实验。美国庄臣公司（S.C.Johnson Wax）创始人的玄孙菲斯克·约翰逊（Fisk Johnson）读到这篇文章后，与NASA取得了联系，表示对这一观念很感兴趣，于是丹指派我的团队跟进。

菲斯克希望出资在空间站开展一项重大商业科学实验。他儿时便深受航天计划鼓舞，后来成了一名冒险家、飞行员、企业家和环保主义者，并希望自己能够有所作为。经过努力，我们双方达成一项合作协议，计划在太空中测试肝脏和肾脏组织的代谢物。2001 年，菲斯克向 NASA 支付了数百万美元，以便能够进入太空，在国际空间站开展实验。

为这个项目工作无疑是一次极为宝贵的机会，而 NASA 也有幸能与这样一位能力出众、充满热情的人物合作。NASA 的这支团队里都是拔尖人才，但即便如此，该项目的耗时还是超出了预期。这段经历让我们学会了如何进行商业实践，也让我了解了合伙人权力这一独特概念，正是这一权力在十年后成了降低太空运输成本的关键。

我们还意识到，在没有研究人员在场的实验室里开展商业实验，仍是一种挑战。在绕轨道飞行时，负责进行实验的宇航员在将代谢产物注入肝细胞时犯了一个重大时间错误，导致实验结果无效。NASA 同意提供一次免费重飞的机会。两年后，执行 STS-107 飞行任务的宇航员终于完成了这项实验。2003 年 2 月 1 日，当"哥伦比亚"号及其机组人员返回地球时，实验结果与他们一起瞬间消失。

第二次航天飞机灾难与第一次一样，让载人航天的前景蒙尘。"挑战者"号事故发生后，经过近三年极其艰难且耗资巨大的重新设计，航天飞机躲过了被裁撤的命运，但"哥伦比亚"号将这一切虚假的外表撕了个粉碎。很遗憾，且不可否认，航天飞机永远不会实现其预期目标：让航天运输变得价格低廉和安全可靠。

在第一次航天飞机事故发生后，政府出资聘请另外两家发射公司——洛克希德·马丁公司和波音公司，希望升级和操作他们在 20

世纪 60 年代为军方研发的火箭。虽然政府试图建立竞争体系，但公司只要专注于有保障的政府市场，就可以保持价格高位，并从中获取更多利益。久而久之，这只会使它们丧失在商业市场开展竞争的动力。利用最新的 EELV①，即改进型一次性运载火箭进行发射，不像发射航天飞机那样昂贵，但价格仍远高于世界其他地区，因此无异于将商业卫星业务拱手让给了其他国家。

正是美国在商业发射市场上缺乏竞争力，政府承担了航天飞机和 EELV 系统的全部费用，纳税人为此直接支付了数十亿美元。发射成本长期居高不下，也阻碍了研发技术更新、建造价格更低的卫星。仅发射本身就要耗资数亿美元，因此在卫星上尝试成本较低的新型技术所增加的风险着实难以承受。这两个系统的成本削弱了风险承受能力，抑制了开展创新的动力，扼杀了潜在的竞争，导致恶性循环不断加剧。

几年后，美国政府的发射任务不足以维持两家公司的业务，其中一个或两个火箭系统可能停产，政府不得不支持将其合二为一，于是又产生了政府准许的垄断行为。这家合资企业被命名为"联合发射联盟"（United Launch Alliance，ULA），其结果是除了不断上涨的发射价格，它还要每年拿走数十亿美元的机构开销补贴。

联合发射联盟声称其组建是因为政府希望企业合并所导致，但这种说法往往别有用心。那些代表航空航天产业工人的国会议员经常被企业告知，只有满足他们的某某需求，才能维持或增加所在地区的就业机会。如果政府就范，企业就会表示它们是按政府要求行事。一旦在关键国会选区签订巨额就业和基础设施合同，事情就几乎不可能改变方向。

① 美国空军"改进型一次性运载火箭"计划，20 世纪 90 年代中期开始发展的火箭系列。

对于这套体系，丹和其他一些人称之为"自卖自舔的大号冰激凌甜筒"。

这种自我供给恶性循环的不利结果之一是增加了纳税人的纳税负担。此外，这一体系还消除了竞争。众所周知，竞争是提高效率和驱动创新的有效方法，缺乏竞争不仅会导致成本增加，而且会出现激励倒错。国会议员和业内人士不仅要独享所有"冰激凌"，而且还完善了这一制度！他们喜欢享用"高糖食物"虽然可以理解，但从长远来看，这只会有损NASA和国家的健康。我像其他人一样喜欢冰激凌，如果不是担心发胖抑制了我的胃口，恐怕我也会经常大快朵颐，吃下更多冰激凌。

在航天计划实施40年后，充分发挥太空潜力的主要障碍仍是逃离地心引力要付出的代价。丹将这一障碍称为"戈尔迪之结"，能否解决这个障碍正是航天业可持续发展的关键所在。尽管预算没有增长，航天飞机和国际空间站的开支仍不断增加，丹也还是义无反顾地准备投入资源，着手解开这个死结。

局长竭力降低发射成本，我的信念因此淬火成钢

NASA的日常采购机制与军方类似，首先确定希望采购项目的明细，即提出一组正式需求，然后按固定价格或成本加成[①] 合同进行招标。《联邦采购条例》(*Federal Acquisition Regulations*，*FARs*) 对合同做出了种种详细限制和要求，但赋予了政府控制权。政府不仅有权了解承包商的工作情况，且由此产生的任何知识产权均归政府所有。

---

① 成本加成定价法（cost-plus pricing），是以全部成本作为定价基础的定价方法。

NASA 几乎所有的大型合同都采取了成本加成的方式，因为此类独一无二的项目的未知风险有可能增加，不适合由某个公司承担。这些被 NASA 称作"传统合同"，但在市场上，该模式毫无传统可言。这种合同允许就成本进行协商，加上保证费以及可能产生的额外费用，以满足项目开发过程中出现的任何新要求或意外难题。NASA 每年拨款支付一次，企业因延长项目工期而超支的部分，NASA 也会支付，因此在更长的期限内，承包商通常会得到更多报酬。

《联邦采购条例》规定的固定价格合同通常限于金额较小或经严格界定的购买项目，这些购买项目由于未知变量较少，可以精确确定价格范围。受固定价格合同约束的公司仍能获得高于合同规定的报酬，因为如果事情没有按计划进行，或者客户想要做出改变，政府只能视而不见，或者开出更高的价格和更长的期限重新协商。

如果某种服务或能力的研发是为了接待更多客户，那么这两种采购机制都不适用，而降低航天运输成本的研发项目就是为了以后能接待更多的人。丹要求律师们找到一个更合适的途径来实现这一独特目标，律师们建议不要使用传统的采购流程，而是以合作协议向前推进。合作伙伴关系适用于第三方开展研究和开发特定系统，但不允许政府指定解决方案。合作协议由于不受《联邦采购条例》约束，对政府部门来说通常成本较低。我们与菲斯克·约翰逊合作开展空间站研究实验时，使用的便是这一体系。

1996 年，丹发起了一场大规模政企合作竞赛，项目名称为"可重复使用运载器"（Reusable Launch Vehicle，RLV）。其中最大的 RLV 项目是 X-33 型验证演示机。官方宣称，其目的是"制造一种仅需数天而非数月即可进行下次发射、仅需数十人而非数千人即可操作、发射成本仅为当前十分之一的运载器"。NASA 的投资是为了鼓励开发一种可重复使用的商业运载器，并且将一磅有效载荷送入轨道的成本从 10 000 美元降至 1 000 美元。三家主要的航空航天公司完成了该项目的第一阶段，并提交了在第二阶段开发实验机的设计方案。第二阶段的目的是进行任务演示，分摊成本，提出可实现完全商业化系统的方案。

这场竞赛是 NASA 为开发可重复使用运载器而首次开展的重大商业合作，项目得到了克林顿政府的大力支持，多家顶尖航空公司也表现出了兴趣，项目也在国会获得了两党的初步支持。大多数"太空海盗"都支持麦道公司名为"德尔塔三角快帆"（Delta Clipper）或 DC-X 的方案，但 1996 年的第二阶段协议授予了洛克希德·马丁公司，他们的目标是在 1999 年之前实现亚规模亚轨道运载器的首次飞行。洛克希德·马丁公司计划在 2005 年前造出一架名为"冒险之星"（Venture Star）的运营机。我在 NASA 的政策办公室主持了一项研究，对能够鼓励私营部门参与合作，开发可完全商业化运作运载器的政策进行评估。

在我开始为 NASA 工作的两周前，X-33 项目颁发了获奖公司名单。这一点需要予以澄清，因为我丈夫后来在洛克希德·马丁公司参与了该项目的研发。戴夫已在这家航空航天行业巨头工作了 20 多年。这是我们婚姻关系中需要面对的现实，但出乎意料的是，我们并没有因此产生太大压力。我在格伦的竞选活动中认识了戴夫，他比我更早对太空产生了兴趣。我们俩在 7 月 20 日结婚，那天是太空日，也是登月纪念日，而且我们长子的名字也来自《星际迷航》的创作者。

我们的两个孩子从小就对有关航天的事件和对话耳濡目染。当我开始在 NASA 工作时，他们俩一个 2 岁，一个 5 岁，我所遇到的困难可想而知。与孩子大部分朋友的母亲相比，我回家的次数较少，因此我会想方设法予以应对和补偿。某个周末，我因公出差时，小儿子尤其不安。那时"9·11"事件尚未发生，出发之前，他和我一起坐上了 NASA 的飞机，想"看看妈妈是做什么的"。飞行员带米契 [①] 参观了驾驶舱，接着他走进机舱，摸了摸宽大柔软的座椅，并抚弄着扶手上安装的电话。厨房里的零食很快引起了他的注意。他打开小冰箱，看到里面装满了汽水时，他用那双棕色的大眼睛悲伤地看着我，嘟着小嘴说："这不像在工作。"我记得那是他第一次会说完整的句子。

在整个职业生涯中，戴维和我都把工作和私人关系分得很清。到了我在 NASA 任职晚期，事情变得更加复杂起来。在 RLV 项目的问题上，我所在团队的政策工作关系到政府对任何合作项目可能出台的激励措施，因此 NASA 总顾问认为我和戴维在工作上并不用避嫌。

我们的分析结果表明，贷款担保和服务购买协议或所谓的"坐镇租赁"等激励措施可以帮助私人合作伙伴进行开发成本融资。之所以要筹集开发成本，因为政府不会为全规模运载器直接提供资金。"坐镇租赁"的意思是政府用购买商品和服务代替自行建造或运营某个系统。

这一做法基于 1925 年成功获批的《凯利航空邮件法》(*Kelly Air Mail Act*)，该法案将航空邮件合同转给航空公司，从而刺激了早期商业航天的发展。新加入的航空公司有了政府资金打底，就可以用更合理的价格寻找私营部门的客户，并逐渐形成规模。

X-33 型实验机项目实行的是成本分摊合作关系，由于政府给出

---

① 米切尔的昵称。

的是固定价格，因此所有超支成本均由公司承担。在该项目开展的 4
年中，洛克希德·马丁公司投入了近 3.5 亿美元自有资金，而 NASA
共支付了 9 亿美元。

当实验机遇到技术挑战时，该项目并未像人们估计的那样增加
5 000 万至 1 亿美元投入，而是宣告终止。X-33/"冒险之星"项目
离真正发射还为时尚早，但即便只是有可能对传统利益集团造成威
胁，它也被早早叫停。合作的方式随着计划的取消而一起遭到摒弃，
但几年后商业货运和载人项目的发展在很大程度上归功于这一早
期努力。

除了 X-33 之外，RLV 计划还包括 X-34 小型变体，这个变体后
来演变为军用航大飞机，用于执行秘密航天任务。"非传统航天器"
合作项目为初创公司提供资助，其中许多公司均由"太空海盗"领
导。我们认为卫星市场不断扩大，X-33 的竞标者们才会希望开发自
己的运载器，而"非传统航天器"项目也源自同样的预测。四家初
创公司通过"非传统航天器"合作项目获得了初步资金，但后来被
下一任 NASA 局长削减为一家。

丹的这项运载政策得以长期持续，促使 NASA 在开展科研任务
时购买发射服务而非运载器，从而节约了开支，腾出了大量政府
资源，以开展更多的科研活动。

此外，这项政策还使新兴公司得以开发可持续的商业案例，吸
引除政府以外的客户。由此，NASA 航天计划中错综复杂的"戈尔
迪之结"开始松动。

当丹在 NASA 想方设法降低发射成本时，"太空海盗"们也在其
他方面取得了进展。1996 年春，我的一位"太空海盗"朋友彼得·迪
亚曼迪斯（Peter Diamandis）有意创建一个名为"X 奖"的奖项，需

要我予以支持。这个奖项是为了鼓励研发一种可完全重复使用的航天器，能运送乘客往返于太空边缘。这一设想来自查尔斯·林德伯格^①（Charles Lindbergh）于 1927 年获得的奥泰格奖^②。X 奖将颁发给首个能在两周内发射两次可重复使用载人航天器并运载一人（但有能力运载两人以上）进入太空的团队。彼得打电话询问，我是否可以协助他获得 NASA 的批准。

纵观历史，最能展示逆向思维优势的，恐怕就是为了获得某个结果而给出奖励了，所以我立即表示支持。我知道该奖项符合丹的观念，但问题在于怎样说服他的下属。"杯控男"们认为，为了赢得奖金，或许会有人因此死亡，NASA 承担的风险太大，因此他们恳恳丹不要支持这个项目。

这些官员管得有些过宽，而丹也想纠正 NASA 的僵化体制。他接受了 X 奖的邀请，参加在圣路易斯举行的启动仪式，向当年查尔斯·林德伯格独立开启航程的城市致敬，意味着 NASA 对 X 奖的认可。这种认可对私人太空旅行的最终实现起到了关键作用，只不过这个漫长的过程超出了许多人的预期。

X 奖预计获奖者将在 5 年后的 2000 年出现。由于时间紧迫，彼得再次向我求助。丹对项目缺乏进展感到气馁，不想再次站出来冒险。我虽然很愿意挺身而出，但是人微言轻，因此只好尽我所能，利用 NASA 政策办公室负责人的身份提供帮助。我主持了一次会议，请彼得和银行家们参加，表明 NASA 的支持一如既往。此举让这

---

① 1927 年 5 月 20 日至 21 日，林德伯格驾其单引擎飞机"圣路易斯精神"号（机型：莱安 NYP-1），从纽约市飞至巴黎，跨过了大西洋，其间并无着陆，共用了 33.5 小时。林德伯格更因此获奥泰格奖。

② 1919 年，一位法裔酒店业主雷蒙德·奥泰格设立了一项 2 5000 美元的奖金，奖励盟国第一个完成从纽约直飞巴黎或从巴黎直飞纽约的飞行员。但是 5 年过去没有人积极响应，奥泰格就在 1925 年重申设立这个奖项。

个奖项获得了部分临时融资，这笔资金一直支撑到阿努什·安萨里（Anousheh Ansari）出手相助。2004 年，她的捐款使价值 1000 万美元的"安萨里 X 奖"得以正式设立。

"太空海盗"们和诸如 X 奖之类的项目继续推动行业降低载人航天成本的发展。在丹离开 NASA 后，即便是"哥伦比亚"号事故发生，NASA 的领导层也没有优先考虑与私营部门合作或采用可重复使用运载器的做法。2008 年，也就是 8 年之后，我重回 NASA"赛场"，丹留下的"球"还在场上，并没有溜出太远，于是我重新把它捡了起来。

丹在任职期间历经两个政党和 3 位总统的领导，与既存状况展开了不懈斗争，致力于推进创新，推动 NASA 向 21 世纪过渡。在我的职业生涯中，有很多人甘愿为我冒险，我始终对他们心存感激，而丹在这份名单上名列前茅。"太空海盗"们促使我形成了自己的航天思想，是丹把它锻造成了钢铁。

第三章

造神：NASA 的诞生

人类首次登月 15 年后，我的职业生涯刚刚开始。

当时，NASA 丧失了公众支持，业界黯然。在登月竞赛中获胜后，NASA 倍受赞誉，成了有史以来最卓越和最受尊敬的机构之一。曾经的崇高地位使 NASA 更难接受当前的颓败，NASA 目前的预算仅略多于巅峰时期的一半，而自 1972 年宇航员最后一次登上月球以来，人们的欢呼声甚至尚未停歇。虽然 NASA 希望再次英勇出征，但没有任何新的国家目标足以为其斥巨资。

美国在载人航天方面停滞不前，常被归咎于缺乏政治意志，但持有这种想法的人们忽视了是什么让美国产生了打败苏联的政治意志。我们之所以设定如此大胆的目标，是为了应对当时美国领导人眼中最大的威胁，而 NASA 的表现也精彩绝伦。在登月成功后，NASA 没有了其他竞争对手，这一点完全可以理解。"阿波罗计划"的独特使命让 NASA 在出台战略和技术决策时，不必考虑如何降低运作成本，而现在，只有降低成本，NASA 才有可能推出更可持续的行动计划。

总统："设定一个目标，让我一定能获胜"

人们对"阿波罗计划"的纪念集中在肯尼迪这位年轻总统及其英勇无畏的梦想上，而且浪漫化了开展这项行动的时代和目的——

> 我们之所以选在这十年间完成登月等种种壮举，不是因为它们易如反掌，而是因为它们困难重重。

这个理由 NASA 至今仍在使用，只为获得更多拨款。历史的痕迹不甚清楚，但过时的说法仍大行其道，历史学家们和各大机构也摇旗呐喊，竭力想要 NASA 的传奇永垂不朽。我们都想重现那个曾经让美国看似纯洁而美好的时代。这种神话很容易兜售。

伟大事业和神话人物是为了传递某种信息而人为炮制的，真实的故事和人物永远是多维的，是崇高愿望与邪恶动机的结合。最近官方公开了有关肯尼迪太空观的录音带，其中揭露的事情要更加复杂。除了公开演讲时的华丽辞藻，这段录音带还显示，在"阿波罗计划"出台不到一年，他便对其价值提出了质疑。1962 年 11 月，肯尼迪告诉 NASA 局长詹姆斯·韦布（James Webb），除非我们能够战胜苏联，"否则应该清楚，我们就不该花这么多钱，因为我对太空兴趣不大"。虽然大家心知肚明政治领导人公开演讲与私下谈话时所表现的决策动机不尽相同，但鉴于肯尼迪总统常被视作亚瑟王般的神话存在，听到他亲口告诉 NASA 局长他对太空兴趣不大，还是让人颇感错愕。

因为担心成本不断攀升，肯尼迪曾向苏联领导人尼基塔·赫鲁晓夫提出几项重大建议，希望能进行宇航员登月合作，以减少美方的耗资。事后来看，"阿波罗计划"的神话足以混淆视听，让肯尼迪总统的"公开"声明也变得模糊不清。比如1963年，他在联合国发表演说时，就提出过一项与苏联开展联合登月的计划。

他问听众："在人类首次登月的事情上，为什么各国要互相竞争？"就美苏对抗而言，"乌云已经有些消散，"肯尼迪表示，"美苏两国及其各自盟友可以达成进一步协议，而这些协议源自我们为了避免互相毁灭而产生的共同利益。"

当时，猪湾入侵和古巴导弹危机已成过去。

早在1961年4月，肯尼迪总统要求国家太空委员会主席、副总统约翰逊"给我设定一个目标，让我一定能获胜"。对于一个几十年前就期望把人类送上月球的自利团体来说，此时无异于登上了成功的巅峰。他们的时机再好不过。

1961年4月4日，肯尼迪总统批准了入侵古巴的秘密军事行动，这次行动于10天后开始。因为之前入侵猪湾失败，肯尼迪政府十分尴尬，因此急需向苏联人展示美国的实力和自己的领导能力。4月12日，当苏联成功将尤里·加加林送入太空后，美国刚遭遇惨败，突然陷入了困境。在发射第一颗卫星和载人航天的竞赛中，NASA输给了苏联，所以只能把将来的目标定得更远，好让美国有时间迎头赶上。NASA局长听从了手下顶级火箭科学家、前纳粹军官冯·布劳恩博士的建议，提出开展载人登月行动。

这正中年轻总统的下怀，为他描绘了一幅大胆的愿景。1961年5月25日，也就是不到一个月后，肯尼迪向国会发表历史性演说，宣布了"阿波罗计划"。就在我出生的那一周，美国完成了时长为20分钟的载人航天。

我们虽然输掉了上一场比赛，但没关系，新的比赛已经开始。

冯·布劳恩：强调航天事关国家安全，更易骗取资金

从某种程度上看，肯尼迪注定会做出这一决定，原因是自三年半前苏联发射人造卫星以来发生的一系列事件。为纪念"阿波罗计划"实施 50 周年，《华盛顿邮报》的莉莲·坎宁安（Lillian Cunningham）在其开创性播客《月亮升起》（*Moonrise*）中披露了最近公开的记录和录音，这些内容表明 NASA 与冷战的联系是被利己的各方有意强化的。在冯·布劳恩的带领下，这群人千方百计将航天探索与国家安全联系起来，好为自己的项目增加资金。

在苏联发射人造卫星之后的几周内，玛格丽特·米德（Margaret Mead）进行的研究显示，民众的反应与后来发展成美国时代思潮的观念截然不同。那颗不过沙滩排球大小的卫星发射后，米德立即开展个人调查，她发现，许多美国人仅表现出一定关注，并没有明显情绪反应。然而，在军工复合体、政客和媒体的煽动下，民众最初对人造卫星的温暾反应很快转变成强烈情绪，变成了无端恐惧，这时，实施煽动的人正好从民众的惊恐中受益。

当艾森豪威尔总统得知苏联卫星的消息时，他正在戴维营①（Camp David），甚至根本没有打算返回华盛顿。毕竟此事早在意料之中。中央情报局于 2017 年公布的文件称，"美国情报部门、军方和德怀特·D. 艾森豪威尔政府不仅完全了解苏联计划发射地球卫星一事，而且知道苏联卫星很可能在 1957 年年底之前进入轨道。"总统甚至向苏联发去贺电，并私下为第一个发射成功的不是美国而感到释然。总统及其幕僚欣然接受了此事，认为这有助于确立"空间

---

① 位于美国马里兰州 Catoctin 群山公园，是美国总统的度假胜地，后来成为美国外交的独特舞台。

自由"的原则，即外太空属于所有人。

由于艾森豪威尔没有对苏联人造卫星作出强烈的敌对反应，那些希望胁迫美国参加太空竞赛的人们找到了可乘之机。因为艾森豪威尔总统坚决主张避免核战，担心为在太空开展危险举动拨款会限制洲际弹道导弹的资金，而后者在他看来对国家安全更为关键。于是，那些热衷狭隘党派目标的利益集团称他消极被动、漠不关心，希望借此激发民主党人作出更强烈的反应。冯·布劳恩等的特殊利益相关者也鼓动时任参议员林登·约翰逊，让他进一步利用这一机会。他们敦促约翰逊作为参议院武装部队战备调查小组委员会主席，开展"卫星和导弹计划调查"。这次长达数月的听证于 1957 年 11 月下旬开始，听取了 73 名支持增加航天活动证人的证词。

这些科学家、政府官员和科幻小说作家渴望创造他们构想的未来，并就他们对太空探索的期望提供了异想天开、不切实际的证词，其中有几位后来成了我的同事。他们从约翰逊身上寻找弱点，利用了他喜欢添枝加叶、夸大其词的嗜好。在听证会的闭幕词中，约翰逊说道："控制太空就意味着控制世界。在太空中，浩瀚宇宙的主宰者将有能力控制地球的气候，制造干旱和洪水，改变潮水涨落，提升海平面，转移湾流方向，变温带为极地。"历史学家们认为，这次听证会对航天机构赢得支持并最终成立至关重要。

美国首次发射卫星的失败公之于众后，各大报纸纷纷以"人造危星"、"人造未星"和"人造伪星"为题[1]，在头条刊登了这一新闻，民主党也开始变本加厉地攻击当局。艾森豪威尔发现自己在太空竞

---

[1] 原文为 Flopnik、Kaputnik 和 Stayputnik，是当时媒体利用混合构词法杜撰的新词，即 flop（失败）、kaput（无用）和 stay（停留）三个单词与人造卫星（sputnik）的混合，以讽刺发射失败。

赛中濒临失败，因此别无选择，只能依赖将太空探索大众化和政治化的主要推手之一冯·布劳恩，希望他能发射美国的第一颗卫星，改变眼下的局面。

1958 年 1 月 31 日，"探险者 1 号"发射成功后，冯·布劳恩成了国家英雄。他和支持者们继续四处游说，希望成立一个新的行政部门，专门从事航天活动。艾森豪威尔则提出以国家太空咨询委员会为前身，组建一个权力较小的替代性独立机构。1958 年 7 月，在与国会进行了数月磋商后，艾森豪威尔总统签署了《国家航空航天法》（*NASA Space Act*），该法案于 1958 年 10 月 1 日生效。

相信控制太空就能赢得冷战，NASA 就有成立的理由

导致艾森豪威尔在航天问题上声誉受损的政治斗争与他对国家未来的最大担忧密切关联，即如果任由与军工相关的行政系统不断扩张，就可能出现滥用权力的现象。艾森豪威尔并不是唯一有此忧虑的领导人。1958 年至 1963 年担任通用电气执行总裁的企业家拉尔夫·科德纳（Ralph Cordiner）于 1961 年写道：

> 我们必须认识到，除非建立适当的保障措施，否则在太空计划的重重压力下，这些行政机构将会过度扩张。随着我们在太空领域加紧开展活动，联邦政府在政治上的一时之举必然影响众多公司、大学和公民个人。如果不对这种趋势加以遏制，美国可能就会成为自己曾坚决反对并与之抗争的那种社会。

艾森豪威尔 1961 年卸任，当时他在白宫发表了最后一次演讲，并有意重点谈到对军工复合体日益强大的力量感到担忧：

> 在政府各个委员会中，我们必须防止军工复合体无端增加影响，无论其是否出于有意。错位的权力不断扩大，必将导致灾难，这种可能性不管现在还是将来都始终存在。我们决不能让这种联合的势力危及我们的自由或民主进程。我们不应对此掉以轻心。只有全体公民不断提高警觉和认识，才能促使庞大的军工防御系统与我们的和平手段及目标完全吻合，从而使安全和自由共同蓬勃发展。

在军队和政府任职 46 年后，艾森豪威尔清楚这股力量已经固化，并发展成为永久性的军工产业。他虽然意识到了这个问题，并竭力想要民用航天机构远离这一日益增长的威胁，但只取得了部分成功。第二次世界大战后，出于被苏联控制的担心，美国在利己主义行业的推动下，卷入了朝鲜战争、越南战争以及其他许多失败的干预行动。当然，这一担忧也助长了民用航天项目的发展。

美国要发挥软实力证明其民主制度优越性，而这成了击退共产主义的步骤之一。受这一理论依据的刺激，NASA 的年度预算从 1960 年的 20 亿美元增加到 1965 年的 340 亿美元，创下了最高纪录，并最终将美国人送上了月球。美国选择建立一个大型社会主义行动计划，以赢得登月竞赛。此举虽然获得了成功，但也产生了负面后果，只是这些后果被那些卷入这段传奇故事的历史学家们深深掩埋。

太空历史学家普遍认为，冷战是美国成立 NASA 和建立载人航天项目的最初理由，很少有人质疑二者是否确实存在联系。1969 年，美国在登月竞赛中击败苏联，这项惊人的成就其实并没有结束冷战。冷战的终结发生在 20 年后。按照著名冷战历史学家阿奇·布朗（Archie Brown）的说法，美国率先登上月球与苏联最终解体之间没有任何直接联系。美国在航天上所取得的成就可能会让个别考虑与苏联拉近关系的国家略有犹豫，但在登月成功后，没有新的国家宣布与苏联断绝往来。再者，只有拉开距离、弄清背景、找准视角，我们才能对这段历史有更全面的理解。

历史学家内奥米·奥利斯克斯（Naomi Oreskes）和埃里克·M. 康威（Eric M. Conway）在《贩卖怀疑的商人：告诉你一伙科学家如何掩盖从烟草到全球变暖等问题的真相》（*Merchants of Doubt: How a Handful of Scientists Obscured the Truth on Issues from Tobacco Smoke to Global Warming*）一书中，记录了几十年来少数"右翼思想家"如何错误地引导了美国的政策，耽误了政府在香烟、二手烟、酸雨乃至目前气候变化等关乎生死的问题上采取积极的行动。

上述书中重点介绍了 4 位科学家，其中罗伯特·杰斯特罗（Robert Jastrow）、弗雷德里克·塞茨（Frederick Seitz）和弗雷德·辛格（Fred Singer）三位被冯·布劳恩招募到国家航天研究所（国家航天协会的前身）董事会后，曾经与我共事。他们是把冷战叙事加诸林登·约翰逊及其继任者肯尼迪和艾森豪威尔的关键人物。他们用行动促使美苏两国首脑相信，控制太空是冷战期间超级大国所能采取的最重大的举措。时至今日，那些利己的党派也发表过类似声明，罔顾我们已经取得胜利的事实。

历史唯有经过时间打磨，才能为人充分了解。即便如此，它仍会被其书写者所左右。

为"阿波罗计划"而成立，为过去的辉煌而牺牲

冯·布劳恩在火箭技术、NASA 和载人航天领域的发展中起到了重要作用，这一点不仅有大量记述，而且广受赞誉。我职业生涯的前 12 年正是在他所创立的机构，我也在这里去争取公众对航天项目的支持。我坐在他用过的办公桌旁，办公室的墙上还挂着一张他的巨幅照片。面对冯·布劳恩的肖像，我百感交集。尽管他被人们视作功成名就的"航天计划之父"，但他同时也是一名臭名昭著的纳粹党卫军军官。

冯·布劳恩的故事也许是最煞费苦心炮制出来的神话。他不仅是纳粹党头目，还制造了 V-2 火箭，导致 20 000 多人死亡，其中 9 000 人死于袭击，12 000 人由于被关进集中营或被迫从事劳役身亡。冯·布劳恩称，研制 V-2 不是为了携带炸弹，而是希望它能把人类送往外太空——登上月球。后来为此接受审讯时，冯·布劳恩表示："火箭运行良好，只不过落在了错误的星球上。"可以想见，他之所以这样为自己开脱，是因为他不得不在利用美国的资源继续推进火箭技术与被判处死刑之间做出选择，但即使是这样的原因，也没有顾及那些遭受奴役的犹太人，以及千千万万因他所制造的武器而惨死的受害者。

1965 年，流行音乐人汤姆·莱勒（Tom Lehrer）在一首歌中的一段戏谑之词反映了民众对冯·布劳恩在第二次世界大战中所扮演角色的认识：

> 一旦火箭升了空，谁管它落到何方，
>
> 沃纳·冯·布劳恩说，这可不由我执掌。

　　当时，NASA 可谓美国最烧钱的"俱乐部"，而该火箭设计师又是其中一位备受尊敬的成员，所以很少有人会否认冯·布劳恩的成就，大家认为他是一位改变了美国航天事业发展轨迹的杰出人物，至于他被人加以粉饰的真相无人关心。对于冯·布劳恩来说，当他的生命面临危险时，做出制造火箭的选择无可厚非，但他忽略自己同时也是杀害无辜百姓的角色，甚至看着人民将他送上神坛，这无疑表明在 NASA 系统中，容易让人自视甚高，又无从察觉。

　　当军工业发现自己生意萧条时，他们将注意力转向一个会持久存在的新敌人——共产党。为了攫取利益，他们将冯·布劳恩视作重要盟友，而冯·布劳恩也心甘情愿与之为伍。在向美国投降后的 15 年内，冯·布劳恩主持了 NASA 的大部分工作，并负责为政治领导人提供建议。很难想象，在世贸中心遇袭 20 年后的今天，美国政府会允许任何与劫机事件有关的人员在政府技术项目中发挥核心作用，或者与国家领导人往来——哪怕他们是因为受到胁迫才参与的袭击。毫无疑问，冯·布劳恩金发碧眼、风度翩翩的白人男性形象让他得以迅速融入美国、NASA 和华盛顿的权力殿堂。

　　对早期以男性为主的载人航天计划的怀念，似乎让所有人都觉得那段时间是令人鼓舞的美好时期。事实上，这大概只是盎格鲁撒克逊白人男性一厢情愿的看法。我不知道有多少女性或少数族裔会对那段时光充满向往。当时，如果得不到丈夫允许，女性就无权投票、加入乡村俱乐部或者申请信用卡。我也像大家一样喜欢《前妻俱乐部》（*First Wives Club*）和《广告狂人》（*Mad Men*）中的时尚装扮和发型，但我可不想回到那个职场一切以男性为主、单身女性只要从一群秘书中脱颖而出就足以被视作成功的年代。

　　20 世纪 60 年代，NASA 虽然是一个民用航天机构，但它的职责主要是完成军事目标，即充当冷战工具。这种定义为 NASA 增加了大量预算，但也让这个刚刚起步的航天机构倾向于不再对技术创新和科学研究进行广泛投资，它开始建设和运营本部门的大型工程项目。只有高昂的成本才能继续维持这个为"阿波罗计划"成立的庞大官僚机构及其衍生行业的利益。一旦一切就绪，继承了这一遗产的利益相关方便会一以贯之，寻求那些能够利用同样基础设施和具有类似动因的员工的任务和目标，而航天–工业综合体也就此沦为其自身成功的牺牲品。

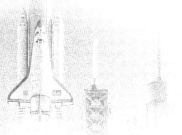

第四章
太空旅游事件（2001—2003）

　　1991 年年底，冷战终于结束，此后的 NASA 表现得颇为灵活投机，这两种特质通常并非官僚机构所有。有人曾问我，为什么我认为 NASA 会转变态度，允许商业企业将宇航员送上太空，我经常这样回答：因为他们已经让昔日的宿敌为其代劳。

　　苏联的解体为其航天项目带来了沉重打击，美国太空政策领导人从中看到了机遇，很快做出调整，支持两国就此开展和平协作。我们的目标是化干戈为玉帛，保住过去在军方之外的高科技岗位。苏联经济改革后，布什总统于 1992 年年底就航天飞机和"和平"号空间站上的宇航员联合执行任务一事展开讨论，克林顿总统也继续为此进行了磋商。从 1995 年到 1998 年，在丹的领导下，美俄双方一共执行了 11 次联合任务。丹也以此为基础，提议邀请俄罗斯参与 NASA 计划中的空间站项目，成为美国的正式合作伙伴。

　　无论是对美国还是 NASA 来说，拉开铁幕了解竞争对手的行动计划都是十分有利的，因此上述提议并非完全出于善意。"自由空间站"计划在前 10 年里已经耗费了 100 多亿美元,但距离发射仍遥遥无期。NASA 希望俄罗斯能够提供更多灵感、知识和急需的硬件,因为俄罗斯虽拥有巨大的潜能,却需要大量引入西方货币,因此双方达成了交易。

毫无疑问,这很讽刺。俄航局求助于资本主义为其航天项目提供资金,并开始出售"联盟"号上的座位,用于前往"和平"号空间站;NASA 开始与昔日的仇敌合作,毕竟是这个仇敌促成了它的建立;俄罗斯人也逐渐接受了对方的思想观念,明明他们过去设立航天计划正是为了诋毁对方的思想。与此同时,NASA 仍停留在基于中央规划的体制之中止步不前。

离开 NASA,意外获得在俄航局乘坐航天飞机的机会

几年前,在几位早期"太空海盗"的鼓励和推动下,俄罗斯已经开始了商业航天活动,其中包括沃尔特·安德森(Walt Anderson)和杰夫·曼伯(Jeff Manber)。两人于 1999 年成立了"米尔公司"(MirCorp),将俄罗斯空间站私有化。该公司为富有的个人和企业提供了参观"和平"号的机会。据报道,2001 年 4 月,第一位太空游客丹尼斯·蒂托(Dennis Tito)通过另一家早期成立的名为"太空探险"的太空旅游公司,向俄罗斯支付了 2 000 万美元,以乘坐"联盟"号前往国际空间站。

2001 年夏,我在克林顿执政末期离开了 NASA,前往一家航空航天咨询公司工作,因为当时我得到了一个机会,可以近距离了解俄罗斯的太空旅游业。

曾在 NASA 和我共事过的庄臣公司继承人菲斯克·约翰逊主动

与我联系，希望我能为他前往空间站提供便利。作为一名飞行员、科学家和企业家，40 出头的菲斯克·约翰逊身家不菲，完全有能力购买太空旅行的座位，是一个理想的人选和客户。他的目的不在于兜风或出名，而是为了对他本人及其团队进行训练，开展他们在过去 5 年中设计的科学实验。

一年前，我曾与丹一起前往俄罗斯，出席"联盟"号的发射活动，在俄航局会见了几位主要参与者。我还结识了米尔公司的领导人，并且开展谈判，为我的客户谈成了一个明显低于对外报价的价格，让他成为第三位前往国际空间站的游客。那年夏天，菲斯克准备接受医学认证，于是我陪同他和他的小规模团队来到俄罗斯。

生物医学问题研究所（IBMP），位于莫斯科一座不起眼的建筑里，负责为俄航局宇航员进行医学认证。其中有些测试是在名为"星城"[①]的宇航员训练中心进行的，如果能够来到这里，整个认证过程也将接近尾声。菲斯克在此期间表现出色，仅在数周内就以高分完成了所有测试。米尔公司全力支持，最终敲定了"联盟"号的飞行细节。经过谈判，我们最终确定此次任务为期 10 天，将于 2002 年秋发射。为满足菲斯克的其他要求，协议规定将在明年对他进行 6 个月的培训。

2001 年 9 月 11 日，恐怖分子劫机撞向纽约市的双子塔和华盛顿特区的五角大楼。在此之前，我们已返回美国。刚听说这次袭击事件时，我正在白宫对面的顶楼办公室里。我们当中有几个人冲到屋顶，目睹了当时的惨状。我们看到人们成群结队跑出白宫的建

---

① 俄罗斯的一个宇航员培训中心，成立于 20 世纪 60 年代，由俄罗斯联邦航天局运营，是俄罗斯宇航员进行太空任务前进行训练和准备的重要场所。起初是苏联宇航员的培训基地，后来也为国际合作项目培训了许多外国宇航员。

筑群，还看到五角大楼方向浓烟翻滚，连天空都黑压压的。在意识到这不是演习后，我们奔下楼梯，汇入人流，好远离白宫。前面有人已经跑到了康涅狄格大道上，因为人们担心白宫是下次袭击的目标。我当时穿着高跟鞋，没走出多远，就听到第四架飞机在宾夕法尼亚州坠毁的消息。我从住在附近的朋友那里借来一双网球鞋，然后步行返回郊区的家中。当我跑过空空荡荡的弗朗西斯·斯科特·基大桥时，五角大楼仍冒着浓烟，那幅景象刻骨难忘。

"9·11"事件改变了很多事情，也打乱了菲斯克的安排。和其他人一样，紧要关头他需要把重点放在自己的生意上面。当我打电话给米尔公司的杰夫·曼伯，告诉他这个坏消息时，他问我是否认识其他可能购买这一座席的人。看来俄罗斯是否能够履行其对国际空间站所做的承诺，取决于他们是否能够从太空之旅中获得西方的美元。

我与菲斯克一起在俄罗斯的那段日子里，俄罗斯面临的经济挑战一览无遗，很明显他们很难顺利维持"联盟"号的生产。如果不能定期注入资金，载人航天似乎前途未卜。由于我的客户临时退出，我觉得自己负有一定责任，于是询问了一些此前曾表示有兴趣乘坐航天飞机的名流，是否有兴趣购买这个座席。詹姆斯·卡梅隆对于"联盟"号来说个头太高，汤姆·汉克斯要等孩子年龄稍长再考虑，而利奥·迪卡普里奥（Leo DiCaprio）……太忙了。后来我听说这个席位的备选目标是来自欧洲宇航局的一名宇航员，而且所需支付的费用比我们为菲斯克谈好的价格还低时，我开始考虑其他更具创意的方案。

几年前，我在 NASA 从事的政策工作包括监督某个品牌研究，结果发现私营部门的营销活动对载人航天很感兴趣。研究显示，耐克和迪士尼等消费品牌愿意为与航天计划相关的活动付费，但作为政府机构，NASA 及其雇员，也就是宇航员，均不得为商业产品背书。于是，我联系了开展这项研究的公司,询问他们为乘坐"联盟"号前往国际空间站的游客提供赞助是否可行。他们认为可行，而且提议这位游客最好是一位母亲。第一位女性太空游客一定会吸引媒体的注意，而母亲在家庭购买中占有 70% 的决策权，因此她们也会受到赞助商的青睐。

我不愿放弃这一天赐良机，于是提出了一项由我本人参与此次飞行的方案，并与一位代理人签署了协议。该方案的目标包括：提高公众对载人航天价值的认识；开展菲斯克·约翰逊设计的利用国际空间站开发救命药物的实验；对商业航天活动加以验证；向俄罗斯提供资金，以便他们履行对 NASA 的承诺等。我加入航天业从来不是为了让自己飞上太空，而是彻底开放太空，不过能够亲自参与太空之旅再好不过。这当然不是毫无风险，但我知道乘坐"联盟"号是开展太空旅行最安全的方式，我的家人也表示支持。咨询公司与我签署了合约，协助设计了项目方案，我们将其命名为"太空妈妈"（Astromom），并与米尔公司联系，开始了新一轮谈判。

当"太空妈妈"，收获筹集商业赞助的第一手经验

接下来的 8 个月十分紧张，但又似乎不太真实。我开展磋商，制订规划，招募赞助商，接受媒体采访，还尝试学了一点儿俄语，并且在莫斯科完成了医学认证。与俄罗斯人的初步磋商表明，我们可以以 1 200 万美元的价格获得该席位，而早期征募来的赞助商也表示，他们可以筹集到这笔款项。

我们选择探索频道（Discovery Channel）作为该项目的媒体合作伙伴，探索频道同意出资 50 万美元购买 3 集电视节目的独家版权，主要内容是开展训练、参与航行以及返回地球。在拿到这项已经敲定细节但尚未签立的协议后，我的团队开出了一系列对该项目感兴趣并可能提供 100 万美元以下资金的赞助商名单，包括迪士尼、速达菲（Sudafed）、美国职业棒球大联盟（Major League Baseball）和美国无线电器材公司（RadioShack）。

大多数赞助商都希望我在太空为他们的产品或提供的服务拍摄商业广告。迪士尼想在航天器着陆时为我拍摄一段视频，向我提问：“洛丽·加弗，你刚到过太空，接下来你想去哪里？”多年来，宇航员们一直在太空中使用速达菲来清理鼻腔，这次他们终于可以借机吹捧这一重要的代言产品。棒球大联盟想让我在太空中投出第一球，不过几年后他们免费飞上太空，与几名宇航员一起开了球。我们始终未与棒球大联盟达成协议，这事后来变得“十分严重”，因为那个赛季我让两个儿子都参加了棒球赛！其中一个至今仍未原谅我。

我们还与可能提供 300 万至 500 万美元资金的指定主要赞助商开展了谈判，准备在维萨（Visa）和万事达（Mastercard）中选择一个。“联盟”号计划于 11 月着陆，有人提议让我在飞行过程中给孩子们购买圣诞礼物，这将是人类首次在太空中使用信用卡。无线电器材公司也有意在现场出售礼物，这又是一个赞助商求之不得的良机。

盐湖城冬奥会上会出现众多潜在的赞助商，要想结识他们，这个场合再合适不过。经纪人邀请我们全家前往，因为我的两个儿子——一个 10 岁，一个 8 岁——都很上镜。我先后在《今日秀》（*The Today Show*）、《早安美国》（*Good Morning America*）和全国晚间新闻节目中亮相。在《每日秀》（*The Daily Show*）节目中，乔恩·斯图尔特^①（Jon Stewart）还播放了一段孩子们的视频，引起了一片哄笑。

除了探索频道和无线电器材公司一开始提供了少量赞助，协议最终很难敲定。主要问题在于一旦发生灾难性事故，这些公司就会面临风险。虽然这些赞助商并未言明，但假如宇航员的飞行服最终被烧成灰烬，落在哈萨克大草原上，哪一家公司也不会希望自己的标志出现在这些飞行服上。我们只得另寻变通方法，比如等我安全返回之后，再围绕赞助商开展宣传，所以我决定先开始进行医疗认证。以上所有协商都取决于我是否能够获得飞行资格，另外时机也非常关键。

我清楚俄罗斯生物医学研究所和星城的流程，因为几个月前我刚刚看到菲斯克通过了认证。我一直是个不乏冒险精神的人，喜欢骑着自行车或滑着滑雪板从山坡上疾驰而下，但上一次我只是在一旁观看，没有好好领略这一认证过程。我虽然不是天生当宇航员的料，但我身体状况和精神状态良好，最终还是奋力通过了所有测试。我的上一位客户菲斯克曾在一家豪华酒店下榻，而我则住在宇航员们宿舍般简陋的房间里。到了周末，我还要跟翻译和翻译的母亲挤在一座小小的城市公寓里。这次航天训练预算有限，所以我只能拿出妈妈们一贯节省的劲头。

接受宇航员标准的身体素质测试，还被开黄色玩笑

2002 年 3 月，TMZ 电视节目宣布，超级男孩乐队成员兰斯·巴斯（Lance Bass）将于同年秋乘坐俄罗斯的宇宙飞船前往太空。当时我正在莫斯科接受体检，但米尔公司和俄航局对巴斯及其有可能

---

① 美国政治讽刺家，电视主持人，喜剧演员和作家。

乘坐"联盟"号飞行一事一无所知。我继续进行训练，心想如果娱乐媒体所言不虚，有这个人作伴也不错。

我掌握了大部分测试类型，包括大气、压力、有氧耐力、高空、心理和生理测试。在每次测试中，我周身脉搏点上会贴上阳极片，然后与电线连接。医生会从各个方面对我如何应对不同实验中的种种压力进行监控。对我来说，最具挑战性的测试是前庭训练，实际上就是让我坐在一把旋转椅上。我曾目睹菲斯克一次通过，所以也上去试了试。当我心率升高，开始出汗时，医生知道我很快会呕吐，于是把我从椅子上拉了下来。我在首次测试中表现不佳，只剩下一次通过机会。

我继续接受其他医疗检查，包括全身 X 光扫描、胃镜检查和结肠镜检查，所有这些都是在没有使用镇静剂或麻醉剂的情况下进行的。你不仅要通过医学检测，还要证明自己能够应对极端不适。对我来说，这不只是身体上的不适，而且是情绪上的不快。如果医生觉得让我全裸更容易接受检查，我就会被要求全裸。在进行 X 光、超声波或妇科检查时，我身上没有被盖上罩衣或床单。当漫长的妇科检查进行到一半时，男医生让翻译问我是否感到疼痛。在听到我回答"不"后，他笑眯眯地问："你觉得舒服吗？"而且用的是我的母语——英语。

我很怕自己不能通过前庭测试，所以研究了一下过关策略，包括和几位曾经在 NASA 与宇航员一起研究生物反馈技术的前同事进行交谈。一位俄罗斯医生告诉我，她非常希望我能取得成功，并建议我在测试时想想自己最喜欢的事情：我在什么时候最快乐？我开始想象自己正哄孩子们上床睡觉。我问医生我是否能在测试中唱歌，他们表示没有规定不能。于是，我在脉息平稳的状态下，唱着约翰·丹佛（John Denver）、罗杰斯（Rodgers）和哈默斯坦（Hammerstein）的歌，通过了最后一次前庭测试。

另一个绊脚石出现在常规超声检查中。医生发现了我有一个胆结石，而我需要在完成医学认证之前将其取出。最后的测试是离心机，宇航员的训练要求是 8 个 G [①]，但任何胆结石患者都不得接受该测试。鉴于在俄罗斯令人不快的医疗经历，我选择回美国将其移除，并计划在数周后返回，完成测试，接着开始训练。

此时，巴斯已经听说媒体报道我们之间在开展"竞争"，所以他给我送来一束玫瑰和 4 张前排门票，邀请我参加即将在华盛顿举行的超级男孩演唱会，以示和解。作为回报，我安排他在非工作时间到国家航空航天博物馆进行私人参观，次日晚我就在博物馆见到了巴斯。几周后，我们都来到莫斯科，巴斯开始进行医学认证，而我准备完成离心机测试。

我尽力对巴斯此行表示支持，因为让他去太空仍可以实现我的诸多目标，比如为俄罗斯的航天项目提供资金以及提高公众意识。但我清楚，如果他能付得起俄罗斯对外开出的 2 000 万美元价格，我根本无法与他匹敌。返回俄罗斯后，我把他引荐给米尔公司，但因为我已经支付了医疗认证的费用，所以我还是想坚持到底。

项目取消！一同升空的骗局

巴斯和他的团队在莫斯科一家时髦的酒店下榻，而我回到生物医学研究所宿舍的床上，吃煮鸡蛋、沙丁鱼和甜菜。虽然相比之下寒酸得多，但我为此感到自豪。巴斯的团队让我参加了他们的社交

[①] 相当于克服人体重力的 8 倍。

聚会，而我喜欢在巴斯通过那些我已经完成了的测试时戏弄他。一个周末，几位宇航员邀请我俩和他们一起去乡间别墅练习射击。这趟旅程可谓名不副实，因为我们白天一整天都在喝酒，到了晚上才带着步枪出发，射击双向飞碟。有那么一会儿，我很担心有人被误伤，但幸亏没人死亡，所以这段人生经历才更令我惊奇。但巴斯表示，他自小在密西西比州长大，这样的一天似乎没什么不正常。

NASA 在星城派驻有一名宇航员代表，巴斯问我能否为他介绍一下。我认识鲍勃·卡巴纳（Bob Cabana），也同意组局让三人共进午餐。谈话一开始，鲍勃问巴斯在学校读的什么专业。巴斯解释说，为了加入乐队他退了学。鲍勃接着问他在退学前是学什么的。巴斯只好澄清说，他不是从大学退学，而是在高中就辍学了。鲍勃竭力不让自己的震惊之情表露出来，但接下来这顿午饭吃得很尴尬。我可以看得出，相比之下，我的资历好像开始占据上风。

我们的最后一项离心机测试是在星城进行的，我和巴斯计划安排在同一天。有人在我们俩的脉搏点和头盔上依次安装了一系列模拟传感器，以便对每项身体功能和脑电波进行分析。我们的目标是尽可能放慢心率和减少出汗，因为它们会增加重力。此外，我们还要注意仪表板，根据不同灯光按下开关，由工作人员测量我们的反应速度。假如你出汗太多、脉搏过快，或者反应速度变慢，测试就到此为止。

巴斯一马当先，进入球形太空舱，上面装有一条长长的旋转臂。我从上方的走廊可以看到，旋转臂开始转动。我站在操作员和医生旁边，所以我能够通过安装在舱内的摄像头看到他的面孔。一队医生负责监测仪表，并在写字板上做记录，其中一人通过麦克风播报不断增加的重力水平。当重力达到 7 个 G 时，他们指着屏幕上巴斯

的脸大笑起来。在重压之下，他的嘴唇和脸颊扑扑颤动。目标是 8
个 G，在他们开始放慢速度之前，巴斯成功达标。

当他笑容灿烂地走出太空舱后，我紧张地钻了进去。我喜欢的
那位医生教了我很多窍门，好让我通过这个测试，我听从了她的建
议。我有些局促，知道巴斯他们也会嘲笑我脸上颤动的肌肉，但当
重力达到 7 个 G 时，我的注意力完全集中在灯光和开关上。我的外
围视野开始变暗——这是大脑缺血、人即将昏厥的首个迹象，但我
最终利用接受过的肌肉紧缩和生物反馈训练，跟上了仪表板上的闪
光灯，完成了 8 个 G 的目标。当我钻出太空舱时，巴斯正等着我。
他给了我一个热烈的拥抱。由于这段共同的独特经历，我们俩先是
相顾莞尔，接着都开怀大笑。

每项测试结束后，我一般会与医生见面，讨论一下测试结果。
不管白天黑夜，会面时都少不了烈酒和糖果。巴斯和我在接受离心
机测试后，喝着白兰地吃着饼干，此时医生查看了我们的结果。我
俩的反应速度相近，但我的心率一直较低，这很可能是因为我是一
个 40 岁的中年妇女，而不是一个 23 岁的毛头小伙。我喜不自胜，
问医生尤里·加加林是否因为在测试中表现良好，所以才被选中飞
往太空。她看着我摇了摇头，用英语答道："不，他的笑容最好看。"

我最后一次被俄罗斯医生激怒，是因为他们让我赤身裸体地站
在面前，而他们一边看着我的全身 X 光片，一边讨论我的骨骼结构。
他们完全不明白为什么我的脊柱下段存在扭曲，但是竟然没有背痛。
他们似乎为此讨论个没完，翻译转达了他们的意思，告诉我他们最
后表示这对太空飞行来说不成问题。医生们建议我今后不要再打网
球或者滑雪，我当成耳旁风了。

巴斯在同一天完成了最后一项测试。为了庆祝我们正式通过了

俄罗斯的医学认证，我俩一杯接一杯地干了很多伏特加。

不出我所料，当巴斯抵达莫斯科时，俄罗斯人仿佛看到了成堆的美钞。"联盟"号的座席价格也飙升至 2 000 万美元。巴斯事先并不知道这次旅行还要付费，而他也从来没有打算花自己的钱。一名跟巴斯无关的经纪人听说了我的赞助方案，然后在某个粉丝聊天室里了解到巴斯儿时就希望成为一名宇航员后，他决定如法炮制。这名经纪人相信我的模式在他身上也会奏效，而且还能替已是名人的巴斯免费宣传一把，于是"邀请"巴斯到太空一游。然而，他们既没有与俄罗斯人商谈，也没有开始寻找真正的赞助商。美国音乐电视网最终签约成为他的媒体合作伙伴，但前提是不对其提供资金。无线电器材公司不再只是赞助我一个人，而是资助我们两人接受初步训练。2002 年 5 月，我们在莫斯科举行的新闻发布会上宣布了此事。

巴斯的团队最初提出为我支付训练费用，让我作为他的替补，几天后米尔公司和俄航局开始诉苦，称巴斯根本没有支付自己的训练费，更不用说我的费用了。有媒体报道称，他和随行人员先是住酒店逃单，接着搬进了中档价位的住处。由于训练要耗资几十万美元，加上时间所剩不多，所以我只能接受现实，返回了家中。

这是一次千载难逢的冒险经历，不仅让我对俄罗斯的航天项目有了深入了解，获得了为太空旅行筹集商业赞助的第一手经验，而且对自己在身体上和精神上勇于接受挑战颇感欣慰。这些经历让我获益匪浅。

我永远不会知道，假如不是巴斯出现并打乱了我与俄航局达成的协议，我是否会在 2002 年 10 月 30 日乘坐从哈萨克斯坦拜科努尔发射的"联盟"号飞上太空。如果此行成功，这段经历可能会改变我的人生，至少能够让我推动参与此行的数个目标。然而，从我接受的有限训练来看，我显然不可能成为一名伟大的宇航员。这一点不足为奇，成为一名政策分析师，并不一定需要具备开展太空飞行的生理耐力和天赋，反之亦然，只不过很少有人会去考虑。

俄航的太空游客座席，"哥伦比亚"号事故的遮羞布

在"太空妈妈"项目结束后，我回到亚弗森集团继续我的咨询业务。在这个世界里，各方的目的和动机相互协调，因此我很喜欢这个工作。由于有了"太空妈妈"的经历，我又为另外两位潜在的太空游客提供了一次咨询服务。但这种上天的机会结束于2003年年初"哥伦比亚"号航天飞机在得克萨斯州上空的解体，因为美国政府以5 000多万美元的价格购买了"联盟"号的座席，让其将美国宇航员送入空间站。

布什总统任命肖恩·奥基夫（Sean O'Keefe）接替丹担任NASA局长，他上任一年多后，"哥伦比亚"号出现事故。我从一位客户口中获悉，奥基夫的助手曾向奥基夫建议，如果谁聘请我作为顾问，NASA就不与他们合作，因此我尽量避开这位新局长。当时我根本不认识奥基夫，所以他如此针锋相对，要么是出于党派利益，要么是因为我曾在丹手下工作。无论他出于何种动机，这种做法都有悖职业道德。在他任职期间，我只能低调行事，对客户名单严加保密。

我们只见过几次面，他一直都以同僚相待。奥基夫曾在布什第一届政府的最后6个月担任海军部长，此前曾在迪克·切尼（Dick Cheney）手下担任国防部审计官。他曾获得历史和公共管理学位，没有民用或商业航天领域的背景或经验，但他依然受到航天界的

欢迎。此外，奥基夫在任 3 年期间并没有受到太多审查。

"哥伦比亚"号航天飞机在 2 年内被推迟了 18 次发射后，终于在 2003 年 1 月 16 日升空。这是航天飞机的第 113 次飞行任务。摄像机拍摄到一块特大的泡沫隔热材料从燃料箱上脱落，并在升空 82 秒后直接撞上机翼前侧。发射次日，负责跟踪调查的 NASA 团队在检查录像时，对此表示担忧。一位参与航天飞机项目的机械工程师在一封电子邮件中详述了这一风险，称这有可能导致 LOCV——失去机组人员和航天器。

NASA 在一次工程简报会上对飞行器的潜在损伤进行了评估，表示需要参看间谍卫星的图像，并向高级管理人员提出了请求。但他们迟迟没有收到照片，因此团队的一名成员在后续发出的邮件中，"恳请"相关部门予以提供。几天后，波音公司经分析后断定，即使隔热层遭受重大损伤，"哥伦比亚"号仍可以安全返回，于是 NASA 的领导人没有继续追问图像一事，接受了这一结论。

至于美国国防部领导层为什么没有听从工程师们的请求，人们作出了种种猜测。有人认为国防部需要集中资源，为一个半月后开始的入侵伊拉克行动做好准备；也有人认为，如果飞行器的损毁程度严重到能从间谍卫星上看到，那 NASA 也会毫无对策的。总之，只要有人表示无须寻求援助，就绝对不会有人横加反对。

2003 年 2 月 1 日，"哥伦比亚"号在得克萨斯州上空准备进入佛罗里达州正常着陆，此时任务控制中心出现异常读数。NASA 的通讯负责人，即航天舱通讯员，在私人频道上呼叫"哥伦比亚"号说了这个问题。"哥伦比亚"号的指令长里克·哈兹班德（Rick Husband）回复"收到"，但线路随即中断，他接下来想说些什么不得而知。几分钟后，任务控制中心接到电话，称达拉斯电视台正在播放航天飞机在空中解体的视频。飞行指挥员下令锁门，并保存计算机数据。当天晚些时候，搜救队证实没有宇航员在事故中幸存。

尽管多年前"挑战者"号失事后，当局组建了独立的调查委员会，但奥基夫奉命在内部成立"哥伦比亚"号事故调查委员会，并任命海军退役四星上将哈罗德·格曼（Harold Gehman）为委员会主席。调查委员会发现高级管理层忽视了技术安全问题，与"挑战者"号事故如出一辙。NASA明知外部燃料箱的泡沫隔热层在发射过程中松动并脱落容易撞上飞行器，但他们都没有去解决问题，而是表示这种偏差是正常现象。因为过去没有造成影响，他们就断定现在也构不成问题。

导致惨剧发生的不只有技术因素，还有组织原因。委员会认定，因为官僚之风造成了混乱和管理失误，NASA没有要求国防部提供照片。委员会指出，NASA上上下下都认为航天飞机不是处于"实验性"阶段，而是已经"可投入使用"。他们还发现，正是这种态度导致管理人员在进行决策时，抱着一种错误的心态，即"如果认为发射不安全，你就要拿出证明来"，而非"如果认为发射足够安全，你就要拿出证明来"。

我永不知登空的感觉，但这就是对我航天政策观的打磨

我首次在NASA任职，恰好是两次航天飞机事故之间。我在NASA工作的10年间，有8年航天飞机会定期开展飞行，因此作为NASA的高级领导，我认真思考了管理层为这两起事故所采取的行动，从中得出了教训：**政府系统的内部管理与技术安全和成功的动因缺乏一致性**。在这两起航天飞机事故中，NASA领导人始终在权

衡一些与安全无关的因素，正是这些因素让他们作出了灾难性的重大决定。

NASA 认为自己有责任向国会和总统表明航天飞机经济节约、安全可靠，这种压力进一步促使其做出决定，不考虑在寒冷天气发射"挑战者"号的限制条件。出于同样的压力，NASA 也对导致"哥伦比亚"号灾难的泡沫隔热层掉落事件置之不理。此外，向其他政府部门求援会引起政治冲突，这可能也是让 NASA 决定不打算利用外部资源的一个因素，而这些资源本来至少可以给宇航员带来一丝生的希望。

更有甚者，NASA 在航天飞机开发过程中所作的重大决定，与其说是为了确保安全，不如说是为了更符合政治利益。为了在关键选区获得国会的支持，NASA 面临重重压力，需要降低直接成本，利用现有基础设施和劳动力，因此不得不在设计上做出妥协。譬如，NASA 使用了固体火箭发动机，此前人们一直认为这种发动机不适合进行载人航天。另外，将飞行器固定在火箭侧面而非顶部的决定也让宇航员们命悬一线。

在私营部门，为了对股东和投资者负责，企业绝不会作出冒险决策，押上整个企业的前途。在我看来，不必担忧工业部门会罔顾安全而偷工减料。例如，美国商业航天公司的载客量为每年 9 亿人次，在我撰写本书的前 10 年中，这 90 亿乘客里仅有 2 人在航行过程中死亡。与穿越大气层往返太空相比，在低层大气环境中飞行所需的动力要小得多，但考虑到政府部门在非战斗航空活动中的死亡率，他们的安全性可谓极差，远没有商业航天公司可靠。

每年有十几名军人死于航空事故，鉴于其参与飞行的人数远远低于商业航天的载客量，所以这一比例可谓相差悬殊。2018 年，

150 万现役军人和预备役人员中有 39 人因非战斗航空活动丧生。在过去 10 年中，意外死亡人数超过了战斗死亡人数。类似的事故率假如放在美国的航空公司上，相当于每年要有数千名乘客死亡。历史早已表明，政府很难对自己进行客观审视。

此外，有人提出，政府任命的事故调查委员会缺乏独立性，"哥伦比亚"号事故开展调查时可能存在利益冲突。国会表示对此感到担忧，NASA 的监察长主动向国会递交了一封公函，称经他认定，该委员会一直是独立行事，并未受到 NASA 任何"不当影响"。NASA 的监察长本应对其领导层进行监督，但实际上这并不是他第一次刻意为局长辩护。

根据 1978 年的《监察长法》，政府机构设置该职位的目的在于开展独立审计和调查，以便对犯罪、欺诈、浪费、滥用职权和管理不善等行为进行打击。奥基夫执掌 NASA 不到 3 个月，就任命人称"驼鹿"的罗伯特·科布（Robert Cobb）取代原有的监察长。很多人猜测，他是被新任局长亲自选中的，但这种做法有悖常态，很可能是因为他与白宫高层存在联系。在奥基夫任职期间，他与科布的密切接触以及其他不当行为引发了多次调查。

2006 年的一项调查指出，"科布曾与（时任局长的）肖恩·奥基夫共进午餐，一起喝酒、打高尔夫球和旅行；电子邮件显示，他经常与 NASA 的高级官员就某些调查进行商谈，而在这些调查中均有人对其独立性表示担忧。"2009 年，3 名国会议员敦促奥巴马总统罢免科布，其中包括 2 名民主党人和 1 名共和党人。2009 年，我又回到了 NASA，重回 NASA 任职数月后，科布被迫于当年辞职，取而代之的是一位备受尊敬的监察长。

我在航空航天界从业的前 25 年中，曾先后在非营利机构、政府部门和私营企业工作，与 NASA、航空航天界、国会以及民主共和两党政府的许多人士建立了密切的工作关系，并与"太空海盗"、宇航英雄、好莱坞明星、流行歌星和俄罗斯人共事。上述经历不仅塑造了我的航天政策观，也影响了我对各行各业经营管理实践的看法。

对于我们昔日在太空中所取得的成就，我产生了更深层次的理解和敬意，发现政府部门内外，都存在着在我看来假公济私、不合时宜的举动。我看到 NASA 已步履维艰，困于重重束缚之中。

与此同时，政府项目进展缓慢，许多"太空海盗"颇为懊丧，开始自行研发先进技术和制订行动方案。我相信他们已经踏上了正确的道路，因此决心利用自己的各种专业技能、知识和经验，推动 NASA 转变角色，在未来变得更加积极与合作。

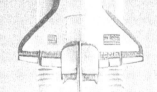

ESCAPING GRAVITY

荆棘载途，
亦不能扑灭心中梦想

第二部分

第五章
新官上任三把火（2008—2010）

民主党要求公民参与到选举过程当中。这是代议制政府最典型的特征之一，因此不应漠然置之。2008 年总统竞选开始时，我决心投身其间。我和其他人一起，为比尔·理查森（Bill Richardson）组织了一次筹款活动，因为他很早就认同商业航天的价值，但他的参选未能获得支持。于是我扩大范围，参加了奥巴马和希拉里·克林顿（Hillary Clinton）的竞选活动。

这几次会面时间虽短，但是具有决定性意义。当我询问候选人奥巴马对 NASA 未来的看法时，他的回答是"想做的事情更少，但要做得更好"。虽然这个批评听起来也算公允，但对于同样的问题，希拉里做出了更令人满意的回答和论述。

2007 年 5 月，我开始参与希拉里竞选相关的志愿活动。作为她在航天问题上的负责人，我草拟了有关政策文件，为演讲提供相关内容，担任她的航天问题发言人，并就该主题代表她参加辩论。我在艾奥瓦州为希拉里组织了两次党团会议，好几个星期都在冰冷的寒风中挨家挨户敲门。这段经历让我想起当年在密歇根州参与的竞选活动，那对我后来产生了重大影响。

最终希拉里在艾奥瓦州拿到第三名时，我几乎崩溃，她输给了奥巴马！她特意选在华盛顿特区的养老金大厦发表败选演讲，因为这座建筑有着完好的玻璃天花板，正如女性在职场的无形限制仍未被打破。当时，我还没有准备支持奥巴马。记得在早期的一次辩论中，他说："哦，你已经很讨人喜欢了，希拉里。"这句伤人之辞言犹在耳。

奥巴马邀我入 NASA 过渡团队，在任局长发出檄文

奥巴马的竞选团队随后与希拉里的志愿者取得联系，我因此和他就航天问题首次开展了实质性对话，他很快说服了我。奥巴马和我都对美国中西部充满情感，从小就立志为公众服务。我们在同一年出生，也在 NASA 如日中天的岁月里长大。我们对政府职责秉持的观念接近，因此都对 NASA 在"阿波罗计划"后的发展感到不满。我们拥有一个共同的目标，那就是重振 NASA。

我在希拉里参议员身边时，常会有些惶恐，但我不是奥巴马参议员的粉丝，所以面对他不太感到紧张。后来的事实证明，这一点极其难得。当他问我是否同意尼尔森说的延长航天飞机的使用期限时，我敢畅所欲言；当他征求我的意见时，我也无须过分顾及辞令。几周后，我接到奥巴马竞选团队的电话，邀请我领导 NASA 的过渡团队，我欣然应允。我认为他有着无与伦比的沟通才能和跨越障碍的潜力，这些或许足以让他当选。

航天飞机退役的问题悬而未决，过渡团队的首要任务是对星座

计划进行评估。星座计划是 NASA 前任局长迈克·格里芬（Mike Griffin）在 2006 年创建的一个完全归政府所有和运营的载人航天项目，其任务是取代航天飞机，同时让宇航员重返月球。计划包含多个项目，但在为期 5 年的预算耗尽之前，只有载人发射系统"战神 1 号"（Ares I），载人飞船"猎户座"（Orion）和接地系统得到了拨款。"战神 5 号"大型火箭、"牵牛星"（Altair）月球着陆器、宇航服、登月运载器以及其他登月所需的关键硬件都是空想，因为在空间站脱轨前（计划于 2015 年脱轨），都没有资金可供使用。

2009 年，我们发现星座计划存在问题，它的前两个项目，即"战神 1 号"和"猎户座"的发射已被推迟到 2016 年，也就是空间站按计划脱轨之后。对此我们并没有感到很意外，因为星座计划设计的初衷也是利用为"阿波罗计划"建造的基础设施和劳动力。量身定做的"阿波罗计划"是为了尽可能地利用已有 50 年历史、造价昂贵的现有设备，并力求借此获取政治支持，因此不可能做到经济高效。要想维护几十年的老旧设备，用于基础设施和人员的开支仍会居高不下。但格里芬等人认为这正是该计划的一个优势，因为它能满足国会关键代表团的需求，确保资金流动。

星座计划规模庞大，对 NASA 的未来至关重要，可想而知，过渡团队在处理该计划上举步维艰。我们 2008 年 11 月抵达总部后，NASA 及其承包工厂的经理们还对我们隐瞒了星座计划的信息。情况介绍会上主要是一些复杂难解、任意发挥的说明和高清视频，但没有人对我们的大多数提问给出任何实质性细节或答复。项目的管理层希望将我们蒙在鼓里，即便我只是在走廊上与前同事随意闲聊，NASA 的领导也会认为此举十分可疑。高层想要借此表明，无论是谁，只要被看到与我们交谈，其"职业发展就会受限"。

但也有人试图向过渡团队提供有关信息，其中一个便是萨莉·赖德。萨莉是航空航天公司的董事会成员，这个公司最近应 NASA 要求对"战神 1 号"火箭进行审查。在听取了公司得出的初步结果后，她认为我们也应该对此有所了解。航空航天公司成立于 1954 年，是一家由联邦政府资助的研究和开发公司，负责为空军及其他航空航天机构提供咨询服务。该公司以能力卓著和独立运作而闻名，于是我们计划在他们的办公室听取情况介绍。

在演示过程中，前几张幻灯片是对该机构的公式化介绍，公司人员讲解时的态度冷若冰霜。播放完第 5 张幻灯片后，他们按下了暂停键，没有再做相关解释，似乎准备结束这次简报。我问这是否就是他们所能为我们提供的全部内容，对方有些不情愿地承认，整场演示到此为止。我们简直不敢相信自己的耳朵。显然，他们已经接到指示，不得向我们透露任何有关这次审查的实质内容，而且这一指示很可能来自 NASA 高层。15 分钟后，我们四人走了出去。后来我从一位同事那里获悉，NASA 确实下达过这一命令。

在长达 3 个月的过渡期中，我们与格里芬当面讨论的次数屈指可数。其中一次，他表示我们团队对星座计划如此"追根究底"，让他觉得受到了侮辱。我试图向他解释过渡团队的职责，并且告诉他，正是因为无法直接获得任何详细信息，我们才不得不另寻消息渠道。格里芬回答说，他希望能与奥巴马团队里负责对 NASA 进行审查的过渡团队中级别最高的那个人交谈。我告诉格里芬他很走运，因为我就是"那个人"。

格里芬在航天界是一位受人尊敬的技术领袖，我认识他已经将近 20 年。就在几个月前，我曾在某个重要的出口问题上协助他赢得奥巴马参议员的支持，使得 NASA 得以继续保持与俄罗斯建立的

重大战略关系。我记得在萨莉·赖德为即将上台的克林顿政府担任
NASA 过渡团队领导时，丹·戈尔丁与她相互配合，因此很希望我
与格里芬也能建立同样的合作关系。

然而，这位局长在我们首次会晤时就明确表示，他对我们的工
作不感兴趣。我提议我们定期联系并召开会议，他却对此不屑一顾。
格里芬的反应令人失望，但我们的团队还是尽量抛开成见。一段时
间以后，我们才明白，对于有关星座计划的种种问题，他完全有理
由感到担忧。

我也认识前副局长莎娜·戴尔（Shana Dale），我们二人在过渡
期间的关系反倒有些进展。现任副局长克里斯·斯科利斯（Chris
Scolese）是 NASA 资历最深的官员。我 2001 年离开后，斯科利斯开
始在 NASA 总部工作，所以我们不认识彼此。他似乎比局长更不愿
与我们合作，但我希望新总统宣誓就职后，他的态度会有所改变。

在过渡团队任职初期，我与科布的另一次单独会面也值得一提。
在此之前，官方对他不当行为的调查结果已公开，但由于监察长一
职的独特性，当时他仍然在职。人称"驼鹿"的科布魅力不凡，向
我传达的信息也与众不同。他告诉我说，作为监察长他很乐意与管
理层配合，并特地表示他期待与我合作。对我做出这种表示的本应
是 NASA 的其他人员，但说过这话的人却寥寥无几，他偏偏是其中
之一，我总觉得有些不妥。

大选结束几周后，格里芬的妻子丽贝卡（Rebecca）与一位宇航
员出身的 NASA 承包商向整个航空航天界散布了一份请愿书，表示
他们希望罢免我的职务，让格里芬留任。这篇檄文引起了主流媒体
的关注。杰弗里·克鲁格（Jeffrey Kluger）在《时代》杂志上发表文章，
声称 NASA 完全应该对我的任命感到担忧。他先是说我是一名人事

代表，后来又称我是 NASA 的前公关干事（这两者都不是事实），而且我还"与一名男子乐队的少年歌手争抢乘坐俄罗斯火箭的机会"。全国有线广播电视公司的雷切尔·马多奥（Rachel Maddow）以及其他一些媒体的报道更为准确，但我已经开始担心这会违背奥巴马"不搞噱头"的信条，因此避免公开发表意见。这场争执提升了我在过渡团队高级官员中的知名度，而且此举非但没有减少我在新一届政府中担任要职的机会，反而让我更有可能担任要职。

实际上，早在格里芬的朋友和家人造势之前，他希望留任的意图已经很明显，并在国会和业界得到了众多支持。在新任局长的人选确定之前，我起码不会坚决反对。此事并非能由我决定，但我早就清楚这不是候任总统的打算。

我作为 NASA 审查小组领导，在大选前就经有关部门加急办理，获得了安全许可。约翰·波德斯塔（John Podesta）是奥巴马过渡团队的主管，在等待联邦调查局为我们录入指纹并发放许可时，我恰好站在他旁边。我向他作了自我介绍，称自己负责领导 NASA 的过渡，于是我们就这个他关注已久的话题谈了起来。他向我坦承，他认为 NASA 目前的局长简直"就像个疯子"。我问他何以有此印象，他告诉我说，这位局长最近在国家公共电台就气候变化问题接受采访时曾表示：

> 如果这也算是"问题"，那就是假定目前地球的气候正处于最理想的状态，是我们可能拥有或者曾经有过的最佳气候，所以我们需要采取措施，确保这种状态不会发生改变。首先，我认为数百万年的历史表明，人类无法保证气候不发生变化。其次，我想问，是哪些人在何时何地被赋予了这

种特权，自以为能够断定我们当下在此地的气候对全人类来

说都是最理想的气候。我认为这种观点相当傲慢，让人无法

接受。

局势很难如格里芬所愿。过渡团队无权对 NASA 领导层做出人事决定，即使我提出让他留任，这一建议也不可能被接受。我本想亲自告诉格里芬，但我们得到过明确指示，不得与现任官员讨论其任期。假如候任总统希望留下谁，人事部门就会直接联系此人，否则一般来说他们的任期就是到 2009 年 1 月 20 日中午截止。

我设法通过私人渠道向格里芬暗示，但据说他直到最后仍希望自己会"接到电话"，并责怪我让他没有被选上。

协助新一届政府为 NASA 选出一位局长，甚至在总统就职之前让国会批准其提名——这虽然不是我的直接责任，但是我希望达成的目标，因为在航天界看来，总统对 NASA 的及早关注预示着他对航天事业的支持。在过渡期间，我被问起是否愿意在政府任职，并受托推荐高管的人选。我最大的理想是成为 NASA 办公室主任，但是听从父亲的建议，把目标设定得比预期至少高出一级，因此我表示有意出任 NASA 副局长。我还提交了一份包含 7 名候选人的名单，其中任意一位都足以胜任该部门的局长，担任副局长更是绰绰有余。

2009 年 1 月初，候任总统的人事主管唐·吉普斯(Don Gips)问我，如果让斯科特·格拉雄(Scott Gration)担任 NASA 局长，我有何看法。我说，我认为格拉雄不符合条件，而且他可能也不愿出任此职。我问吉普斯这是谁的提议，他说这是候任总统的直接举荐。我改变了答复，说我认为选他一定没错，因为我始终相信，NASA 局长要想有所成就，最重要的一点就是与总统保持密切的关系。

几年前，格拉雄在非洲多国旅行，途中他曾见过时任参议员的奥巴马，两人碰巧谈起了 NASA。格拉雄是传教士之子，几十年前曾作为白宫实习生被派往 NASA 工作。在大选期间，格拉雄组建了一个颇具影响力的团体，由 60 位军事将领组成，公开对奥巴马表示支持。人们普遍认为，这一举动增加了奥巴马的声望，使他得以在初选中击败希拉里。

截至此时，按照约翰·波德斯塔的建议，我只和格拉雄就 NASA 谈过一次话。他当时主管国防部的一个过渡团队，立刻明白了我打电话的原因。他讲起 20 世纪 80 年代在 NASA 工作的那一年，以及与候任总统在非洲会面时就此进行的简短交谈，不禁莞尔。格拉雄坦承，他对 NASA 如何才能更好地发展没有什么独到的见解或建议。从这次谈话中我可以明显看出，他不想担任该部门的领导。

然而，就在我与吉普斯交谈数日后，业内媒体报道了格拉雄可能被提名的消息。参议员尼尔森公开表示，他认为格拉雄将军不符合条件，但白宫对此类表态始终保持沉默。政治人事小组开始考虑其他人选，总统于是就无法在就职前确定 NASA 的领导人。

在参议院确认正式人选之前，NASA 的过渡团队奉命确定一人代行领导之职。我们仍以为常任局长会很快就位，于是斟酌之后决定推选副局长斯科利斯。在就职数周后，当总统选择伊萨科维茨出任此职时，我兴奋不已，但尼尔森却表示反对，与总统意见相左，我感到既震惊又沮丧。

代理局长力保星座计划，避免激怒国会不敢公开交锋

公职人员不仅能够按照工作时间的长短得到相应晋升，而且还

有一定就业保障，因此很多人会在公共服务领域度过整个职业生涯。正如 NASA 的许多领导人一样，副局长斯科利斯几乎从开始工作就在政府部门任职，因此他的观点似乎也停留在过去。那些"在现实世界打拼"后进入或返回政府部门任职的人们则有所不同，他们的优势之一就是能够置身局外看待这个航天机构。

21 世纪初，网络公司泡沫的破灭减缓了传统通信卫星产业的增长，许多早期投资者降低发射成本的希望告吹。然而，也就是从那时起，航空航天业发生了巨变，新一代财力雄厚的投资者进入了该领域。

截至 2008 年年底，商业航天界的新生力量利用技术极大地缩小了设备的尺寸。卫星尺寸的减小缩短了开发时间，降低了制造成本，扩大了用户群体。受创新创业公司成功的激发，人们开始对一系列私人和商业航天项目进行研发。从太空进行地理定位、导航、计时和遥测最初仅限于政府活动，此时也逐渐扩大规模，演变成利润丰厚的商业产业。

相关领域也发生了翻天覆地的转变，巩固了航空航天产业在航天运输方面取得的新进展，形成了良性循环，并且似乎终于为卫星产业的繁荣奠定了基础。当时几乎所有商业发射市场都已被法国、中国和俄罗斯夺走，所以美国任一公司只要能够提供安全可靠且成本较低的发射，都将获得巨大回报。

在奥巴马仍是候选人时，我曾向他表示，我认为让政府继续设计、制造和拥有火箭是一个错误。私人发射市场方兴未艾，而且已经有企业在发射无须航天飞机运送的有效载荷。至于政府如何才能提高效率，刺激私营行业提升能力，20 世纪 90 年代为 X-33 和"非传统航天器"项目提供资助的商业政策做出了详细规划。SpaceX 等企业已经瞄准了这个赛道，但他们需要证明他们的火箭的可靠性，因为大多数客户都不会冒险使用未经验证的飞行器。

2004年布什政府出台太空政策，下令航天飞机退役，设置了新的探索愿景，并且要求NASA"寻求商业机会，为国际空间站和近地轨道以外的探索任务提供运载等业务"。行政管理预算局已陆续向NASA的金库注入约1亿美元资金，用于启动上述计划。2004年，NASA额外拨给吉斯勒航空航天公司（Kistler Aerospace，下称吉斯勒）2亿美元，协助其开发计划中的可重复使用运载火箭。吉斯勒此前也是通过"非传统航天器"项目获得启动资金的私营公司之一。SpaceX对这项拨款表示抗议，理由是缺乏竞争。而政府的监督机构——审计总局也表示NASA不会胜诉，于是NASA撤回了拨款，不得不重新制订计划。

回应企业抗议及白宫的指示，NASA最终设计出一项名为"商业轨道运输服务"的方案（COTS）。与10年前的"可重复使用运载器"项目一样，商业轨道运输服务没有进行联邦采购，而是采取了合作关系的架构，确切地说叫《太空行动协议》。此外，该项目的另一个关键要素是"坐镇租赁"，这也是我们基于1925年的《凯利航空邮件法》，为可重复使用运载器项目向克林顿政府推荐的另一项目激励措施。

上述政策虽然指出了一条通向成功的道路，但是需要有专心致志、才能卓著的人来执行，纵观本书，其他许多事例无不如此。艾伦·林德莫耶（Alan Lindenmoyer）是先驱之一，自2005年起在约翰逊航天中心负责该项目。假如不是林德莫耶等人推动上述政策理念的创造性实施，本书的故事将大为不同。

NASA按照2006年《太空行动协议》的合作关系架构，将商业轨道运输服务项目的研发合同授予了 SpaceX 和吉斯勒。吉斯勒因为初期的某项财务指标未能达标，后来在 2007 年被轨道科学公司，即现在的诺斯罗普·格鲁曼公司取代项目名额。NASA 向这些商业合作伙伴提供了另一种选择——让他们提供载人航天的解决方案（COTS-D），但只有 SpaceX 对该项目投标。他们申请的预算略高于 3 亿美元，NASA 没有接受。格里芬明确表示，宁愿先向俄罗斯支付酬劳，直到 NASA 内部能够接手此事，也不打算与私营部门合作运送宇航员，更何况国会也已批准了这项计划。

从很多方面来看，在 2008 年过渡期间，时机都对我们不利，但我们始终与《美国复苏和再投资法案》（*American Recovery and Reinvestment Act*），俗称《刺激法案》步调一致。该法案提出了经济严重衰退期间刺激经济的方法，得到了新老两届政府的支持。NASA 审查团队奉命拿出几个"准备就绪"且能够通过该法案获得资金的项目。于是我们争取到 NASA 项目办公室的支持，确定了总计 30 亿美元的项目，其中包括 SpaceX 那预算略多于 3 亿美元的 COTS-D，他们想在他们的货运航天器基础上研发载人航天器，两者均被命名为"龙飞船"（Dragon）。

最终，当局提出将 10 亿美元用于资助韦伯望远镜、地球科学、绿色航空，将 1.5 亿美元用于建立新的行业竞争市场，以便向国际空间站运送宇航员。与常规预算相比，这项资金的申请过程得到了简化，但为一揽子刺激方案的拨款仍要经国会批准。时任 NASA 代理局长的斯科利斯在与代表承包商的参议员们商谈过后，对该方案进行了重新规划，将一半以上资金投入了星座计划。自然，商业载人项目的拨款也被挪走了部分，最终，商业载人项目仅得到 9 000 万美元的资金支持。

我感到失望的是，政府不仅不同意 COTS-D 那 3 亿美元的申请，甚至对他们自己提出的 1.5 亿美元申请也未能据理力争。但转念一想，如果从一开始就公开交锋，可能会激怒国会，申请也会彻底告吹。不过对于这些，我们也只是妄加猜测罢了。

高管洗牌，局长回避，人事周旋异常艰难

在过渡团队任职期间，我的另一个目标是让即将上任的奥巴马政府恢复设立国家太空委员会。此前，竞选团队曾对我的建议表示赞同，所以我希望能够实现这一愿望。当我询问候任的副总统拜登是否愿意按照惯例，出任该机构主席时，他的办公室很快给出了回复——生硬地拒绝了。我不愿放弃，提出了另外几种设想，由其他人担任委员会主席。然而，为了向公众传达精简政府部门的讯息，候任总统已经宣布要将白宫员工减少 15%。有人告诉我说，政府不会增设任何执行委员会。

在三个月的过渡期内，斯科利斯一直对我刻意回避。直到 2009 年 1 月 19 日，在总统就职典礼前一天，他来到我办公室门口，希望我让布什总统任命的首席财务官罗恩·斯波赫尔（Ron Spoehel）留任。NASA 有 3 个职位需要经参议院审议，即经过局长、副局长和首席财务官，因此这个请求非同小可，而且还提出得太晚。为了今后能够融洽相处，我答应他我会试试看，并打电话给即将开始履职的白宫人事处。不出所料，他们对这个迟来的请求有些恼怒。我极力施压，人事处才勉强同意，但是告诫我说，在任何情况下，首席财务官或代理局长都不应认为这一临时延期会成为永久性留任，因为当局希望按照正规流程来填补这个职位。我向斯科利斯转达了这

一信息，好让他明白这只是临时性质的延期。他说他能够理解，并对我这次帮忙表示感激。

几个月后，我被提名，之后不久便和与我同时提名的NASA局长查尔斯、斯科利斯共进午餐。我听到斯科利斯对查尔斯说："我认为您应该留下首席财务官。"这让我十分震惊。我提醒了他，并向查尔斯解释说，此事没有商量的余地。但斯科利斯毫不理会，假装不知道我在说什么，而且此后还一再故伎重施。他竟能在如此重大的问题上公然撒谎，真令人瞠目结舌。我一直在与白宫人事部门协作，为首席财务官这一职位寻找合适的人选，当时，有一位候选人遥遥领先，正为接下来的提名接受审查。

我试着向查尔斯简要说明了真实情况，但他想与两位"候选人"面谈后自行选择。在与两人交谈后，他决定留下斯波赫尔。我再次试图向他解释，白宫的团队不可能接受，但他听不进去。结果正如我所料，总统行政办公厅的高级职员断然驳回。查尔斯似乎对自己的提议遭到否决颇为愤怒，而白宫的团队也好像对他竟然作此要求同样感到不快。

我在2008至2009年领导过渡团队期间工作强度极大，随后又遭遇尼尔森参议员不愿支持总统意欲提名的首批人选，接着是2009年2月在受邀担任副局长后数月得不到批准，整个过程异常艰难。尽管如此，当5月底当局正式公布我们的职务时，我真切期望能在查尔斯手下有所作为。我们虽然彼此不太了解，而且观点、能力和性格各异，但我相信我们的合作有可能产生积极结果。

查尔斯生于南卡罗来纳州，父母分别是足球教练和高中教师。成年后，他始终在为国效力，当过海军将领和宇航员，并且成为第一位领导NASA的非洲裔美国人。查尔斯记得，他曾深受电视剧《安纳波利斯男人》（Men of Annapolis）的鼓舞。在七八年级时，他"爱上了这身制服"。他是美国海军学院当时仅有的几名黑人学员之一，不仅被选为班长，后来还成了一名海军陆战队飞行员和试飞员，曾在越南北部和南部、老挝和柬埔寨执行过 100 多架次飞行任务。在当过几年海军征募员后，他被帕塔克森特河的海军试飞员学院录取，随后在当地被 NASA 选中，成为首批加入宇航员队伍的三名黑人之一。两年后，宇航员培训班宣布成立，查尔斯就是其中唯一一位非洲裔美国人。

查尔斯是典型的宇航员候选人。因为一般先在帕塔克森特河接受训练的 100 多名未来的宇航员中，就会有 50 多名毕业于海军学院。1968 年，当我还在玩芭比娃娃并梦想成为一名空姐时，就有 3 名未来的宇航员从安纳波利斯毕业，前往帕塔克森特河进行培训。

查尔斯、迈克·科茨（Mike Coats）和布莱恩·奥康纳在晋升为 NASA 高管之前，共驾驶航天飞机完成了 9 次飞行。2009 年，迈克和布莱恩仍然在职，并对查尔斯施加重压，反对当局和我努力推行的改革。

查尔斯在政界表现突出，担任公职已有 40 年，好像理所当然的，退休后他作为国家英雄执掌 NASA。我比他小 15 岁，是他手下第二年轻的副手，先后从事过与 NASA 政策、商业航空航天和非营利航天宣传有关的工作。我视"为公共服务"为自己的荣幸，决心将 NASA 改成一个更加高效的机构。20 世纪 90 年代，我在 NASA 总部度过的前 5 年是我职业生涯中收获最大的一段时间，而同在 90 年代，查尔斯曾有 8 个月被分配到 NASA 总部，他毫不掩饰对华盛顿那帮人的鄙视，并明确表示那段时间他最没有成就感。

2004 年，在一次接受采访时，有人问起他职业生涯中最快乐和最困难的经历是什么，查尔斯讲起了他有多不喜欢在华盛顿的日子：

> 噢，毫无疑问，我在 NASA 的 14 年里，最困难的一件事就是登上飞机，返回华盛顿。每当我回到家中，要返回华盛顿继续工作时，事情就会变得越来越难。说真的，这就是我成不了大事的原因。我从来不讨厌工作，但我讨厌那种工作。
>
> 那根本不是我。有人喜欢华盛顿，也有人不喜欢。那个地方适合权贵，如果你到了那里，又喜欢和权贵们待在一起，或者至少假装自己也大权在握，那就是个不错的地方。如果你不喜欢弄权，你就不会喜欢那里，反正我是不喜欢。

查尔斯友好谦逊的态度使他成了一位颇受爱戴的公众人物。与他共事后，我发现他确实名不虚传，但人们很难透过这种和善的举止看出他的真实意图。一段时间以后，我才明白查尔斯经常表里相异、言行不一。作为 NASA 副局长，我常被问到是否有什么遗憾或后悔之事。我首先想到的就是无法与查尔斯增进信任，建立更可靠的工作关系。

我们两人第一次单独共进晚餐是在正式提名之后，准备商谈与参议员们会晤一事，因为参议院即将召开全员参加的听证会，之后才会批准提名。我顺口问了查尔斯一个问题："你对 NASA 有何打算？"这个问题在当时的场合再自然不过。

考虑了片刻后，他答道："我不知道。你呢？"我稍事停顿，向他阐述了在我看来哪些是我们面临的最大机遇和挑战。查尔斯做出了回应，仿佛赞同我的观点，边点头边说我讲得很好。嗯，那就好。

正式上任副局长

在分别会晤过商业委员会的 25 名参议员后，查尔斯和我准备参加定于 2009 年 7 月 8 日举行的审议听证会。我的母亲、妹妹和叔父从密歇根州飞到华盛顿，与我的丈夫和两个儿子一起来到听证会。查尔斯的支持者们齐聚一堂，从南卡罗来纳州乘巴士赶来，对他表示鼓励。自由乘车运动的英雄、佐治亚州众议员约翰·刘易斯（John Lewis）在十几位参众议员的陪伴下，发表了激情澎湃的演讲。接着，参议员尼尔森和哈奇森作了冗长而又热情洋溢的讲话，对查尔斯表示欢迎。坐在哈奇森身后的一名工作人员凑到她耳边悄悄说了句什么，她随即补充道，她也对我表示欢迎。来自密歇根州的参议员黛比·施塔贝诺（Debbie Stabenow）对我进行正式提名，并代表我作了发言。

听证会上的一切我至今记忆犹新。主持人是西弗吉尼亚州参议员杰伊·洛克菲勒，他首先让我们宣读了提前准备好的正式声明，接着要回答委员会几个问题。不出所料，提问大部分是针对查尔斯的，我只有在被要求作答时才插上几句。我们俩的提名没有任何争议，不到 1 小时就走完了流程。在回到尼尔森的办公室后，尼尔森和很多人都滔滔不绝地谈起了查尔斯，偶尔也会提起我来，但那只是出于客气。整个过程我都兴奋不已，并反复表示，今后如果谁想要获得参议院批准，我建议一定紧跟查尔斯·博尔登。

成立太空委员会的提议很快遭到全体否决。数日后，国会一致同意，批准了我们两人的提名。1 天后，即 2009 年 7 月 16 日，我们在 NASA 总部办公室外的等候区举行了一场低调的宣誓仪式。也有人会把仪式办得更加隆重，比如前任副局长迪克·切尼就曾在白宫的印第安条约厅宣誓就职，但查尔斯和我已经准备投入工作了。

我们宣誓就职的那一周适逢登月 40 周年，"阿波罗 11 号"的成员恰巧也在附近，参加了几场事先策划好的庆祝活动。一次是在肯尼迪中心举行的晚间音乐会，我们一起坐在总统的包厢里；还有一次是陪同诸位宇航员参观椭圆办公室，与奥巴马总统交谈。1999 年，我也曾陪同阿姆斯特朗、奥尔德林和迈克前往椭圆办公室，会见克林顿总统，但当时不会想到，十年后我会以如此重要的身份再次出现在这里。虽然椭圆办公室的家具和装饰略有不同，但一切礼仪及讨论的主题与过去相似。

几位登上过月球的宇航员极其引人瞩目，甚至白宫的西翼也有人过来请他们签名。国安局的一名工作人员急于炫耀他与奥尔德林的关系，拉着我们五个人到国家安全顾问那里小坐。詹姆斯·琼斯（James Jones）是一位四星海军上将，与查尔斯颇为熟稔，因此谈话的气氛轻松友好。琼斯提到他的办公室正在进行政策审查，这大概是我们讨论过的唯一实质性内容。

翌日，查尔斯和我在 NASA 举行了一次全体会议。

我们没有太多时间准备，不过查尔斯和我都喜欢即兴演讲。台上摆着两张就像罗杰斯与凯茜·李（Kathy Lee）脱口秀节目里的那种高脚凳。我们两人先做了开场白，然后回答了总部和各个中心远程提出的问题。出于谨慎，我让查尔斯先发言，并尽量让他讲得更久一些。这倒是不难，因为他的沟通方式很随和。在接下来冗长而又漫无目的讨论中，查尔斯谈到一些在我看来不太合适的话题，比如宗教。他情绪激动，甚至当场洒泪。一开始，这有助于消除人们的戒心，但大家很快习以为常。这种风格似乎对他来说也行之有效，只是我俩的作派不同。查尔斯表示，此前一天我们曾与总统会面，接着提到我们与国家安全顾问讨论了政策审查问题。当时我不由一怔，竭力想要转移话题，但为时已晚。

查尔斯透露了国家安全委员会的政策信息，但这些信息尚未公开。可想而知，情报部门的高管们大发雷霆。白宫和 NASA 的通讯人员奉命无限期撤掉查尔斯接受媒体采访的所有内容。我也接到通知，凡是无法取消的活动，除非另有安排，均由我代为出席。查尔斯也希望这段时间保持低调，但作为政府部门的新任领导，如果不接受任何媒体采访，既不太现实，也有悖常理。

查尔斯表示他将率先处理好与国会关键人物的关系，而我则专注于向新任议员传达本部门的价值理念。我乐在其中。虽然我已经与参众两院的议员和工作人员建立起积极的工作关系，但由于手头事务繁杂，我也倒是愿意把这副重担交给查尔斯。我还知道两院负责拨款的人员有几条秘密沟通渠道，但除非受到专门邀请，我从未去过国会山。

政府落力欲推新案，局长装傻一意孤行

载人航天是 NASA 耗资最多也最引人注目的活动。我们两人开始在这任职时，这项活动就已严重偏离了轨道。宇航员出身的查尔斯格外适合对这个项目进行评估，也能指导相关人员拿出解决方案。我们在过渡期间得出的调查结果和根据经济刺激方案提出的预算申请已列入简报，我们也在听证筹备会上作了深入探讨。为了应对载人航天计划的有关事项，规划发展道路，美国未来载人航天计划委员会由总统任命。查尔斯和我上任之际，委员会的审查已经过半。

在过渡期间，我们曾提出"战神 1 号"和"猎户座"项目存在

重大技术问题，这一点得到了委员会确认。在国会批准我们提名一个月后，委员会向奥巴马总统的科学顾问、科学和技术政策办公室主任约翰·霍尔德伦（John Holdren）博士以及查尔斯、我和其他高级行政官员通报了审查结论。通报会在白宫综合大楼举行，全体委员参加。报告中提出5种选择，并作了简要说明，其中之一是继续实施星座计划。虽然为此需要每年增拨30到50亿美元，但即便如此，委员会仍表示该计划不可持续，无法让宇航员重返月球。

委员会指出，星座计划虽然已得到预算案中申请的所有资金，但进度却越来越慢。他们发现航天飞机和空间站项目受困于相同的根本缺陷。NASA要尽其所能设计出最大的火箭和航天舱，以利用现有的基础设施，他们认为这是获取政治支持的最佳方式，因此充分利用现有人员和设施成了其首要目标。

2009年晚些时候，委员会主席、洛克希德·马丁公司前首席执行官诺姆·奥古斯丁在麻省理工学院的一次公开讨论会上谈到了"战神1号"进度超期的问题，他言简意赅地表示："'战神1号'项目已实施了4年，4年来始终拖拖拉拉，当然会对整个计划的进度产生巨大影响……'战神1号'的近期目标是为国际空间站提供支持，但问题是，从目前的预算情况来看，在'战神1号'竣工前两年，国际空间站就会掉进南太平洋。"

他说："目前不会有任何资金用于登月活动，因为我们不得不把钱全部投入'战神1号'和猎户座的研发，所以现在进退两难：我们盛装打扮，准备出席聚会，聚会却没有了……'战神1号'运载火箭的问题与其问我们是否能够建成，不如问我们是否应该建造？"

委员会支持私营企业将宇航员送往近地轨道（LEO），在报告中和会议上作了明确阐述。早在克林顿政府时期，支持私营企业的相关政策就已得到确认，所以这一观点并未出人意料，但能得到诺姆·奥古斯丁和萨莉·赖德等专家小组成员证实无疑是件好事，因为他们在此事上没有任何私心。

委员会概述了他们准备为宇航员设置的各种目标，并侧重被其称为"灵活路线"的方案。他们表示，历任领导曾多次为 NASA 制订目标，但随之而来的总是不切实际的预算评估和时间安排。NASA 明知实际所需资金和时间远超预期，但只是为了赢得足够支持，便在一开始兜售自己的计划。"灵活路线"方案允许政府购买先进技术，用在将来前往外太空时减少开支和缩短时限。这在我看来合情合理。

我带着极为信服的心情离开了通报会。这 10 位毫无偏见的杰出专家不仅证实了我对现有计划的担忧，而且提出了多条潜在的发展路线。虽然我对过渡团队的调查结论充满信心，但这是对我们研究的重要认可。在和查尔斯一道乘车返回 NASA 总部时，我问他对报告有何看法。他说他感到印象深刻。我问他认为我们应该选择 5 个方案中的哪一个，他回答哪一个都可以。

联邦预算申请通常在每年 2 月的第一周由政府提交国会，但各部门至少需要提前 6 个月开始准备。行政管理预算局在这一过程中发挥着实质性作用，负责一级一级运转文件以及打破总统行政办公室和各部门之间的僵局。一般来说，各部门与管理预算专家商讨后，会依据上一年的财务收支起草预算案，并于当年秋季向行政管理预算局正式提交申请。接着，行政管理预算局会对申请进行整体审核，询问一些具体问题，并将各部门的回复纳入最终版本，这一版本通常会在 12 月完成。NASA 除载人航天外，其他所有项目的 2011 年预算的流程均如期推进。

总统行政办公室负责预算审查的人员曾服务于数位总统和多个

政治团队，而 NASA 的管理预算小组也精明干练，颇有见地和经验。组长保罗·肖克罗斯（Paul Shawcross）比任何人都更了解 NASA 的收支状况。如果你目标合理，他会竭力相助，但如果你另有所图，他也会恪尽职守，纠正问题。我们追求的任何政策理念或希望做出的任何改变必须经过他首肯，才能保留下来。虽然国会手握财政大权，但行政部门要首先通过行政管理预算局这一关。

2009 年 9 月，在拿到奥古斯丁委员会的报告后，NASA 必须就载人航天预算申请作出决定。10 月，随着备忘录在总统行政办公室内部传阅，技术政策办公室主任霍尔德伦主持召开了部门负责人会议。查尔斯和我代表 NASA，与行政管理预算局和国家经济委员会的主要负责人及其副手们一起出席了会议。

会议材料显示，他们倾向于彻底取消星座计划的方案，以便为技术开发、基础设施振兴和商业载人航天计划腾出资金。其他方案包括保留猎户座项目以及加快重型火箭的开发等。会上提出的所有设想都涉及商业载人项目，并且不愿继续为"战神 1 号"提供资金。假如查尔斯倾向其中任何一种，或者想提出别的方案，都是他表明态度的好时机，但他毫无表示地离开了会议。借用棒球的术语，如果三振就会出局，那么这在那些关注此事的人们看来，这可以算是一击不中。

当局曾明确指示要我们启动商业载人计划，但 NASA 内部团队的意见与此不符。如果查尔斯作为 NASA 局长不能清楚表明拥护白宫的政策，官僚们就会认为没有理由改变方针。查尔斯选择了原封不动地保留星座计划，并据此制订预算。我们当中有几人建议查尔斯趁机开展创新，提出几个折中方案。我也试图告诉他当局意见不可轻忽，但他却不予理睬。NASA 明明有机会用商业载人项目取代

"战神 1 号"，并重组该计划的其余部分。我仿佛看到同一条轨道上两列火车正相向疾驰。我清楚如果 NASA 不能改弦易辙，一场灾祸就在眼前。

离谱操作致 NASA 退出预算制订进程

从以往来看，新上任的行政管理者会在必要时对领导团队的关键成员进行调整，以最大限度地提高效率，确保与新一届政府步调一致。政府也对高级管理人员的变动设置了规定，要求其在新的部门负责人上任后经历一个 120 天的待命期。这一延迟让现有的管理人员可以对照新一届政府的政策进行调整，并借机证明自己的能力。

120 天的待命期即将结束，我与查尔斯碰头商讨几个关键人事变动。在我看来，他理应对此加以考虑。查尔斯看了看我的名单，说他觉得没必要做出任何改变。我向他解释我认为建立一支愿意与当局合作的队伍会大有裨益。

这个话题十分微妙，但我自以为有责任直言不讳，向他提出最佳建议。看到查尔斯面对水火不容的观点穷于应付，我清楚要想让 NASA 重回正轨，就必须拥有一个团结一致、互相信任的团队，这一点至关重要。然而，他既没有提出进行人事调整，也不准备修改预算方案。不论是出于他的不作为，抑或是来自他的明确指示，从所有迹象来看，总统无论如何都不可能接受 NASA 提交的载人航天预算的。

2009 年 11 月 1 日，行政管理预算局局长彼得·奥尔扎格（Peter Orszag）、约翰·霍尔德伦和白宫立法事务负责人罗伯·内伯斯（Rob Nabors）应查尔斯之邀举行会议。我主动提出召集手下，为他准备会上的谈话要点，但他表示不需要帮助，也没有告诉我相关议程。查尔斯后来称这次会议一切顺利，但与部门领导一同参会的白宫工作人员转告我说，他在会上没有提出任何要求。

就我所知，面对 NASA 和当局这两节相向疾驰"列车"，他并未设法改变其中任何一方的轨道，而我们即将为此承担后果。对于这次毫无成效的会议，奥尔扎格和内伯斯表现得尤为冷漠。这无异于第二次击球不中。

查尔斯有不止一次机会为 NASA 提出的方案进行辩护，或者提议做出修改。这一次他即将面见总统。会晤定于 2009 年 12 月 16 日在椭圆办公室举行。我们再次提出协助他进行筹备，而他也再次表示自己无须帮助，他完全清楚自己想说些什么。

白宫工作人员正在起草决议备忘录的终稿，其中为总统概述了多种方案，落款时间正是与查尔斯会晤的当天。我敢肯定在与查尔斯会面前，总统不会做出任何最终决定。备忘录中列出了 4 种方案，其上限均接近 190 亿美元，5 年到期后还需增拨 60 亿美元。所有方案都秉持此前部门负责人会议上得到的指示，每一份规划中也都增加了一个名为"商业载人"的新项目，以取代"战神 1 号"。方案一取缔了星座计划的所有内容，其他接受审议的方案也未包含 NASA 提交给行政管理预算局的预算安排。

备忘录中承认，从政治层面来看，参众两院尤其是那些与星座计划承包商来自同一个州的议员，不会欢迎上述规划，并且强调只有付出巨大的政治资本，方案一才能赢得国会支持。我在后来拿到了一份备忘录的副本，页面边缘还有总统的签名和手写的笔记，但查尔斯和我事先都没有见过这份备忘录。

查尔斯从椭圆办公室回来后颇为激动。他说会议进展顺利，总统很关注这些事项，还告诉我他们谈起了 VASIMR，即可变比冲磁等离子体火箭等先进技术。查尔斯发现当他提到核电火箭时我有些紧张，于是告诉我说："不用担心，他很喜欢这个主意。"当我问起他们是否讨论过星座计划时，他承认总统表示对此不感兴趣。查尔斯似乎认为在这件事上他要"继续努力"，但是在我看来，他好像一棒未挥就已三振出局了。

返回办公室后，我收到白宫工作人员的消息，质问我 NASA 局长在向总统推荐新型火箭时，为什么不告诉他这是核电推动的？可变比冲磁等离子体火箭目前只是一种利用核电建造推进器的概念，有可能减少机器探测器进入外太空所需的时间。这种核火箭仍在进行早期研究，尚未进入开发阶段。

参加这次部门负责人会议的白宫工作人员后来向我描述了当时的情况。他们说，由于众人就奥古斯丁委员会的调查结果达成了广泛共识，奥尔扎格也简要表明了态度，对方案一表示支持。他解释说，如果对新技术进行资助，我们就能在更新换代和未来的项目上缩短时间和减少开支。查尔斯抓住"缩短时间"一词，提到有一种方法可以将登陆火星的时间从 8 个月缩短到 6 周。总统尚未听说该计划，但回应说他认为这正是 NASA 的职责所在。讽刺的是，查尔斯此举似乎进一步加强了总统致力于技术开发的倾向。

查尔斯向知道他与总统会晤一事的人们发去电子邮件，称一切进展顺利，他准备休假几周，并建议我们也给自己放个假。在 2011年的联邦预算案中，NASA 的预算是最后敲定的，但此事我们只能归咎于自己。由于没有遵循总统的指示，我们等于自动退出了这一进程，而"列车"失事已在所难免。

总统勇选新案，局长推脱职责

乔治·怀特塞德斯（George Whitesides）是 2008 年第一个被我招募加入 NASA 过渡团队的人员。怀特塞德斯时任国家航天协会执行董事，虽然我对他不太了解，但在协会内外，我所尊敬的每个人都告诉我说他极有才华。这话绝对没有言过其实。过渡期结束后，他在 NASA 担任了一个长期职位，我则督促他在上任之初就与查尔斯开展互动，包括协调国会批准我们两人提名的相关事宜。提名通过后，我向新任局长举荐，称他定能胜任办公厅主任一职，查尔斯表示同意。怀特塞德斯孜孜不倦地为查尔斯效力，成为科技政策办公室和行政管理预算局最信赖和最高效的 NASA 领导人之一。

在查尔斯与总统会晤一周后，我和怀特塞德斯在办公室接到白宫工作人员打来的电话，向我俩转达了一则不得外传的消息。奥巴马总统选择了方案一，即彻底取消星座计划。总统确定的方案无疑具有最大的发展空间，但我意识到，这一抉择在政治上极其艰难，因此我顿生钦佩。

怀特塞德斯对这一消息的反应相对平静。他虽然认同方案一是促进航天事业发展的最佳选项，但是担心突然取消星座计划，其消极反应会使我们难以在重点项目上取得进展。我一向认为，NASA 如果能够拿出变革性的预算安排，必将得到白宫高层的支持，而当局的决定也证实了我的观点，即总统希望支持一项大胆的创新计划。

我清楚，这一决定将我们送上了新的轨道，而国会驾驶的"列车"正迎面驶来，因此多争取支持尤为重要。

贝丝·罗宾逊（Beth Robinson）是 NASA 经参议院批准的新任首席财务官。在过渡期间，伊萨科维茨向我推荐了贝丝。她曾是行政管理预算局最资深的专业职员，因此比 NASA 任何人都更了解制订预算的过程和参与的人员。在节假日期间，贝丝及其团队配合白宫行政管理预算局和科技政策办公室的工作人员对有关问题进行回复，并着手为我们起草文稿，以便在向国会提交预算案的同时，按要求做出说明。

众所周知，NASA 惯于策略性地泄露白宫未经批准的预算信息，再加上拒不遵循当局的指示，其信任度正处于低谷。总统的决定将于 2010 年 1 月初出台，尽管怀特塞德斯和我清楚大致内容，但在局长进行通报之前，我们并不了解相关细节。

2010 年 1 月底，在预算案正式公布一周前，查尔斯在简报会上了解了基本情况。这一决定产生的震动之大似乎让查尔斯深受打击。他说自己的心仿佛被踢了一脚。我给他看了之前部门负责人会议的记录，带他看了一遍他之前误解的指示和决定。查尔斯表示他明白自己参与了决策过程，但坦承并不完全清楚自己在其中所扮演的角色。对于这一点，我至少要承担部分责任。在最初的意见和建议遭到忽视后，我接受了他的暗示，不再对他知无不言。

在白宫举行的预算通报会上，查尔斯的表现让人们对他就当局战略部署进行沟通和宣传的能力产生了疑问。这种担忧致使白宫决定在正式宣布预算案时，让他"照本宣科"。我们都不喜欢这个安排，尤其是我，但白宫不想冒险在预算案公布当天走漏任何口风。站在查尔斯的立场来看，整个过程与大型内阁部门的内部运作并无太大不同，即由秘书公布提前准备好的概要，具体问题则交给其他人来处理。一旦通报会上闹出什么新闻，人们关注的不再是提案内容，就会产生一定风险。

一切如期进行。

破例：直接公布取消星座计划！

在联邦预算案公布当天，查尔斯在新闻发布会上宣读了一份事先准备好的声明，然后声称要去参加"其他会议"。他告诉媒体，政策问答由副局长和科技政策局办公厅主任吉姆·科伦伯格（Jim Kohlenberger）负责。问答环节结束后，贝丝就具体数字作简要说明，并回答了相关问题，而我和霍尔德伦博士及其他科学部门负责人被派往市区另一边，向美国科学促进协会讲解 NASA 的预算安排。当天晚上，返回总部后，我又主持了一场新闻活动，轮流回答主要媒体的提问。

奥巴马政府为 NASA 提出了 190 亿美元的提案，比前一年增加了 3 亿美元，并计划在 5 年期内追加 60 亿美元。预算案提出取消星座计划，省下的资金不仅能让航天飞机增加一次飞行，还能让国际空间站的使用期限至少从 2015 年延长到 2020 年。此外，政府将增加拨款，用于资助地球科学、先进技术、火箭引擎开发和基础设施振兴，此外，加强此前在经济刺激预算计划中为了将宇航员送往国际空间站与企业建立起的合作关系，即后来被称作"商业载人航天"的项目。

我们提议终止的合同价值数十亿美元，所以外界对预算案有负面反应不足为奇。国会委员会的任务向来由其成员根据自身好恶进行选择，他们会继续维护委员会领导层的狭隘利益。几十年来，由于 NASA 始终未能参与国家层面的重大事项，其代表主要是一些自选自荐的参众议员，而这些人所在的选区持有 NASA 的合同和岗位，所以他们的首要目标往往是维持现状。

按照联邦预算程序，在预算案正式发布前，任何人都不得与国会协商或对其透露相关信息，但有航空航天企业称，政府在他们事先毫不知晓的情况下做出如此重大的变化，令他们感到震惊。无论政府以何种方式公布取缔数百亿美元合同一事，这一消息绝不会受到欢迎，即便提前进行通知，也不会改变这些企业的想法。NASA内部的星座计划团队一度以为，只要无视白宫的指示，他们就可以为所欲为，但当局的最终决定突如其来，他们甚至没有收到风声，所以感到既愤怒又失望。

这次预算申请与奥古斯丁委员会的公开建议密切相关，因为该委员会成立的目的就是为了对星座计划进行审查并提出未来的预算安排。委员会在调查结果中公开表示星座计划难以为继，因此数月来业界也一直在猜测 NASA 的行动计划可能会发生重大变化。虽然没有人料到当局会打破惯例，在决策前对外透露相关信息，给那些明知会反对的势力留下可乘之机，但人们仍普遍相信，关于预算申请，最重要的仍然是申请过程本身。

国会听证会很快安排就绪，NASA 的团队协助查尔斯做好了准备。我曾请求总统甚至副总统出于礼节，在预算出炉时致电民主党的首脑，但政府的当务之急是确保医疗保健等其他重大项目的得票率。虽然我们无从得知，国会的民主党领袖是否会因为这几通私人电话就改变立场，不再反对预算案，但此举会让他们很难对外说总统没有参与预算的制订过程和最终决策。

预算案发布当天，我会见了尼尔森参议员，向他解释方案的合理性，我预感他有可能会支持。随着谈话的深入，他似乎因为没有让他参与这一战略规划而感到恼怒。从某种程度上来说，这一点可以理解。不过对于他来说，支持新计划等于要他承认：他此前负责监督并公开支持的那项计划毫无进展。

他在参议院一处秘密地点约我单独见面，当时的情况尤其令人不安，因为他将愤怒的矛头对准了我。此前，埃隆·马斯克曾公开表示，SpaceX 有能力超越 NASA 的现有成就，为此，尼尔森冲我嚷道："让你的马斯克小子放规矩点儿！"预算案提出要加强基础设施投资和大力推动商业发射产业发展，尼尔森所在佛罗里达州的太空海岸也将从中获益，因此如果他不支持，确实很令人失望。

NASA 甩锅表里不一，二把手我难言是非

查尔斯既说不清预算案的内容，也很难解释他在预算案制订过程中的作用，所以就连 NASA 的领导层也认为有人在此过程中削弱了他的威信。很快，有 NASA 高层对国会表示，NASA 提交的计划并非出自他们之手，而且这个计划缺乏技术细节，说明它尚不成熟。

他们从不认为正是因为他们不愿遵循白宫的指示，才导致NASA 退出了预算进程；也不肯承认，与新技术项目相关的专业细节是在拨款谈判时制订的，而非提出拨款申请时制订的。

NASA 的人想要和 NASA 提交的提案划清界限，本就让人啼笑皆非，而我作为 NASA 二把手，面对公众更是百口莫辩。NASA 局长查尔斯不想批评星座计划，担心这会对员工产生影响，我认为大家应该清楚星座计划已偏离正轨，承认问题源自结构性决策，并非怪罪员工。由于思维方式不同，我们两人无法达成令人信服的一致看法。

当有人指责我应该为预算案负责时，查尔斯回应说"有很多人参与了制订预算的过程"。他没有去解释该提案为什么可以让 NASA 朝着更有意义的目标迈进，如何提高经济效益，而是表示如果专家

们想要责备什么人，那就责备他好了。他的回应并没有平息众人的指责，反而在有意无意间让人以为，这份预算案是在他或总统不知情的情况下制订的。

众所周知，要想推动大型政府项目产生重大变革，代表选民利益的高级官员就要达成一致，并最终由总统签署命令。所以实际上，此前的规划已经让人无法接受，而我们提案既非出人意料，也不极端激进。有人指责一个由低级官员组成的阴谋集团以我为首，蓄意反对载人航天项目，但这种指责不过是某些人出于私利想要维持现有项目而玩弄的手段，这些人中就包括查尔斯手下的那些"杯控男"。"煤气灯效应"① 大行其道，散布这一信息的正是那些应该为星座计划诸多问题负责的人们，因为他们有太多利益不愿失去。

预算案背后的理念虽然由我提出，但最终得到了奥巴马总统及其科学顾问、行政管理预算局局长、国家经济委员会和奥古斯丁委员会的认同。自加入过渡团队以来，我始终未能直接与总统探讨他对载人航天的设想。但从总统下属和查尔斯等人在会议上的表现来看，我相信奥巴马的观点仍与我们在 2008 年所讨论的内容一致。从某种程度上来说，所谓阴谋集团的说法让我受宠若惊，因为他们认为我比海军上将和宇航员出身的 NASA 局长乃至美国总统都技高一筹。

反对新案另起炉灶，局长终认立场不同

预算案公布不到一个月，媒体获悉休斯敦约翰逊航天中心，也

---

① 一种心理操纵的形式，方法是一个人或一个团体隐秘地让受害人逐渐开始怀疑自己，让他们质疑自己的记忆力、感知力或判断力，导致受害者认知失调和产生其他变化，例如低下的自我尊重。——编者注

就是 NASA 规模最大的航天中心的负责人奉查尔斯之命，开始制订备选计划，以替代总统的方案。

迈克·科茨是查尔斯在安纳波利斯的同学，后来成了一名宇航员。除了驾驶航天飞机开展飞行任务和在 NASA 担任管理职务，他还曾效力于洛克希德·马丁公司。科茨也是一个典型的"杯控男"，他不明白为什么政府会把载人航天项目托付给某家公司，而不是像他这样的老牌承包商。

2010 年 3 月 4 日，《太空新闻》(Space News) 报道称，科茨曾发出一封电子邮件，声称 NASA 局长请他召集其他航天中心负责载人航天的主管以及总部的主要领导，开发后来被称为"太空发射系统"的项目。NASA 领导层与业界和国会关键人物的目标一致，即保证星座计划的合同原封不动。在这封电子邮件中，科茨将其正在制订的备选方案称作 B 计划。

我始终没有弄清这个 B 计划究竟是出自查尔斯的直接授意，还是因为他无法拒绝手下"杯控男"们的要求。但无论如何，人们都会认为查尔斯并不介意彻底推翻原来的预算安排。NASA 立即发表声明，试图划清查尔斯与 B 计划的界限，但科茨的电子邮件将他与 B 计划联系在一起，不仅抄送给了 NASA 的 8 位领导人，后来还广为流传。

数年后，科茨在一次 NASA 口述历史的采访中，谈起了他对查尔斯在反对总统预算案并另起炉灶一事的看法。科茨称，查尔斯在预算公布几天前就发现白宫即将取消星座计划。他说："我想可能是洛丽·加弗告诉他的，但我也不清楚。据我所知，那个周末查尔斯大概都在与白宫幕僚长争吵。'能不能不要取消星座计划，给我一个进行调整的机会？'"科茨等人为了自己的利益，进一步证实了这种说法。

B计划进展十分顺利，甚至他们提出的"太空发射系统"运载火箭项目都被称为"参议院发射系统"，尽管这个项目由NASA、工业界和国会在内的诸多利益相关方联合所创建。查尔斯在任期即将结束的时候，明确表示赞成太空发射系统计划，并公开批评我支持载人航天项目。在2016年末的一次采访中，查尔斯表示他和我对总统确立的优先事项有着不同理解。他谴责道，尽管国会以及NASA在载人航天方面的高级领导人都更倾向于太空发射系统或"猎户座"项目，但我却偏袒我"在NASA、行政管理预算局和白宫科技政策办公室的政治盟友"，反对上述项目，支持商业载人计划。

七八年前，他就公开表示过赞成商业载人计划，如今却一改说辞，批评我为该项目提供支持。他指责我在"理解总统确立的优先事项"时，依据的是总统行政办公室而非国会的态度。我接受这一指责。不过最后，查尔斯也承认自己立场相反。这足以说明在政策重点问题上，他不只是和我意见不同，更是与我们的总司令观点相左。

第六章
忍气吞声（2010—2011）

商业载人与商业载货类似，都以降低往返太空的运输成本为目标。降低发射成本几乎在所有方面都对 NASA 有利，包括执行地球和太空科学任务，因为发射成本有时会超过航天器本身的耗资。

这项新计划之所以会受到批评，主要是因为它会瓜分战神和猎户座项目的资金，原本的项目无论是否执行飞行任务，每年也会带来高达三四十亿美元的传统成本加成合同。所以我认为我们的宣传不应限于航天界，至少要花更多力气让外界了解商业载人的优势、了解别人批评商业载人的原因以及维持现状所需付出的高昂代价，但白宫负责立法事务的官员正忙于其他重大事项，似乎不愿掺和 NASA 的事情。

我试着就新方案的优势和它能够带来的长期利益与 NASA 的员工、承包商、媒体和航空航天协会进行沟通，但好像没有起到任何积极作用。既得不到白宫高层的支持，也不能对外谈论取消星座计划的原因，我们无异于在自掘坟墓。业界里星座计划的合作伙伴和国会的利益相关方仿佛嗅到了血腥味，很快联手与我们对抗。在无数次听证会上，当局及其提出的方案一再遭到严厉驳斥，而我们从未做出过多少令人信服的辩护。

直到 2010 年 4 月初，诸多负面报道以及参议员们愤愤不平的电话终于引起了白宫的注意。于是，总统决定前往佛罗里达州肯尼迪航天中心视察，对 NASA 表示支持，同时向尼尔森示好。为了打破僵局，政府表示如果 NASA 能确保优先考虑商业载人、韦伯望远镜、技术开发和地球科学等项目，他们将愿意做出让步。届时，总统将发表演讲，向航天界伸出橄榄枝，亲自就政府提出的预算案进行解释并给予支持。

持久反对逼总统让步，业界阴暗如蛇毒噬身

"战神 1 号"火箭由于风险较大，再加上成本不断增加和进度一再延误，逐渐成为星座计划中最脆弱的一环。项目合同被犹他州的艾利安特航天技术系统公司（ATK Space Systems）独家承包，他们所提供的固体火箭发动机几乎与航天飞机使用的发动机无异。"战神 1 号"又名"斯科蒂火箭"（Scotty Rocket），这一名称来自前宇航员斯科特·霍洛维茨。霍洛维茨曾在艾利安特公司任职，随后回到 NASA 设计了这枚火箭。对于这一联系，任何一位公正的总监察长都可能展开调查。"战神 1 号"据信是"战神 5 号"的前身，而后者才是 NASA、工业界和国会真正想要建造的大型火箭。

为了吸引业界支持，当局所做的第一个让步是保留经过简化的"猎户座"飞船项目，但是要去掉"战神 1 号"火箭。洛克希德·马丁公司至少是通过竞争赢得了合同，而且飞船仍处于研发初期，完

全可以加以改造，用现有的改进型一次性运载火箭发射，并用作空间站宇航员的救生船。取消"战神1号"火箭不仅能让商业载人项目获得所需资金，还可以避免政府与私营部门直接开展竞争。

白宫愿意做出的第二个让步是为宇航员确定下一个外太空目的地。宇航员的目的地与目标常常被人混淆，现在大家对新提案的主要批评是它较之于现状没有为宇航员设定超越近地轨道的期限或"目标"。小布什总统曾经宣告，要在2020年前让宇航员重返月球，小布什的父亲在1989年也发表过类似宣言，他的豪迈之辞也同样未能让NASA成功制订一项行动计划。

自"阿波罗计划"以来，NASA的载人航天战略始终由三个问题驱动，即"要做什么""何时去做"以及"如何去做"，而非"为何要做"。让NASA做好准备，用更短的时间和更少的资金完成一系列任务，实现国家目标，这固然重要，但是要问"为何要做"的话，答案如果是为了在国会选区创造和保留工作岗位，那上述说法就有点立不住脚了。

按照我们提出的灵活路线，投资将会用于技术开发，用来减少未来人类和机器在近地轨道以外进行探索时所需的资金和时间。这个计划是想促使私营部门在没有政府竞争的情况下提高自身能力，以便将来能够利用新创技术（在对国家及全球紧迫因素进行考量后）更加灵活地选择航天目的地。作为美国第44任总统，奥巴马并未发表空洞的宣言，而是希望取得真正的进展，但对那些反对我们的人来说，这似乎不是他们的目标所在。

截至2025年，如果NASA能在预算允许的范围内，确确实实到达一个有意义的目的地，总统才有可能同意确立下一个让宇航员前往的地点。登月需要昂贵的着陆器，登陆火星的成本更高，耗时也更长。虽然前往外太空的任意一点不失为一种选择，但我们打消了这种想法，认为这既没有意义，也毫无价值可言。较为可能的目标就是飞往某个小行星，因为小行星上重力极小，不需要昂贵的着陆器，可以利用已在开发中的航天技术系统，还能获得"猎户座"的支持。

小行星是科学探索中极为重要的研究对象，因为上面可能存在生命的萌芽。此外，对于长期太空探索来说，上面的矿藏资源可在将来用于建造空间站或星际飞船。最重要的是，它们有可能撞击地球，从而毁灭全人类。这一理由十分明了，既吸引了公众的注意力，又是好莱坞爱挖掘的题材。即使只是对有可能前往的小行星进行筛选，这一过程本身也很有价值，因为这就需要人类不断提高探测和界定小行星的能力。最后，飞往小行星为我们提供了模拟机会，可以研究人体长时间在外太空停留的反应，而这正是人类将生存空间扩展到地球轨道以外的最大未知障碍之一。

在视察肯尼迪航天中心期间，总统只有一次参观和拍照机会，因此负责这次活动的工作人员最后建议他前往 SpaceX 的发射台。查尔斯没有参与筹备，也不会参加演讲。当听说奥巴马不打算前往参观航天飞机的所在地时，他似乎有些打不起精神。我为这一决定做了辩解，再次向他表示，此次视察主要着眼于未来，而非停留在过去，而他也没有再更换参观地点。

2010 年 4 月 15 日，在肯尼迪航天中心，奥巴马总统宣布，美国将在 2025 年前将宇航员送上小行星，并恢复"猎户座"项目，但会对这一太空船进行简化，用作宇航员在国际空间站的救生船。当局对最初的提案做了两次重大调整，就是想通过这一诚挚之举找到一个折中方案，以便推进 NASA 的其他计划。

演讲结束后，奥巴马走下讲台，过来与我握手。人们仍在欢呼，我被包括尼尔·德格拉斯·泰森[①]（Neil deGrasse Tyson）、比尔·奈[②]（Bill Nye）和宇航员埃德·卢（Ed Lu）在内的支持者们包围。奥巴马微笑着拍拍我的肩膀问："你觉得这样能行吗？"我老实答道，如果这都不行的话，那就没有别的办法了。

但事实不幸被我言中，一切都于事无补。

这两项提议未能安抚反对派。他们不再批评方案中没有列出目的地，转而指责这个目的地不尽人意。此外，目前对小行星有研究的选民太少，无法对预算案产生影响，而航空航天工业基地已经与国会达成协议，反对取消星座计划的任何一份合同，因此想要利用现有运载火箭发射"猎户座"，无异于白日做梦。

尽管白宫的立法人员表示，他们一直在与国会的民主党人和洛克希德·马丁公司合作，确保他们接受调整过的预算案，但是在离开佛罗里达州时，我看到的情况恰恰相反。我曾与尼尔森、洛克希德·马丁公司首席执行官和查尔斯交谈，他们并不认为总统的演讲会改变现状。尼尔森参议员仍计划游说建造重型运载火箭，洛克希德·马丁公司首席执行官鲍勃·史蒂文斯不打算对"猎户座"项目进行修改，而查尔斯希望把宇航员送上火星。

罗伯·纳伯斯（Rob Nabors）是白宫驻国会的联络员，也是NASA在政府的主要联系人之一。罗伯每次见到我，都会请我转告尼尔森，不要再给他打电话。我的回答一贯是，我们很清楚南方国会代表团不太可能支持总统的决定，无论我说什么也不会改变这一事实。

---

① 以从事科学传播闻名的美国天文学家，美国自然史博物馆天文物理部的助理研究员。
② 美国科学教育家、喜剧家、电视主持人、演员、作家和科学家。2018 年出演电视剧《生活大爆炸》第十二季。

只有总统或副总统亲自去电，才有可能说服尼尔森支持预算案。但罗伯表示，他无法做到这一点。因此尼尔森的电话也一直没断。

我们离开佛罗里达州时，罗伯极为沮丧。他告诉我说，如果我明智的话，就应该离开航天领域。他说："这些人并不真正关心航天计划。他们像毒蛇一样，而 NASA 就是一个蛇坑。"我理解他的愤怒，因为多年来我一直在遭受"毒蛇噬咬"。

拉拢宇航员入伙，希望挽回些许议员支持

白宫的工作人员几乎把精力完全集中在总统视察一事上。

通讯队和先遣队力图传达我们的理念，推动媒体的正面报道，尽量不占用总统太多时间；乔治、科技政策办公室的工作人员和我则竭力追赶，充分利用这个机会向航天界展示总统的领导能力。在总统高级顾问的支持下，白宫听从了我们的建议，对"猎户座"项目进行修改，设定小行星为航天目的地，并让总统前往 SpaceX 视察。然而，当"空军 1 号"从航天飞机的着陆场上起飞后，一切又回到了原点。

"阿波罗计划"的宇航员曾到国会作证，反对奥巴马提出的预算案。此外，一些现役宇航员也对商业载人航天的理念和政府宣布的小行星目的地嗤之以鼻。有一次在科技政策办公室，我明确表示希望与这群人面谈，但他们很少有人对此感兴趣。那些同意会面的宇航员对当局的方案和我个人都公开表现出敌意。

他们的朋友和身为星座计划承包商的前宇航员同事歪曲了星座计划的进展，错误地认为目前一切顺利，而他们也将登上月球和火星。有些宇航员甚至希望将来受这些公司聘请，自己到月球上走走。宇航

员们乐于在星城轮流服役，与俄罗斯宇航员同事们一起就像兄弟会一般，因此他们并不急于改变什么，比如说让埃隆·马斯克之类的人物建造什么新玩意儿，将他们发射升空。他们不想归咎于 NASA 局长，因为查尔斯是他们的宇航员弟兄，但这又确实对他们的梦想、生计乃至生命都形成了威胁，所以指责我更合乎情理。

与大多数人一样，NASA 的领导通常对宇航员充满敬意，但我真的受够了说实话带来的攻击，我只不过是在为更美好的未来而努力。我提醒他们，美国航天计划真正的利益相关者是美国的纳税人，既不是他们，也不是我们这些政府雇员。我解释说，总统计划对 NASA 进行改革，是为了持续推进航天业的发展，而不是因循守旧，故步自封！我的激愤之词助长了他们对我的嘲讽，但随着时间的推移，事情的发展越来越偏向我这边。

此前一年，奥古斯丁报告出炉后，我更加注重争取宇航员们对商业载人航天理念的支持。2009 年 10 月，我出访俄航局，同时也迎接宇航员迈克尔·巴拉特（Michael Barratt）回国。他坐着"联盟"号飞船，已经在国际空间站待了 6 个月。从我因为"太空妈妈"项目来到星城时起，驻扎在此地的宇航员数量就不断增加，因为"哥伦比亚"号发生事故后，他们只能乘坐这艘飞船进入太空。

1999 年，为安顿第一位乘坐这艘飞船的宇航员、海豹突击队员比尔·谢泼德，美国建造了一个人称"小屋"（cottage）的地方。后来"小屋"成了宇航员们的社交活动中心，地下室的"谢泼德酒吧"更是久负盛名。我很高兴受邀与几位宇航员一起庆祝巴拉特着陆成功，其中包括迈克尔·福尔[①]（Michael Foale）、特蕾西·考德威尔·戴

---

① 英裔美国天体物理学家、NASA 前宇航员。他是第一个进行太空行走的英国人。

森^①（Tracy Caldwell Dyson）、苏尼塔·威廉姆斯（Sunita Williams）、马克·波兰斯基（Mark Polansky）和迈克尔·洛佩兹-阿莱格里亚（Michael López-Alegría）。众所周知，我一直呼吁私人开发发射系统取代"战神 1 号"运载火箭，所以他们也都清楚我的意图。

我来到谢泼德酒吧后，宇航员们直言不讳地告诉我，上一位到过这里的 NASA 副局长酩酊大醉，最后被他们抬了出去。他们想要再赢一场。我酒量向来不大，而且还（自费）带着长子韦斯，所以更不愿意参加。韦斯学过俄语，当时正上高三。他发现酒吧里有一架钢琴，于是主动为大家伴奏，特蕾西和苏尼塔坐在琴凳两边，一边唱着《火箭人》（Rocket Man），一边偷偷把玛格丽特酒递给他喝。

接下来的几个小时里，我们一直在聊私人发展航天运输的价值，穿插着玩了多轮"大话骰"游戏，喝了很多玛格丽特酒。到了第二天会晤时，我很庆幸昨晚自己竟然不用人抬就走了出来。

虽然那天我玩游戏一败涂地，但几年后的事实证明，我在讨论中大获全胜。阿莱格里亚后来出任商业航天联合会主席，波兰斯基成了一名商业航天事务顾问，而威廉姆斯被任命为波音商用载人航天器"星际客船"上的第一名操作人员。我们本可以更早争取他们的支持，因为这场胜利着实来之不易。有宇航员加入我们的团队至关重要，当团队越发壮大，我们的努力也开始初见成效。

刚返回地面的机组成员，经常送给查尔斯和我签过名的拼贴照片和在飞行任务中使用过的国旗。正式汇报结束后，我们会一起坐下来，讨论航行中的亮点。会晤大多是交际性活动，因此我要求单

---

① 加利福尼亚州大学戴维斯分校化学博士，1998 年被 NASA 选为宇航员。进行了两次太空飞行，设计、构建和实施了与大气气相化学研究相关的电子设备和硬件，公开发表关于痕量化合物光谱解释的化学电离方法的论文。

独与他们见面，对未来的载人航天路线进行解释。不是所有宇航员都愿意让我在他们着陆后繁忙的日程安排中横插一脚，但其中几人后来表示，我们之间的讨论对他们的想法和未来的职业生涯产生了决定性影响。

2010 年 7 月，24 名前宇航员联名致信国会，支持私营部门开发航天飞机的替代系统。这次行动由商业航天联合会发起，这个联合会的人员组成了我的"私人顾问团"。事实证明，他们的支持带来了重大转折，能帮我们获得议员们的支持。

前功尽弃，星座计划恢复，我潸然泪下

在 NASA，地位仅次于宇航员的是推进工程师（propulsion engineers），但他们更常被称为火箭科学家（rocket scientists）。火箭科学家一直在寻找制造火箭的机会，如果说宇航员的终极目标是抵达太空中的某处，那么火箭科学家的终极目标就是建造一枚大型火箭，尤其是用来运载宇航员的火箭。但在我看来，建造大型火箭不仅让政府付出高昂成本而且毫无必要，还会与私营部门产生不正当竞争。

除了航天飞机以外，公众是否该为 NASA 自行建造和运营的大型火箭买单，这一问题上从未有过良性争论，所以对于大型火箭的基本用途，人们也没有达成一致，都是为了它的自卖自夸付费罢了。马斯克和贝佐斯告诉我，如果 NASA 能对商业载人和载货进行坐镇租赁，他们可以更快发展起这种能力。与其与美国工业界展开直接竞争（实际上当局政策也不允许这样），不如把为纳税人省下的数十亿美元投入到更有价值的任务中。

我们的对手使出了高招，即牺牲"战神1号"，研发体型更大的火箭，其成本更高。这一招很快开始奏效。因为担心星座计划被取消，参议院议员、承包商们的说客、行业协会和NASA的"B计划"团队起草了法规，想迫使国家利用现有的航天飞机和星座计划合同，立即建造一枚大型火箭。

当NASA在政府的主要联系人罗伯打电话说政府在不断让步的事项中又加上了一枚大型火箭时，查尔斯和我正坐在他专车的后座上。在我看来，这新达成的协议比投降更糟。将一个大型火箭项目硬生生挤进预算，还要比原计划提前5年，再加上"猎户座"以及NASA自己的重要事项，这极不现实。

查尔斯似乎松了口气，但我觉得他似乎没有参与这次谈判。和往常一样，白宫要求我设法让这个协议"看起来像一场胜利"。我不知道这是否可能，但我向他们保证，我会尽力而为。

过渡期内，国家航天协会执行董事怀特塞德斯与我密切协作。我担任副局长的头一年春天，他宣布辞职，并受理查德·布兰森爵士之邀，出任维珍银河首席执行官。我很怀念他的战略思维，于是打电话寻求建议。我告诉乔治，我们已经达成一项协议，基本恢复了星座计划，我问他该如何挽留"太空海盗"。乔治回答说，他认为只要提出要求的那个人是我，他们一定会继续支持这个计划。一想到自己前功尽弃，我不由潸然泪下。就连总统的支持也不能打消NASA局长的异议。

我们通了大约10分钟电话，听到乔治那头窸窣作响，我才意识到自己贸然去电，没有问他是否方便。他这时才说自己在医院，他们的头胎早产了几个小时。我向他表示祝贺，并深表歉意，问他为什么这时候还接电话。他说没事，我打电话时洛蕾塔和小乔治一直在睡觉，这会儿刚醒来。他们夫妇是我生平结识的最好的人，而两人刚在这个世界诞育了一个新生命，让我充满了赞叹与惊奇，于是我开始正确看待眼前的问题，并且镇定下来，准备迎接未来的挑战。

白宫通讯部安排了十几次采访，引导媒体对协议进行宣传，向外界表明我们得到了预期的实质性内容。当局派到 NASA 的新闻官尼克·夏皮罗（Nick Shapiro）是一位典型的老派新闻人。每次给记者们打电话时，他总是先私下聊上一会儿，在说明情况时还会时不时冒几句脏话，然后才介绍我让我正式回答问题。我们配合得不错，那天下午我们打出去的电话也收到了效果。国会当然有自己的说法，声称他们取得了胜利。这要么说明双方确实做出了妥协，要么说明达成的协议不够清晰。但不出乔治所料，"太空海盗"们态度一致，对妥协方案表示支持。

我担心这一协议会减缓 NASA 在载人航天和科技方面重大项目的进展。国会对投资多少拥有最后决定权，而众议院甚至还没对该提议进行磋商。他们虽然承诺会为商业载人或科技项目提供支持，但谁也不能保证。NASA 的预算不足以覆盖协议中的所有重大项目，议会却就重型运载火箭开发一事下达了许多无法完成的指令。如果局长不对此表示担忧，我就无法让当局关注上述问题。一旦众议院也认同参议院的措辞，奥巴马总统就只能硬着头皮在 10 月签署这个法案。

虽然困难重重，但这项立法还是让我们能推进刚起步的商业载人计划。鉴于包括 NASA 大部分领导在内的人员都曾表示反对，这可以算是一个不小的成就。

这个协议让政府和私营部门开始互争雄长，私营千帆竞发，以战养战。我知道不破不立，但我希望过程不要像进化史那样漫长。

收到传票！ NASA 被诬陷

法案一经签署，各方会暂时退下赛场，缝合伤口，制订战略，做好准备参与下一轮角逐，即决定建造哪一种火箭。虽然我们已经同意建造一个由政府拥有和运营的发射系统，但有些人，包括白宫的很多人，仍希望建造的火箭一定要比星座计划更可持续。

法案要求 NASA 设计和制造的火箭除搭载宇航员外，可向空间站和月球轨道发射从 70 兆吨增至 130 兆吨。"猎户座"的 70 兆吨版本应于 2016 年年底推出，造价 115 亿美元。对此我的回应是，你可以立法规定让天空变成紫色，但这并不能成为事实。法案还要求 NASA "在可行的情况下最大限度"地利用现有合同。

"可行"一词用得颇为艺术，但根本还是得"可以行得通"，而他们要我们做的事情根本行不通。至少在我撰写本书时，天空不是紫色的，火箭也没有飞上天。不过在这种现实情况下，国会、承包商们以及 NASA 的大多数人好像并不气馁。

立法要求的事项无法完成，这对 NASA 来说是常事。前几十年里通过的各种法案动辄授予 NASA 数十亿美元，超出了 NASA 实际得到或者拨款者核准的金额。

因此，这些法案成了一纸愿望清单，其中所列项目和研究往往会被忽视。1988 年，国家航天协会曾设法获得批文，要求 NASA 每两年报告一次其为支持人类到太空定居所做的工作，但 NASA 从未提交任何报告，而国会或者其他部门也无人关心。

2010 年的《授权法案》（*Authorization Bill*）变得异常重要，因为授权者出于战略考虑，要与拨款者保持一致。拨款者不太可能按时兑现前者开具的账单，所以这是当权者的一次精明之举。唯一需要人们认同的就是——利用那些代价高昂的项目的现有部分，将它们拼凑到一起，就能以极低的价格达成协议。

1985 年修订的《航天法》（*Space Act*）指出，NASA 要"尽最大可能寻求并鼓励对太空最大限度的商业应用"。国会不仅无视这一原则，还无视延续现有合同而导致的成本和时限增加。在我看来，所谓"可行"，就是让 NASA 利用法律赋予的自由度，在物理定律允许的范围内实施相关法规，而对现有合同加以利用则不符合"可行"的要求。

《授权法案》要求 NASA 在 90 天内确定火箭的设计，并向国会报告。这是我们最后一次机会，要确保政府对重型运载火箭的投资能够建造一个成本更低、更可持续的航天器上。NASA 首席财务官贝丝和我委托行政管理预算局进行独立的成本评估，以便为报告提供相关信息。我们以为，只要态度真诚并坚持事实就有望成功，但我们错了。

对于 NASA 负责火箭设计和报告撰写的人员来说，他们不是为了在最短的时间内用最少的资金发射重型有效载荷，而是为了得到工业界想要的答复，他们仅选择遵循法案里的一句话——"利用现有合同"。

在设计发射系统时，他们也并未朝着终极目标而努力，而是像在玩扭扭乐游戏一样——左脚踩住犹他州的固体火箭助推器，右手拿着亚拉巴马州的火箭核心，左手握住密西西比州的油箱和发动机测试项目……你无须多费气力，只要不倒下就算赢。

鉴于美国唯一一家生产大型固体火箭发动机的公司位于犹他州，因此只要有任何风吹草动预示国会要变动艾利安特公司与航天飞机项目和星座计划签订的独家供方合同，犹他州的代表团就会极为忧虑。他们认为，既然法案中明文"要求"延长现有合同，不如此便是"违法"。但在我看来，要想建造最为经济高效的火箭，只有考虑其他替代选项，才是找到"可行"解决方案的唯一途径。

犹他州代表团要求与查尔斯和我会晤，就这个问题进行商讨。在参议院的会议室里，我和七个男人在一张大会议桌旁坐定，仿佛因为我们考虑了其他设计，而非包含固体火箭发动机在内的方案，我们两人就要接受批判一样。他们虽然只针对我，但却要求查尔斯和我确保，双方均"遵守法案"，采用固体火箭发动机。我保证自己会遵守法案，但除此之外，我没有做出任何承诺。

在我们离开会议室前，参议员奥林·哈奇（Orrin Hatch）把我拉到一边，指着我脸的手指不住颤抖。"我知道这里就你在找事，"他说，"我瞧着呢，你最好注意点。"次日一早，犹他州各大报纸竞相引述代表团成员的评论。他们吹嘘自己教训了 NASA 的领导，并得到了 NASA"采用固体发动机并遵守法案"的保证，不过他们不肯承认这两者根本不是同一回事。哈奇参议员在接受媒体采访时称，召开此次会议是因为"NASA 最近有意规避法律条款"。有几篇会议报道强调，只要做到更加"可行"，即使不采用固体火箭发动机，其实也是合法的。但另一些报道却误作"可用"，只能说没有完全搞错。

为了迎合法案中所有不切实际的要求，NASA 撰写报告的时间远超 90 天，因此有人传言是首席财务官贝丝和我耽搁了进度。这些指责纯属无稽之谈。但确实因为没有收到最终报告，2011 年 7 月，参议院就太空发射系统一事通过电子邮件向我、贝丝和查尔斯发来了传票。

白宫总法律顾问办公室有位律师打来电话，问我是否需要政府行使行政特权，我回答不需要，我的通信不会给总统造成问题。我对报告只做了一点重要补充，那就是确保将来在建造可重复使用助推器时要引入竞争。不过，虽然蓝色起源公司为合作协议给出了极具竞争力的报价，NASA 仍坚持采用与艾利安特公司签订的合同。

各报头条争相刊登我们被传唤的新闻，但在发现没有任何证据证明我们存在不当行为时，媒体却一言不发。我始终不明白，这样一件事情何以要弄得天下皆知，但偶尔有人提到我被国会传唤参加小组讨论，会说这等于"证明"我干了什么违法或缺德的勾当。以我的经验来看，接到传票并不能证明被传唤者行为不端，甚至情况可能恰恰相反。

不敢相信，业界沆瀣一气，白宫坐视不管

当各派就下一枚大型火箭的设计争执不下时，NASA 近年最大的航天器开启了谢幕之旅。2011 年夏天，"亚特兰蒂斯"号航天飞机搭载 4 名宇航员执行 STS-135 任务，这也是航天飞机最后一次飞行。我在任时经历了航天飞机最后 9 次安全飞行，并将其视作自己的重大责任。对于执行这些飞行任务的每一个团队，我都满怀敬意。毕竟回望过去，某些长期项目在接近尾声时会接连犯错，成功则需要坚持到最后一刻，而 NASA 和工业界联手做到了这一点。

当过渡团队开始工作时，关于如何处置退役后的航天飞机，NASA 尚未敲定最终计划，但是希望将其放在与航天飞机研发有关的各航天中心进行展览。要让这些航天器"为在博物馆展出做好准备"，每架约需 2 000 万美元，还不包括运输成本。于是，即将上任的政治团队，主要是乔治和我，提议进行竞争，让博物馆出资抵消纳税人的开支。为了对众多博物馆进行挑选，我们制订了一条最重

要的标准：看谁能吸引到最多潜在的游客。虽然 NASA 私下达成协议，将航天飞机免费赠予史密森尼博物馆和肯尼迪航天中心，但纽约市和洛杉矶的博物馆向政府支付了 2 000 万美元，赢得了展示这一公共藏品的机会。

将航天飞机运往博物馆在后勤上是个难题，而我对航天飞机的离开也感到心痛，查尔斯却要我牵头办理此事。韦斯一年前去上了大学，米契很快也会跟随哥哥的脚步而去，所以我此时的心情与那些儿女即将离开家中的父母相仿。对我来说，其中掺杂着悲伤、宽慰、骄傲和喜悦。亲眼看见航天飞机离开我们，我最大的感受的是悲伤，但我也知道 NASA 将其制造出来，不是为了把它们永远留在身边。正如儿女终有一日离开家中，我和戴维会踏上新的冒险之旅一样，航天飞机的退役也为 NASA 开辟了新的可能性。

在展望未来的同时，我也竭力对该计划的遗产表示尊重。我的告别词侧重航天飞机执行过的任务，而非罗列一堆事实和推重比的数字。我强调在她早年服役期间，美国乃至全世界在通信卫星、地球科学和国家安全方面都获益良多。此外，航天飞机开展的多次行星探测、5 次为哈勃太空望远镜提供服务以及历经 30 多次发射建造起来的空间站为我们带来了一系列发现。

在我看来，这项计划最重要的遗产包括：第一批美国女性和少数族裔得以搭载航天飞机前往太空；国际伙伴关系在许多飞行任务中发挥了重要作用。从这些方面来看，航天飞机的确具有"变革性"。过去 25 年来，我们与俄罗斯在太空开展和平合作，全球从中获得的益处可谓难以估量。

但我对航天飞机的设计决策持批评态度，因为这些决策考虑的不是如何降低运营成本和航天运输的风险，也丝毫不顾及计划的最终目标以及为最终目标付诸实践而努力奋斗的数万名员工。我的忧虑源于我相信这些员工和国家理应得到更好的回报。既然政府清楚，私人企业会因激励机制注重为股东带来收益，而国会应当为其选民效忠，那么当局的行为理应受到严谴，参与其中的 NASA 自然也难辞其咎。

NASA 及其利益相关方通常将其缺陷归咎于行政管理预算局，他们认为只要增加资金就能解决所有问题。我在研究生院就读时，为了证明这一观点的错误性，学院曾分发过一份行政管理预算局原始备忘录的副本，文中明确告诉 NASA，航天飞机的预算不符合其要求。这项研究遗漏了一点，即 NASA 有责任提议开展相关行动，以推进其所效力的政府设立的国家目标，并最终根据政府预算设计行动方案。真正能够证明他们错误的是，NASA 和业界领袖不仅没有提出合理的预算案，还明知偏袒的方案设定的时限和预算不切实际，自己也无法兑现承诺，仍然签订协议。

我为能够成为奥巴马政府的一员感到无比自豪。在我经历过的所有总统中，他是我最愿意为之服务的，但这并不会让我忽略当局的缺点。总统就应该把最有利于整个国家的事项放在首位，并有义务为上述事项选择最合适的人选，让他们担负起责任。虽然这次奥巴马政府提出了一项最有利于国家的方案，但是为了赢得各方的支持，当局付出的政治资源十分有限，对此我深感失望。

总统为 NASA 选择了一项变革计划，并给予了强烈支持。但身为总统，他需要其他人对其提出的方案进行阐述和宣传。当阻力不可避免地到来时，他没有投入更多政治资本，而是向那些只关心自身狭隘利益的人们妥协。提案是为了促进航天业的进步，如果能得到 NASA 领导层的支持，我认为我们就可以成功实施。

当局立即抢占先机，开展独立成本分析，结果显示国会规定的成本和进度根本不切实际。然而，白宫和 NASA 局长却让参议员们挑选评估报告的措辞，仿佛他们认可该计划一样。参议员尼尔森和哈奇森指责公布独立分析结果就是蓄意阻挠，他们迫使政府在 2011 年 9 月召开最后一次会议，按照他们开出的条件解决问题。

此次会议上，政府代表团由行政预算管理局局长杰克·卢（Jack Lew）率领，其中包括查尔斯、白宫驻国会的联络员罗伯·纳伯斯和我。我们谦恭地坐下，接受训斥，因为事前未与参议员及其部下商讨，擅自提出"有争议"的计划。为了保护所在州的分肥项目[①]（pork barrel），这两位参议员夸夸其谈，要求我们"将功补过"。他们几乎没有遭到任何反驳。我们不仅没有捍卫政府计划的价值主张，也没有提醒对方维持现有项目既低效且无用，我们选择了放弃。明明我们手握同花大顺，他们只有一个对双，结果却是我们离开了赛场。

两位参议员如愿以偿，准备次日在参议院举行新闻发布会，公布发射系统的设计方案。2011 年 9 月 14 日，发布会一开始，尼尔森参议员就详细介绍了其所谓"怪兽般的巨型火箭"，仿佛火箭已经造出来了一样。尼尔森和哈奇森一周前曾向媒体表态，称"当局试图阻挠载人航天计划"，但当天的声明却被宣传为白宫和国会共同努力的结果。尼尔森翻动画架上的大型海报，向众人展示了艺术家的渲染图，类似此前用于登月的"土星 5 号"火箭。图样惟妙惟肖，仿佛照片一般。这位佛罗里达州参议员表示，"在美国的内心深处，埋藏着我们对探索的渴望"，而 NASA 的职责就是"上究苍穹"。查尔斯受邀做简短发言，但回答问题的只有尼尔森和哈奇森。

我站在房间的一边，不得不靠墙站稳，几乎不敢相信眼前发生

---

① 指议员等为争取选票而促使政府拨款给所属地区的发展项目。

的事情。很明显，这次活动在前一天会上得到当局应允之前，就已经计划好了。NASA 项目办公室、各大航天中心、立法事务处、总法律顾问处甚至公共事务处的人员一直在暗中与我们作对。我想，此时此刻，会议室里和全国各地一定有无数人为这一消息欢呼雀跃，却不知道他们的领导者好高骛远，在向大家说谎！在随后的 10 年中，成千上万的人将致力建造这一发射系统，从长期来看，这个项目必然难以为继。我觉得我不仅有负于全体员工，也有负于这个国家。

我相信奥巴马

航空航天界多数组织视这一消息为胜利，只有少数例外。其中之一是从国家航天协会分裂出来的太空前沿基金会。基金会会长里克·图姆林森（Rick Tumlinson）一针见血地表示：

> 利用商业航天降低成本和兴建可持续的长期基础设施，能够为 NASA 的太空探索与定居项目以及新兴的太空产业提供支持，带来无限机遇，但是由于少数国会议员的贪婪、狭隘和缺乏远见，我们无法抓住这些机遇，因为他们一心想要再次为政府打造一枚超级火箭。过去我们也曾为此狂欢，结果以失败告终，这次也不例外。

太空前沿基金会主席鲍勃·韦布补充道："尼尔森参议员将太空发射系统的火箭称作怪兽，他说的没错。它会伸出巨爪占据大量预算，踏毁其本应开展的所有任务，扼杀我们的宇航员计划，并葬送 NASA 的全部科技项目。"

但所有航空航天公司和行业团体都支持有关太空发射系统的决定。航空航天业协会在声明中写道："我们的经济仍在竭力从衰退中复苏，这个计划为我们带来了一线希望，好让美国坚持对更美好未来的信念，并始终保持在太空探索方面的领导地位。"

艾利安特公司甚至表示支持计划中提出的助推器竞标方案，称自己"具有突出优势，将为斩获最终设计方案参加角逐"。

但有一名国会议员公开表示反对该计划。来自加利福尼亚州的共和党众议员德纳·罗拉巴克（Dana Rohrabacher）在声明中表示："这一设计毫无新颖或独创之处，尤其是超高的造价，这才是真正的悲剧。"他说，他担心就像"土星 5 号"因"阿波罗计划"预算削减而被叫停一样，该项目也会由于预算压力而告终。"在火箭技术上一心怀旧，并不能为伟大的国家开创未来。"他在声明最后说道。

当局一旦签署协议，我们就有责任尽最大努力为 NASA 创造成功的机会。政府信守承诺，每年为 NASA 的项目申请超过 30 亿美元资金，而国会大幅削减了商业载人和技术研发等小型项目的资金申请，并将削减的资金挪入规模更庞大的项目预算当中，包括太空发射系统和"猎户座"。这些恐龙般的巨型项目最终所获资金是商业载人项目的十倍以上。因此，我的目标是保护那些尚在"发育"的商业载人项目，让它们熬过最初几个冬天，好有足够的时间不断生长，期望能创建一个更可持续的航天计划。

从某种程度上来说，奥巴马总统对 NASA 的愿景受到了某种一厢情愿的看法的冲击，这种看法也对他在其他领域的一些计划产生了影响。换言之，他相信自己有能力赢得对方的支持。正是因为信任各方会顾及航天计划的最大利益，我们才常常遭到碾压。航空航天界对总统为 NASA 所拟定计划的负面反应挫伤了人们进一步参与的积极性。在奥巴马担任总统期间，他只有一次专门针对 NASA 发表演讲，就是在 2010 年 4 月。

在这次演讲中，他被引用的最多的一句话是："我们到过那里，也做过了那件事，对吗，巴斯？"那里当然指的是月球。演讲前一天晚上，我看过提前写好的演说词，其中并没有这话。当时巴斯和他一起在台上，因此这句话似乎是即兴而发。

我们之所以没有采纳"计划"登月项目，是因为不得不接受现实：在为期 5 年的预算安排中，根本没有用于建造登月飞行器或重型火箭的资金。当然，历届政府对于是否要受预算约束态度不一，但我们认为最好还是实话实说。

在佛罗里达州的演讲中，奥巴马传达的实质性信息值得铭记：

> 我百分之百致力于 NASA 的飞行任务及其未来……我们将加强对太阳系的机器人探测，包括对太阳大气层的探测；前往火星等目的地开展新侦测任务；建造先进的望远镜接替哈勃，让我们能够比以往任何时候都更加深入地观察宇宙……我们将增加地面观测，以改进我们对气候和世界的认知……我们很可能将把国际空间站的寿命延长 5 年以上……
>
> 我们将投资三十多亿美元，用于对先进的"重型运载火箭"开展研究，从而有效地将载人太空舱、推进系统以及抵达外太空所需的大量物资送入轨道。在开发这一新型航天器时，我们不会只考虑调整或修改过去的模型，而是希望看到新的设计、新的材料和新的技术，它们将要改变的不只是我们的所到之处，还有我们抵达之后所能开展的活动……
>
> 我们将立即增加对其他突破性技术的投资，让宇航员能

够更早、更经常地造访太空，以更低的成本飞得更远、更快，并在太空中更安全地生活和工作更长时间。这意味着我们要应对重大的科学和技术挑战。如何在时长较长的任务中让宇航员免受辐射？如何利用遥远星球的资源？

在下一个十年之初，我们将开展一系列载人飞行，对超出近地轨道进行探测时所需的系统进行测试和验证。截至2025年，为长途太空之旅设计的新型航天器将使我们首次在超出月球的范围执行载人航天任务。因此，我们将从此开始，我们将有史以来第一次把宇航员送上小行星。21世纪30年代中期，我相信我们可以将人类送入火星轨道，并让他们安全返回地球。之后，我们将登陆火星，希望我能活着见到那一刻。

我们将与工业界合作。我们会向尖端研究和技术投资。我们将设定远在太空深处的里程碑，并为实现这些目标提供资源……航天计划可谓一本万利，改善了人民生活，推动了社会进步，增加了国家经济，激励了一代又一代美国人。我坚信，NASA能够继续履行这一职责。

在长达700页的回忆录《应许之地》（*A Promised Land*）中，奥巴马总统用了不到一页的篇幅介绍NASA。书中指出，2011年4月29日，当他和家人登上"海军陆战队一号"前往佛罗里达州，观看计划中的航天飞机发射时，他批准了阿伯塔巴德行动（Abbottabad mission）——海豹突击队在巴基斯坦开展突袭，最终击毙了奥萨马·本·拉登（Osama bin Laden）。这一系列事件让人明显感觉到总统时间有限，总要应对各种事项，而身为美国总统，更是需要做出无数重大决定。总统不可能对其职权范围内的所有问题都给予足够关注，因此选择和支持一个值得信赖的团队至关重要。

查尔斯和我很晚才得知，陪同总统一家前往佛罗里达州参加活动时，我们每人可以邀请一名客人。我把小儿子米契从学校带了出来，他一来就聊起了芝加哥公牛队在 NBA 季后赛中表现。可以看出，他的出现和调侃似乎让总统放松了下来。那天航天飞机发射推迟了，我们也得到机会前往拜会了几名宇航员。其间，我们看着萨莎和玛丽亚（还有米歇尔及其母亲）听珍妮特·卡瓦迪（Janet Kavandi）讲述她参加过的飞行任务。这次经历让我更加明白，载人航天何以具有鼓舞人心的力量。

在回忆录中，奥巴马提到，这次与一位女性宇航员的会面对他的两个女儿产生了很大影响，也给他留下了美好的记忆。奥巴马指出，他在任内注重开展 STEM 教育 [①]，他说："我也鼓励 NASA 进行创新，为未来的火星之旅做好准备，包括与开展近地轨道太空旅行的商业企业合作。"以上是他在 8 年任期中对 NASA 的全部有文字记录的记忆。

奥巴马总统这段简短之言可能预示着 NASA 的问题已有所进展，因为同样面对这些难题，副总统奎尔在回忆录中用了整整一章，但我对上述描述仍有些失望。我为 NASA 取得的成就感到骄傲，但我相信奥巴马总统曾希望 NASA 朝着更先进、更可持续的目标转变，这一决定本应更早让我们取得更大进展。我把赌注押在我们这一方，我仍相信历史会铭记：第 44 任美国总统曾对 NASA 产生了变革性的积极影响。

---

① 即科学、技术、工程和数学教育。

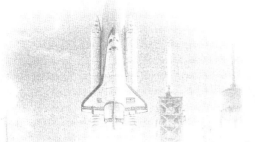

第七章
陨落：NASA 的暗面

作为一名政治和经济学出身的专业人员，我从在 NASA 的工作经历中学到的工程和科学知识之多，完全超出了我的想象。我发现那些聪明的人们几乎可以对任何事情做出解释，但对我来说，有关天体物理学的话题最难懂。相比之下，结构工程、推进力学、行星和地球科学、生物学、化学，甚至天体生物学（该词出自我们杜撰，但现在已成为正式术语）感觉都要简单一些。

20 世纪 90 年代，诺贝尔奖获得者、天体物理学家丁肇中博士曾向 NASA 提议建造阿尔法磁谱仪[①]（Alpha Magnetic Spectrometer，AMS）。这个仪器由能源部赞助，原计划安装于国际空间站，但在"哥伦比亚"号发生事故后，这个项目被取消。我在奥巴马过渡团队任职期间，丁博士曾前来会见，劝说政府将其重新列入清单，并解释

[①] 由诺贝尔物理学奖获得者丁肇中教授领衔，是在国际空间站上运行的最强大、最灵敏的粒子物理探测器，其目的是测量宇宙线的来源以及寻找由反物质所组成的宇宙和暗物质的来源。

了这个仪器如何检测宇宙射线中的反物质。

丁博士态度热切，但讲解内容十分晦涩。我很难知道自己的问题哪一个幼稚，哪一个中肯。当我问他暗物质是什么时，丁博士的解释让我松了一口气。他告诉我说，科学家可以花上几个小时讲解这一概念，但暗物质基本上就是我们无法理解的一切。该项目最终获得了资金，我也很期待有朝一日能看到阿尔法磁谱仪投入运行。

我不知道丁博士的说法在科学上是否成立，但在我的世界里，这话很有道理。从此以后，在提到 NASA 一些高级领导人做出的某些不正当和不道德的行为，也就是我永远无法理解的行为时，我都称之为暗物质。

对我来说，作为一名政府雇员，最严重的罪行就是以公谋私。这违背了政治学者的自然法则。我发现，在决定如何使用税款时，NASA 的员工往往表现得理直气壮，仿佛他们自己就具有这个权力。我第一次遇到这种情况跟火星有关，但故事还要从地球讲起。

插手超支项目，真的会收到实打实的威胁

应对全球变暖是奥巴马政府的首要任务，因此过渡团队奉命在规划中着重强调这一点。我向查尔斯提的第一个建议是进行机构改革，将地球科学部从航天科学理事会中分离出来。霍尔德伦博士支持这一举措，查尔斯似乎也对此持开放态度。几周后，当我再次向他提起此事时，他告诉我说，他已经征求过科学理事会主席埃德·韦勒（Ed Weiler）博士的意见，后者不同意，表示这根本不可能。

我们在过渡期间进行审查时发现，NASA 有诸多迫切需要改革的领域，其中之一是科学理事会。现在 NASA 有很多航天和地球科

学研究陷入了困境，但一些数十年之久的旧任务，仍在持续耗资数十亿美元来开展，扼杀了创新。科学理事会严格按照国家科学院的十年调研结果行事，新技术或机会几乎没有施展的余地，同行评审也成了科学理事会攻击他人的大棒。韦勒反对我们提出的每一个建议，他虽非出身行伍，但也是一个典型的"杯控男"。

在 NASA 担任了 30 年的科学领导职务后，韦勒博士于 2008 年被格里芬任命为科学理事会主席。在丹·戈尔丁执掌 NASA 期间，我们曾有过合作，并且相处融洽，只不过他常常言语粗鲁下流，所以我会尽可能避开他。韦勒是官僚环境的产物，因此他对自己监督之下出现的问题，尤其擅长逃避责任。

如果 NASA 要向 21 世纪的创新型机构转型，我们就不能对 60 亿美元的科学预算视而不见。既然查尔斯不愿意替换韦勒，我只能另寻变通办法。为此我采取了众多策略，其中最成功的一招是恢复首席科学家和首席技术员之职，使 NASA 能够招募更多创造型的领导者，为整个系统注入活力。

自 20 世纪 90 年代中期韦伯太空望远镜问世以来，NASA 的天文学和天体物理学项目在某种程度上一直由韦勒负责。韦伯太空望远镜项目于 2007 年启动，耗资大约 5 亿美元，用来接替哈勃望远镜。在韦勒任职期间，项目成本猛增加 20 倍，时间也推迟了 10 多年。它之所以能够继续存在，离不开全国范围内的宣传工作，尤其是在参议员芭芭拉·库尔斯基的家乡马里兰州。韦伯太空望远镜超支数十亿美元，严重超出了科学项目预算。除了行星科学领域，其他任何项目都无法弥补这一短缺，就算在行星科学领域内，也只有火星计划能够提供如此巨额的资金。

"火星科学实验室"（MSL）是有史以来最雄心勃勃的人造的着

陆器，它是能在地球以外着陆的最庞大、最复杂且最先进的航天器。2012 年 8 月 5 日太平洋夏令时晚 10 时 30 分，"火星科学实验室"以一万多英里的时速飞行了 283 天，即将着陆。为了进一步了解人类在宇宙中的地位，它携带着"好奇号"火星车，将用于确定邻近星球上是否存在生命条件。

这次任务最关键的阶段是进入火星大气层。探测器搭载一个汽车大小的火星车穿越温度低至零下 235 摄氏度的太空，探测器的表面温度会迅速上升至 1 260 摄氏度，因此必须降低速度进行软着陆。迄今为止，只有大约一半的前往火星执行任务的航天器能成功抵达，并在着陆后发回信号。

由于火星车体积庞大，它需要借助一套新发明的，由降落伞、空中吊车和反推火箭组成的登陆系统，才能完成事先精心设计的自动程序。整个过程历时 7 分钟，这段时间被 NASA 称为"恐怖 7 分钟"。尽管着陆信号能够以光速传回地球，但由于距离极远，当地球上的人收到"好奇号"已接触火星大气层的信号时，它有可能已经在火星表面安全登陆，也有可能已经坠毁。在 NASA 任职期间，我见证过登陆火星的成功，也经历过行动的失败，但对这次任务我却格外注重。

喷气推进实验室（JPL）负责为 NASA 建造并操控探测器。大约在 2008 年秋，实验室负责人查尔斯·埃拉奇（Charles Elachi）博士就曾向我简要介绍了"火星科学实验室"存在的问题。当时，我奉命为新上任的奥巴马政府领导 NASA 的过渡团队，而"火星科学实验室"任务计划于次年夏天启动。这个项目原本预算 15 亿美元，但已经超支 4 亿美元。由于每 26 个月里只有短短数周机会向火星发射探测器，所以一旦错过即将到来的窗口期，下次发射将推迟至

2011 年，耗资也将提高到 25 亿美元，即超支 60%。

因为我在 NASA 的过渡角色仅限于顾问，所以在这个问题上没有决策权。但"火星科学实验室"将在几个月后由新政府接管，因此喷气推进实验室负责人来到华盛顿特区，想要了解即将上任的总统是否愿意推迟行动。此事并非我能决定，但代理局长查尔斯还是询问我新一届政府会持何种态度。我的回答十分明确：假如这件事上我说了算，研发团队就不该仓促上阵。最佳方案是付出足够的时间和必要的资源，以获取最大概率的成功。在我看来，与其匆忙行动，让 20 亿美元打水漂，不如稳操胜券，花 25 亿美元让探测器稳稳登陆火星。

在得到宽限后，工程和科研团队对探测器进行了全面核查，"火星科学实验室"终于在 2011 年 11 月登上了发射台。时任 NASA 副局长的我亲自陪同贵宾出席，并向研发团队致以谢意。感恩节后两天，"好奇号"从佛罗里达州肯尼迪航天中心发射升空，前往火星。那么，接下来要做的就是伺机而动。

8 个月后，当探测器驶过 3.5 亿英里，即将接近目的地时，所有行动都集中在了美国国土的另一边，即喷气推进实验室位于加利福尼亚州南部的航天飞行操作场。

我提前一天到达，与汇集在帕萨迪纳会议中心的支持者们交谈。这些人是来参加"行星聚会"的，这项活动每隔几年举行一次，均选在发生极为重大的特别事件时召开。1989 年，当 NASA 运行时间最长的行星探测器"旅行者"号近距离飞越海王星时，我第一次参加"行星聚会"。该聚会由行星协会赞助，而行星协会是已故的卡尔·萨根博士于 1980 年创立的一个倡导和教育组织。

自 20 世纪 80 年代中期起，我便加入其中，并与其领导层共事，包括卡尔·萨根本人，直到他 1996 年离世。萨根博士认为，在地球以外发现生命迹象无异于一场变革。他生性不羁、不畏权势、爱讲真话。他将自己的价值观和信念传递给了我和千千万万的人们。2010 年，当科普节目主持人比尔·奈出任行星协会主席时，我激动万分。他不仅是我的好友，也是卡尔的学生，该协会由他掌舵再合适不过。比尔曾邀请我在"行星聚会"上谈论 NASA 的太空政策，接着又问我是否愿意为协会提供帮助，为萨莉·赖德博士表彰，她在召开此次会议两周前刚刚去世。

我清楚只要谈起萨莉，我就很难不感情用事，但还是振作精神，对她的遗产示以尊重。无论是在太空计划上，还是在我的个人生活中，萨莉都扮演了重要的角色，而我把演讲重点放在了她对多项计划产生的影响之上，正是这些计划让 NASA 得以开展创新，为人类的未来大踏步前进。就像卡尔·萨根一样，萨莉更关心的不是回忆过往，而是对未来施加积极影响。

结束发言后，我看到仍有人举手提问，于是望向行政助理伊莉斯·尼尔森，希望她示意我是否超出了分配时间。但我发现她和一名警卫站在舞台旁边，只好尽快收场，以便询问究竟出了什么事。

当我走近伊莉斯时，警卫告诉我说，我们要立即跟着他离开房间。和往常一样，在演讲结束后，有几个人等着和我交谈。虽然不跟他们周旋一阵很不礼貌，但我还是听从吩咐，没有停下脚步。

我首先想到的是国际空间站上发生了灾难性事件，或是我们在地球上的某个设备出了岔子。接着，我又想起了"好奇号"。难道是探测器在与成功近在咫尺时坠毁了吗？我询问他要去哪里，警卫说等我安全后才能告知。他的回答毫无意义。假如这里不安全，那就是有某种炸弹威胁。真是如此的话，为何只有我一个人被护送出去？

我并没有被带往室外，而是来到了大楼另一边。我们走到一间空无一人的会议室门前，警卫示意我们进去，说如果我们需要什么，他就在门口，而我俩必须留在室内。

当屋里只剩下我和伊莉斯时，她说有人对我发出了威胁，而她奉命立即带我离开公共场所。NASA 在华盛顿特区的安保人员曾指示她说，让我在"安全"以后给他们打电话。我颤抖着拨通电话，开始意识到眼前的情况可能很严峻。

NASA 的安保团队解释说，总部收到了一封写给我的恐吓信，信中装有白色粉末。收发室负责拆信的人员已被隔离，信中的物质正在接受检测。对威胁级别进行评估之前，我的活动仍将受到限制。

伊莉斯和我曾在旅途中分享过许多美好经历，并建立起了密切联系。我们俩竭尽全力，佯装对这一状况不以为意。没过多久，我的电话响了。我们得知检测结果为阴性，其中不含炭疽或其他毒素，我为暴露在白色粉末中的收发人员松了口气。不禁想要知道信中究竟说了些什么，竟然让安保人员认为需要对远在 2 300 英里之外的我加以保护。

在我上任的前 3 年里，我招来了一些势力强大的敌人，但这却是我第一次实打实地遭到威胁。NASA 的安保人员固然重视部门领导层的人身安全，而我则希望这次事件只是他们对某种偶然行为做出的过于热心的反应。于是我转移注意力，开始思考更迫在眼前也更加有趣的话题——"好奇号"探测器将于次日尝试在火星着陆。

2012 年 8 月 5 日，当我在喷气推进实验室任务控制中心的访客席上观看时，我的心与那些为了这项行动数十年如一日勤奋工作的人们同在。如果他们能够取得成功，人类有史以来最古老、最深刻的一些问题也许会得到解答。当探测器即将进入火星大气层时，我做好了准备，静观"好奇号"单枪匹马，迎来"恐怖7分钟"。

最终，"好奇号"成功登陆火星，喷气推进实验室的埃拉奇博士在演讲中亲自向我表示了感谢。

NASA 雇员未经许可调拨政府资金，拉我当替罪羊

埃拉奇博士曾向过渡团队表示，他对为了赶在2009年的发射时限前完工而不惜走捷径的做法感到担忧。在NASA经历过数次失败的火星任务后，我很清楚要想尽一切办法为科学家和工程师们争取成功的机会。

任何决策都会产生一定后果。韦伯望远镜和火星科学实验室合计超支数十亿美元，因此抵消了火星着陆器的预算。在火星着陆器项目中，NASA将与欧洲宇航局合作，开展名为"火星生物探测"的任务。据传埃德·韦勒已经与欧航局的同行达成一致，但在当局这边，行政管理预算局明确表示无法继续执行该任务。埃德听不进去，查尔斯也不愿反驳。

NASA对正式行政人员之间的通信有着严格管理。在此过程中，信件一般都要经过副局长签核。一般需要我审阅的信件，99%我都会签名。这些信件主题各异，在我签名之前，有时候已经有了10个甚至更多签名。如果我提出异议，整个过程就要重新开始。当时，我已获悉白宫在考虑取消火星生物探测行动，因此当发现收件箱里有一封致欧航局的公函时，我大感意外，因为信中承诺NASA将参与该行动，而这封信在我审阅后，就会提交查尔斯签字。

我向行政管理预算局了解情况，确认了这封公函有悖政府政策，不应发送给欧航局。但韦勒暗示，他已经得到局长的支持，这封信

只是为了占位，让欧航局知道我们仍在筹集资金。既然 NASA 是政府的组成部分，我们就不能对政府的指示置之不理。韦勒不想向欧航局承认他越位表态，代替政府做出过多承诺，其实很可能只是打算哄骗当局同意，同时采取迂回策略，设法从国会获得资金。

正是科学理事会开展的行动成本超支，才导致火星生物探测计划缺少资金且迟迟无法确定，而韦勒作为科学理事会话事人，一名官僚，不仅忽视这点，还熟练地将其归咎于人，让我当替罪羊。他对所有愿意听他讲话的人说，美国取消参与火星生物探测计划是我个人的责任。

韦勒从 NASA 退休后不久，约翰逊航天中心对他进行了口述历史采访，有人问他政府为什么取消参与这一行动。他的回答是：

> 这件事情的原因，我不客气地说——就是我们的副局长洛丽·加弗，她与商业界颇有联系。对了，她是 NASA 科学史上最大的灾祸。她在行政管理预算局有内线。他们经常绕过查尔斯，削弱他的权力。查尔斯准备向欧航局去信，表示同意合作，但是他们却从中作梗。他们拦下了信件。就是这封倒霉的信，让他们把事情搅黄了。洛丽·加弗是我离开的主要原因之一。我没办法跟这个人打交道。
>
> 为了让成员国同意参与这次前所未有的行动，开展一系列任务，他们付出了艰辛的努力，可我们却朝他们脸上来了一枪，随心所欲、出尔反尔地决定不再参与火星计划，我真的非常尴尬。我再也忍不下去了。这是我离开 NASA 的主要原因之一。我接受不了。我当时也不过 62 岁，但我不就是受不了有人无能。我可以跟那些具有技术资格、能够做出技术

决策的人打交道，但是不能让洛丽·加弗和行政管理预算局
的那些人做出此类决定。

韦勒企图将我描述成一个"与商业界颇有联系"的邦德式反
派 ①，这显然是无稽之谈，不过是为了转移注意力，以免被人发现他
牵涉其中。他指责我绕过查尔斯，其实这是他的所作所为。朝欧航
局脸上开枪的正是韦勒自己。他在没有得到批准的情况下，不惜冒
险对纳税人的资金用途做出承诺，还可能打算诱骗政府按照他的意
愿行事。35 年来，韦勒一直在努力实践"黑魔法"，并且深谙此道。

政府雇员未经许可调拨政府资金不仅缺乏职业道德，而且是一
种犯罪行为。《反赤字法案》（*Antideficiency Act*，ADA）规定，"非经
法律许可，联邦雇员禁止利用超过拨款或资金中可用金额的任何拨
款或资金进行支出或批准支出，以及达成契约或批准契约"。因此，
未经许可代表美国政府做出资金承诺属于犯罪行为。

在 NASA，另一起未经许可调用资金的把戏也险些成功，而这
一切都与反对终止星座计划展开的激烈斗争密切相关。

长期以来，在大型政府采购项目中，一般应确保有充足的预算，
以弥补项目取消时承包商可能带来的损失。此类资金被称为"终止
责任准备金"（termination liability）。因为政府拨款每年进行一次，
这要求会让政府确保不超过国会规定的预算权限，也有助于削弱某
种为了捞回损失不惜贴上老本的趋势，因为但凡遇到这种情况，自
然会有人说："现在取消项目的话，只会损失更多资金。"

奥巴马政府在提议取消星座计划时，对计划合同做了审查，确

---

① 007 系列电影中的经典反派形象，这些反派通常都身价不菲、资源丰厚，是有野心的
精英人士。他们最喜欢干的就是时不时地触碰法律和道德的底线。

定扣留的金额是否适当。NASA 首席财务官贝丝及其团队发现，星座计划的大多数首要合同并未按照常规的做法对终止责任做出规定。在没有法律保护的情况下，承包商要自行支付终止费用，也没有扣留任何资金。保守估计，截至 2010 财年年末，他们的终止责任金总额接近 10 亿美元。

星座计划允许各公司耗尽手头所有资金，因此没有为终止责任准备金保留任何款项。此举看似降低了成本（这显然也是上届政府的目标），但是为三个主要承包商带来了不言自明的风险。这一策略与过渡团队的发现完全一致，与星座计划有牵扯的人就是想赶在新政府意识到真正的情况之前签订合同，并尽可能完成一切可能完成的事项。当 NASA 通知国会并提醒上述公司需要清偿债务时，取消星座计划引起的风波愈演愈烈。如果按照合同规定终止该计划，就有可能引起股东反抗，导致证券交易委员会开展调查，迫使董事会采取行动以及管理层改组。

这些公司不知何故相信政府会为他们纾困，因此不惜承担数亿美元的风险，但 NASA 显然没有此类预算或契约责任。公司代表辩称，虽然所有政府合同均提出了这项要求，但 NASA 曾经表示他们无须支付这些费用。

承包商们一再声称，NASA 的代表曾在会上口头向其保证，终止责任金将由政府承担，他们不会蒙受任何损失。为了弄清上述企业何以有此印象，当局展开了调查，发现 NASA 几名级别较低的官员和各公司的签约负责人之间有过一封电子邮件，其中间接提到会顾及终止责任金。

即使这一承诺出自 NASA 局长本人，我也不相信任何未经合同规定的保证足以让各公司的首席执行官代表股东承担数亿美元的责任金。毋庸置疑，他们不可能仅仅凭着一封负责签订合同的低级官员的电子邮件，就甘冒如此风险。我认为这正是前任局长格里芬竭力阻止过渡团队"追根究底"的另一个原因。

贝丝建议对这一问题进行升级处理。不是所有人都赞同她的观点，但是对于违反《反赤字法案》的行为，知情不举即是重罪。联邦雇员"明知"该法案却"故意"违反，"将被处以低于5000美元的罚款或低于2年的监禁，或者两者并罚"。虽然我们上报了这一潜在的违法行为，但局长及助理局长都认为，NASA没有理由搜寻更多佐证文件，或查明高层中是谁做的口头陈述。

国会议员本应根据宪法管理好纳税人的资金，但是却为承包商辩护。这一问题提出后，双方的斗争不断升级，并导致国会施压进行特许，以保留这些合同。国会听从业界的呼声，竭力迫使NASA介入此事。星座计划合同不仅得以延期，也产生了预期的影响，致使终止责任问题变得毫无意义。为了保留上述合同，NASA和国会有几名人员煞费周章，后来纷纷进入他们为之辩护的航天企业，担任高级职位。

最终，经过重新谈判，合同条款做了变更，不仅为有关企业提供了额外的款项，作为终止责任准备金，还增加了数十亿美元。这些合同最终并未实际终止，政府问责局（Government Accountability Office）同意不起诉，但在翌年发布了一份报告，题为"NASA需对合同终止责任风险进行更好评估，并在实践中确保政策连贯"。

政府工作离不开诚信。在我看来，此前我目睹的许多行为都不该容忍，而有些人则或多或少地予以姑息，才让此类行为得以继续。即使通过规定的途径上报，这些问题也很少得到承认或纠正，因为摆脱权力的束缚有时比摆脱地心引力更难。

令人发指，瞒着政府向国家侦察局要钱

另一起需要我干预的"暗物质"事件同样令人发指，起因是2010年年底NASA申请向国家侦察局（National Reconnaissance Office, NRO）划拨9 000万美元。国家侦察局是负责为情报界设计、建造、发射和操作间谍卫星的政府机构。这笔划拨款将为正在卡纳维拉尔角兴建的一处国家侦察局设施提供部分资金，但行政管理预算局无法确定这处资源对NASA有何用途。NASA在佛罗里达州的基础设施已经过剩，而预算审查人员知道我具有相关权限，因此请我进行调查。

我刻意避免介入NASA与军方或情报部门相关的事务，因为部门内部已经有许多军旅出身的官员对此更有兴趣和经验，包括局长和助理局长。我虽然保留了自身职位所需的权限，但只有在受到邀请时，才会前往秘密隔离信息室，也就是专门为审查和讨论机密信息预留的房间，去那参加会议。查尔斯已养成习惯，每周到此阅读情报报告，于是我向他表示，如果遇到任何需要我引起重视的内容，请他及时告知。但他从未向我提及任何事项，因此报告中要么是没有任何重要内容，要么是没有在他看来需我了解的东西。

根据法律规定，NASA是一个民用机构，因此必须公开透明。奥巴马政府尤其致力于行事透明和恢复公众对政府的信任。NASA的所有行动极少涉及机密，或者说极少应该保密。对我来说，秘密隔离信息室象征着NASA父权制军事文化的残余，我和下属戏称其为"树屋"，因为它会让人联想起男孩子们建造的堡垒，里面装满了香烟和印着女子艳照的杂志。

我不可能完全避开秘密隔离信息室，因为如果不去了解情况，

我就无法知道我是否需要掌握某些信息。在秘密隔离信息室召开会议，基本上就是所讨论的内容确实属于机密信息，但实际情况往往并不一定，这也可以是官僚们为控制信息所选择的另一种方式。在一次会议即将结束时，我表示对此感到担忧，因为我们的讨论并未涉及任何机密。其他人则回应说，会议必须在秘密隔离信息室召开，因为对我所提问题的答复有可能涉密。我知道我提出这个问题后，很可能不会再被邀请去秘密隔离信息室参加之后的简报会，不过我倒是不在乎。

国家侦察局一事的问题在于，佛罗里达州的新设施对 NASA 有何用处。这件事会找我来处理，显然是行政管理预算局的工作人员与 NASA 的其他很多领导人之间缺乏信任。有些人觉得，受到行政管理预算局信任是很容易遭到非议的，但事实恰恰相反。政府是一个团队，每个团队成员都扮演着重要而独特的角色。在 NASA 近两万名员工中，约有 20 人真正出自总统任命，因此被称为"政务官"，而普通公务员也是政府的组成部分。NASA 只有成为值得信赖的一员，才能在政府这个团队中占据一席之地。企图向行政管理预算局隐瞒信息，就像某家公司想要骗过它的董事会，这种做法只会让自己置身险境。

面对佛罗里达州某个价值 9 000 万美元、新建的高顶建筑，我实在找不出 NASA 使用它的理由。我将这个调查结果转告行政管理预算局，于是他们拒绝了资金调拨。

几天后，我受邀赴弗吉尼亚州的尚蒂伊，到国家侦察局的办公室拜会局长布鲁斯·卡尔森（Bruce Carlson）。查尔斯和斯科利斯陪我一同前往，但不无尴尬地委托我参与讨论。我们抵达后，NASA 其他几名工作人员已在会议室等候。当我开始解释，我们无法确定

NASA 打算对该处设施作何用途时，我们这边代表团中，有一名成员满脸同情地喃喃说出"牵牛星"一词，引起了我的注意。

"牵牛星"是星座计划提出的月球着陆器的名称，只不过即便在取消星座计划之前，这个项目也不在预算当中。我为 NASA 内部的沟通失误向布鲁斯道歉，但确认 NASA 无须这个设施。我也从未听说有人在未经批准的情况下承诺动用 9 000 万美元的预算，无论是谁，这种做法都可能违反《反赤字法案》。

我既不想替 NASA 开脱，也不想浪费机会，于是 5 分钟后，我提出了另一个关乎双方利益的话题，即共享运载火箭。NASA 和参议院的主要领导人常把为国家侦察局发射卫星作为建造太空发射系统的理由，所以我想就此问题作深入探讨。在如何利用太空发射系统一事上，我在 NASA 与五角大楼的季度会议上也提出过同样的问题。空军、太空司令部和战略司令部无一例外地表示轻蔑，声称"不用了，谢谢"，但毫无感激之意。查尔斯和斯科利斯等人也顺势忽略上述讨论，继续将发射军事和情报卫星作为会谈要点，想证明太空发射系统的合理性。

我询问国家侦察局是否有兴趣使用运载火箭，众人立即异口同声地否定。副局长贝蒂·萨普（Betty Sapp）的解释让我明白，他们为何有此迅速反应——国家侦察局的卫星上安装有精密仪器，无法承受大型固体火箭发动机发射时的动力环境。事实上，国会领导人强迫 NASA 研制火箭，这些人为自私自利的承包商投标，这限制了火箭发射的有效载荷类型。斯科利斯与国家侦察局关系密切，还在 2019 年出任了国家侦察局局长，因此一定清楚这种限制，但是再次选择避而不谈。

有几位参议员提出，2010 年不能取消星座计划的原因在于国家安全。参议院预算委员会主席、北达科他州民主党肯特·康拉德(Kent Conrad)声称:"这项计划事涉及机密,我们不能在此讨论,但我想对诸位同僚们说,计划必须继续实施,这对国家安全极其重要。"对于"战神1号"火箭和太空发射系统,尼尔森也用了类似说辞,称其研发对维持美国制造大型固体火箭发动机的能力至关重要,而这种发动机主要用于战略导弹和卫星发射器。

其中真正的问题是军用固体火箭发动机推进剂的利用价值。因为航天飞机、为星座计划和太空发射系统进行改装的固体火箭发动机所需的推进剂数量远大于军方的导弹。尼尔森、康拉德和犹他州代表团暗示,如果NASA不再是这种推进剂的主要客户,国内的生产就会停止,就会让美国的洲际弹道导弹和民兵火箭无法翻新。

我认为应该认真对待国家安全威胁的说法,所以与国防部就此开展了一项研究。这项为期一年的跨部门调查显示,NASA对固体火箭推进剂的投资顺带将军方的购买成本降低了3 000万美元。这不是一个国家安全问题,而是一个预算问题。但在研究完成时,上述信息已没有考虑的意义,因为NASA同意续签太空发射系统固体火箭发动机的合同。这一经历再次提醒人们,反对派为了达到目的愿意付出多大努力。

局长和总统有分歧,夹在中间的我里外不是人

查尔斯和我常被比作林肯总统麾下的"劲敌团队",虽然这种称谓不无道理,但林肯总统任命苏厄德(Seward)、蔡斯(Chase)和贝茨(Bates),为的是让他们能提出相左的观点,而奥巴马总统任命查尔斯和我却并非为此。在2016年的一次采访中,有人问查尔斯,

所谓"劲敌团队"的说法是否能恰当形容我们两人的关系，他回答："不，我们没有成为一个团队，我们的领导能力也未能得到正常发挥。有人服从她，也有人忠于我。"

我对查尔斯的形容感到失望。我认为我们的政治团队应当忠于总统、政府和 NASA——包括局长本人。如果查尔斯的观点与当局相左，我们就要做出艰难的选择，但在大多数情况下，我认为我们团队效忠的对象是一致的。在我看来，除非查尔斯做出有悖总统及其政策之举，不然他在任何情况下都是我们的团队领导。但如果这两者脱节，我相信我终会忠于总统。

对大多数副手来说，这并不会成为问题，因为在重大政策问题上，一般部门的负责人都会与白宫保持一致，因此查尔斯反对当局政策的做法令人纳罕。这就好比国立卫生研究院院长不支持总统进行胎儿组织研究的政策，于是院长决定不在预算中为这项研究申请拨款，聘请反对这一政策的研究人员，并要求他们背地里向国会提供信息，破坏研究活动……无论查尔斯是否有意，在 NASA 制订2011 年预算的过程中，就出现了这种脱节，这成了一个重大难题，需要我们认真应对。但不幸的是，这起事件并非个案。

对查尔斯和当局来说，最好的解决办法就是更为高效地保持一致，但查尔斯最初的心腹，那些"杯控男"们会不遗余力地阻拦。当我发现自己被夹在中间时，我小心翼翼地提出了这个问题，但我得到的答复往往是让我继续努力，以争取查尔斯的支持。

与内阁部门相比，当局对 NASA 的态度较为宽松，因为内阁常要承担更多政治任务。过去，白宫甚至会告诉我的前任如何着装以及留什么样的发型，这事如果放在克林顿或奥巴马任上，简直难以想象。查尔斯承受的大部分压力并非来自白宫。斯科利斯和"杯控男"

科茨等人为了自身的利益，不惜游说查尔斯反对政府的立场。

上任之初，每当查尔斯要在较大的场合对当局发表负面评论时，我都会私下建议他缓和言论，因为我们是政府的组成部分。他表示反对，声称我们同时效力于国会和政府，我们虽然由总统提名，但也要经参议院批准。他竟然不清楚其中的区别让我感到惊讶，于是我们以 NASA 在政府中的地位为主题，开展了一次在我看来积极有益的讨论。期间，面对他的提问，我从活页夹里扯下一张纸，画了一个三角形，以解释政府的三个分支。在讨论结束时，查尔斯貌似对我传达的知识表示感激，但他对那群"杯控男"的偏袒仍然多于对总统的支持。

查尔斯既不愿进行人事变动，也不愿接受新的政治任命，因此想要打造一个团结一致的领导团队极难。我不遗余力地进行结构改革，创造新的职位，以应对他的沉默。这些操作虽然更加损害我和查尔斯的关系，但我也因此网罗到不少人才，他们的到来对 NASA 的成功至关重要，其中包括劳丽·莱辛（Laurie Leshin）、鲍比·布劳恩（Bobby Braun）、迈克·弗伦奇（Mike French）和戴维·韦弗（David Weaver）。当这些头脑更加开放的领军人物逐渐在 NASA 担任高级职位，推动重大变革不再像过去那样艰难。我努力打造的团队最终成了查尔斯最信任的顾问。

领导团队的新成员开始接受不同观点，并且重视创新活动，NASA 逐渐在多个领域取得了进展。充分利用合作伙伴关系、数据购买、托管有效载荷、可重复使用亚轨道科学任务、绿色航空、设置奖项和政府基础设施的转租——这些概念随着时间流逝不断演变，NASA 也在这些方面取得了不同程度的成就。NASA 的其他领导人逐渐认识到其中的价值。

后来，肯尼迪航天中心太急于降低现有设施的开支，准备与 SpaceX 签署使用 39A 发射台的独家供方协议。在听说此事后，我力劝他们发起竞争，不要直接将发射台的使用权转让出去。

我在其他方面所做的努力就像西西弗斯推动巨石①一样，为某个项目操劳数月甚至数年，结果被彻底推倒，重新滚落山下。

以公谋私早已习惯成自然

我决心推动其中一块巨石——刺激商业可重复使用亚轨道科研航天器的发展。NASA 有此意向的几个人联手，于 2009 年启动了这个项目，并投入 250 万美元以示支持。2010 年，我们制订了一个年度预算为 1 500 万美元的 5 年计划。这笔资金将用于支持能够利用这一新兴能力的实验和研究人员，到 2012 年，在被选定的 21 个实验当中，会有 14 个获得现有平台，也就是 NASA 气球和飞机的使用权。只要他们能继续手头的工作，项目办公室将很乐意增加投入。

大多数研究人员需要亲自在航天器上进行实验，但 NASA 不愿意冒险，因此仅允许开展自主研究。2013 年，我终于说服查尔斯取消了这一限制，并在 6 月的一次会议上公布了这一消息。但不出数周，"杯控男"们就让查尔斯改变了决定。虽然随后一任 NASA 局长最终纠正了这项政策，但如果提前五年正式确立，这一新兴行业在构建业务模型时，必能拓展市场。

我支持的另一个研究项目又意外遭遇了"暗物质"。"OMEGA"，

————————

① 西西弗斯是希腊神话中的人物，西西弗斯触犯了众神，诸神为了惩罚他，便要求他把一块巨石推上山顶，由于那巨石太重了，每每未上山顶就又滚下山去，前功尽弃，于是他就不断重复、永无止境地做这件事。

藻类生长海水罩膜项目，旨在对航空绿色生物燃料进行研发。研究团队发明了一种利用藻类清洁废水和捕获二氧化碳来生产生物燃料的新方法，无须与农业生产争夺水、肥料或土地。它真正做到了把粪便变成燃料和淡水。在加利福尼亚州的埃姆斯研究中心，航空学研究人员的演示给我留下了深刻的印象。研究团队请求增加 500 万美元资金来开展下一阶段的研究，我希望能支持他们，于是就去和政府部门其他潜在的合作者进行商讨，其中包括海军部副部长。他高度肯定了这一概念，并对研究结果很感兴趣。

在向 NASA 航空工程负责人申金元（Jaiwon Shin）博士表示我支持延长该项目投资期限之前，我先与查尔斯进行了讨论，得到了他的许可。申博士也同意继续为替代燃料项目拨款，但研发替代燃料的团队后来发现投资期限不会延长。

我再次找到申博士，他说他已和局长查尔斯谈过此事，查尔斯表示他无须为该项目提供资金。我直接找局长，局长承认自己曾与马拉松石油公司的一位前同事交谈，随后便改了主意，因为这个前同事觉得替代燃料项目前景黯淡。查尔斯之前曾在这家公司董事会任职，并仍然持有它 50 万美元的股票。这就意味着局长和这个替代燃料项目之间存在利益冲突，在与马拉松石油公司相关的活动上，他要受到正式限制。为此，他不能就 OMEGA 项目与马拉松石油公司联系。总法律顾问是查尔斯在海军的故交，他认为这起违规事件并不严重，但监察长持不同意见。

监察长认为查尔斯违反了道德承诺，命令他回避与该项目有关的任何决策。监察长的报告公开后，查尔斯再次接受了职业道德培训。这时候我认为相关问题已经解决，正打算批准这个 500 万美元的项目，但查尔斯要求对 OMEGA 项目进行重新审核，而且绕过现有行政管理系统，直接把项目交给了助理局长，而不是作为副局长的我。他再次插手此事，做出这些操作，这又可能违反了回避原则，结果可想而知，项目进展又受到阻碍。NASA 对生产航空燃料替代方法的探索能够减少温室气体排放，降低海洋酸化，生产更多淡水以及加强国家安全，但是最终，我辛苦推动的"巨石"又滚落回山脚下。

一些前高级军事将领和宇航员的表现总会让人觉得他们可以越过各种规章制度，但这与我的态度背道而驰。他们从这份公职中所获的福利远远超出了在我看来适当的范围。所以，在使用公款方面，我对自认为不妥的做法提出了担忧，比如让所有宇航员的终身医疗福利惠及其亲属，动用政府飞机开展我认为不必要的短途旅行，以及为部门领导的配偶外出参加局长的节日聚会出资（这笔款项最终未能得到总法律顾问批准）。

但 NASA 领导层中的其他人认为，质疑这些津贴十分无礼，而且是对他们更大的冒犯。这一长期存在的安逸体系滋生了这些行为，而这个体系目前仍稳如磐石。

我目睹的许多"暗物质"事件似乎都属于习得性行为，是我长期以来对政界高级领导人产生过高期望。

2020 年，监察长在调查中发现，查尔斯在离开 NASA 后近两年的时间里，仍会让前行政助理来管理他的私人咨询活动，并协调 NASA 其他人员为他做事。监察报告指出，局长查尔斯在接受讯问时，起初否认得到过此类帮助，但有证据显示，他曾多次发送电子邮件请求提供支持。在看到邮件后，他承认了自己的所作所为，并表示他"判断有误"。查尔斯告诉调查人员："离开 NASA 后，最让我失望的事情之一就是我得到的支持太少。"

作为一名前宇航员和海军陆战队将军，他似乎期望政府为其专业演讲稿写作出资，并为他离职后的商业活动提供行政支持。调查证明以上情况均属实，但监察长决定，鉴于查尔斯长期为国效力，他无须为利用政府部门谋取私人服务做出补偿。

东山再起，究竟要付出多少艰辛努力？

虽然我不常见到奥巴马总统，但我记得他对我说过的每一句话。当他和家人在佛罗里达州出席航天飞机发射活动时（活动后来被取消了），他把我拉到一边私下交谈。总统表示，有手下告诉他我是在替大家受过，因此希望我明白，他对此十分感激。得知总统理解我的迎难而上，知道我在把有价值的巨石推上山，对我来说意义重大。

随后，就在 2012 年大选之前，我在椭圆办公室与众议院其他成员合影。总统让我稍候片刻。他面容憔悴，为他未能实现我们对 NASA 的期望，以及没有完成所有重大事项而道歉。我也为 NASA 在政治上给他造成的负担而感到羞愧。他说："我们在下个任期内一定能完成这一切。"他告诉我不要灰心。我向他表示感谢，并表示他也不应该气馁。

我们延续了载人航天计划，因为当时航天飞机已经退役，而原计划的替代项目彻底走偏，难以挽回。要使载人航天走上可持续的道路，当局就必须在各个层面坚定一致地予以支持，我们能够取得早期进展，也是因为最初奥巴马政府做到了这一点。

NASA 的通信主管戴维·韦弗（David Weaver）极具天赋。航天飞机退役后，因为没有立即可以接替的项目，当前的公关部门迎来挑战。韦弗表示，这犹如在海啸时冲浪一般。他意识到，广大民众和各大机构支持航天飞机的呼声很高，所以此时要把载人航天计划的价值精准传达出去极为困难。他说，我们的目标应当是保持清醒的头脑。如果能做到这一点，当海啸结束时，我们就可以重整旗鼓，将载人航天计划乃至整个 NASA 从昔日的重压之下解救出来。我相信戴维的专业水平，但就连我也无法想象如果东山再起，需要付出何等艰辛的努力。

第八章
商业航天正式起步（2012）

政府航天系统的变革需要一支团结协作的力量，要对相关人才进行适当组合，推进政策、技术和投资。颠覆像航天工业复合体这样根深蒂固的模式，只有不惜承担职业和财务风险才能成功。外太空的开发利用带来了巨大的挑战和机遇，也吸引了许多出类拔萃的人才。正是因为他们的努力，世界才变得更加美好。

在推动载人航天便捷化上，SpaceX、维珍银河公司和蓝色起源公司是当今最引人注目的私营企业。在获得政府或商业合同之前，每一家企业都由创始人大量注资。埃隆·马斯克、理查德·布兰森爵士和杰夫·贝佐斯不惜声誉受损，将个人的部分财富投入企业，用来实现他们在载人航天领域的梦想。不过，他们并非这一领域的先行者。

人们早就认识到，通信卫星除了能被 NASA 和政府应用外，它能提供的价值依然很大。20 世纪 60 年代，通信卫星就通过通信卫星组织（COMSAT）和国际通信卫星联盟（INTELSAT）实现了私有化。这些最初的准政府组织促使欣欣向荣、利润丰厚的电信市场不断发展，最终即时通信改变了社会。在各国政府和国际组织的激励下，私人企业开始参与基础设施建设，让我们能够实时向地球上任何地方的任何人传输信号，之后又实现了语音、图片和视频的传输，并且产生了互联网。

20世纪八九十年代，新的卫星不断出现，传统航空航天业对NASA可重复使用运载火箭计划产生了兴趣。为了占领不断扩大的市场，小型私营火箭公司纷纷成立，他们很多都想实现人们向往已久的航天梦。虽然只有一些早期成立的公司成就较大，但它们共同为将来的成功奠定了基础。

早期的商业航天项目开展犹如飞蛾扑火

人们意识到太空旅游市场后的这几十年，一直在讨论和追求它。早在"阿波罗11号"登月的5年前，泛美航空公司就成立了"首次飞月俱乐部"，在1971年关闭等待名单之前吸引了近10万名申请者。1985年，一家标新立异的旅行公司"社会探险"宣布，将斥资52 200美元将人们送上太空，并以每位5 000美元的价格向公众筹款，但飞船始终没有完工，他们最终清退了所有资金。

载人航天的概念并不局限于旅游业。20世纪70年代，经济学家、生态环境保护者和未来主义者开始考虑将采矿和能源生产等重工业转移到地球以外的可行性。相关研究考察了如何利用自由漂浮结构体承载大量人口，及其开展微重力活动，确保人类在地球和地球之外能够继续生存下去。这种早期太空观促进了变革性思维的发展，有人开始设想在太空建立能够自我维持的人类栖息地。普林斯顿大学物理系教授杰拉德·奥尼尔的观念不仅激励了 20 世纪 70 年代的 L5 协会成立，还吸引了一批狂热的追随者，其中包括蒂莫西·利里（Timothy Leary）和普林斯顿大学的学生杰夫·贝佐斯。

1985 年，利里的好友乔治·库普曼（George Koopman）创办了美国火箭公司（American Rocket Company，AMROC）。与该领域的其他企业一样，这个公司的目标是降低航天运输成本并占领卫星发射市场。我在 20 世纪 80 年代中期见过库普曼，那时他已是"太空海盗"中的知名人士，而他与利里和好莱坞的关系也为早期太空运动增色不少。库普曼不幸死于车祸，终年 44 岁，当时距美国火箭公司首次发射仅有 4 个月，美国火箭公司最后以申请破产告终。

美国火箭公司的领导者和知识产权转向其他同样积极的活动，对当今一些领先的商业航天公司有所助益。其实，系列火箭设计师和企业家之间渊源密切而复杂。几名"太空海盗"在早期创建了十几家公司，致力于开发成本较低的可重复使用航天器，比如旋转火箭公司、XCOR 宇航公司、奇石乐宇航公司、太空开发公司和太空业务股份有限公司等，而每一家风险企业又反过来培养出了更多设计师和投资者。

20 世纪八九十年代，为推动航天运输的可持续发展，有些人投入了大量个人财富。我有幸结识了许多这样的人士，并与他们共事。大多数人进入这一行并不是为了赚钱，有些人甚至在创业过程中赔得精光。当时流传着一些不太好笑的笑话："你想在航天界做个百万富翁吗？那你要先当上亿万富翁。"

20 世纪 90 年代，大型卫星市场的显著增长推动了早期私人对运载火箭的大部分投资，但是受到一些不可预见事件的影响，尤其是网络经济泡沫的破灭，它的增长速度逐渐减慢。尽管如此，这些早期项目也促进了商业政策规划和技术创新，提高了卫星研制水平，让仍留在行业的人才积累了一定经验，他们也为支持这些活动而开展建造了大量设备，为后来的成功奠定了基础。最令人意外的是真的有许多亿万富翁投身其中，不过幸亏他们没有把上面的笑话当真。

我遇到的首个亿万富翁火箭开发商是安迪·比尔（Andy Beal）。比尔在达拉斯的银行和房地产业大发其财，于1997年创立了自己的火箭公司，也像其他人一样想占领备受瞩目的通信卫星发射市场。比尔宇航公司吸引了传统航空航天的各种专业人才。20世纪末和21世纪初，我曾去这个公司参观，作为我在NASA对丹·戈尔丁的商业政策评估的一部分。

安迪·比尔表示，他不需要政府对他进行任何奖励，只希望政府保证不与他竞争。在耗费了2.5亿美元的个人财富后，有报道称他成功地进行了发动机测试，但仅在数月后，他于2001年宣布停业，并指责NASA有意自行建造火箭，与他开展不公平竞争。后来，比尔宇航公司在得克萨斯州麦格雷戈建造的发动机设备被收购，成了SpaceX的动力测试的核心。

在那西北几百英里处的拉斯维加斯边缘的沙漠中，另一位亿万富翁也把目光投向了太空。和安迪比尔一样，罗伯特·毕格罗（Robert Bigelow）也在房地产领域成功立业。他说，他一直对太空充满了兴趣，相信存在地外生命，也产生了在这个行业积累财富的愿望。1999年，他创立了毕格罗宇航公司，其目标是"为前往近地轨道、月球及月球之外提供安全的低成本商业航天平台"。毕格罗获得了NASA可拓展太空舱技术的特许权，这技术可以作为他航天平台的基础。

在发射空间站时，NASA和国际合作伙伴们是将多个模块进行分批发射。毕格罗宇航公司与此不同，是一次将单个模块发射入轨，然后再进行拓展，这无疑具有很强优势。我在 2011 年造访了毕格罗宇航公司，认为他们建设的太空舱有可能作为国际空间站的补充。数年后，NASA 最终和他们签订了一份 1 800 万美元的固定价格合同，用于建造 BEAM——毕格罗可拓展活动舱。2016 年，这种太空舱被发射到国际空间站。这个模块至今仍被用于加压储存，它的成本比空间站其他任何模块都减少了一个数量级以上。

毕格罗自掏腰包为公司提供了差不多 3.5 亿美元，他的公司在高峰期拥有 150 名员工。2020 年春，新冠疫情开始在美国蔓延，毕格罗航空公司解雇了全部员工，并一直处于停业状态。

从毕格罗宇航公司再往西，一位更知名的亿万富翁也对太空产生了兴趣。1975 年，保罗·艾伦（Paul Allen）与比尔·盖茨一起创立微软起家，在不到 30 岁时便积累了数亿财富，名声大噪。20 年后，保罗将注意力转向大气层外，开始进行技术创新。他和妹妹乔迪共同成立了"火神"（Vulcan）公司，两人首创的航天公司造出了第一艘私人开发的可重复使用航天器——"太空船 1 号"。为赢得 1 000 万美元的安萨里 X 奖，保罗在其中注资 2 500 万美元，并选择传奇的实验飞机制造商伯特·鲁坦（Burt Rutan）当合作伙伴和首席开发师。

2004 年 9 月和 10 月，"太空船 1 号"从加利福尼亚州莫哈韦沙漠的基地起飞，连续驶向亚轨道太空，并因此赢得了 X 大奖。虽然它耗费的时间几乎是预期的两倍，但也无疑是一个重大的转折。我和丈夫来到莫哈韦沙漠，目睹这次必将被载入史册的重要飞行，深感欣慰。我们数百人一起，看到布兰森爵士宣布，他已和这个团队联手，成立了一家合资公司。

多年来，保罗曾向多个更大规模的太空发射项目投资，但在他

2018 年去世之前，这些项目均未成功运行。

布兰森爵士加入商业航天亿万富翁俱乐部的消息尤其受人欢迎。布兰森不仅为商业航天投入了大量资金，也造就了独树一帜的公共品牌，带来了航天行业此前所缺少的魅力。布兰森将新公司命名为"维珍银河"，他制订了一项商业计划，定期开设亚轨道航班，运送"游客"往返太空边缘。维珍银河公司以 25 万美元的票价与近千人签约，签约者将能感受几分钟的失重状态和观察地球的曲度。维珍银河还与新墨西哥州合作，兴建了"美国航天港"作为其业务中心。2010 年，我代表 NASA 参加了在航天港跑道上举行的剪彩仪式。就像在场的其他数百名支持者一样，我相信成功指日可待。

在我看来，布兰森是亿万富翁航天巨头中最有魅力的人物。他对太空和人类都充满热情。我们的谈话令人难忘，也意味深远。即使是在与航天无关的事项上，我们也有很多相同的进步观点。我一直很欣赏他能在重要的社会话题上仗义执言。我身为一名高级政务官，就意味着要秉持总统的观念，无论这种观念是好是坏。但在航空航天界，如果你与奥巴马存在关联，那你就很难与企业的首席执行官成为朋友。然而，布兰森密切关注美国政治，我们也因对奥巴马总统的钦佩而结缘。

可想而知，我们在私下的谈话虽然不无吵闹，但又令人愉快。一天晚上，在新墨西哥州参观过航天港后，我与布兰森以及他儿子萨姆·布兰森，还有维珍银河首席执行官怀特塞德共进晚餐，发现萨姆同样令人着迷。当你在和某个人相处时，如果有孩子陪在此人身边，你往往更能窥知其隐秘的天性，而布兰森父子显然亲密无间。

事实证明，即使只是飞往太空边缘，载人航天的难度也超出了预期。在研制航天器的过程中，维珍银河曾遭遇两起致命事故，大大推迟了开发进度。2007 年 7 月，加利福尼亚州莫哈韦的一个试验场在装载推进剂时发生爆炸，造成 3 名工人死亡。

这只是一次无须点火的气流测试，人们误以为推进剂是惰性的，因此所有员工都没有按惯例转移到安全屏障后。那些躲在屏障后面观看测试的人员无一受伤。这起事故让项目陷入困境，因为要对安全流程开展全面审查，接下来的测试不得不延迟进行。

2014 年 12 月，两名飞行员乘坐"太空船 2 号"，进行第二次动力飞行测试。太空船按计划脱离挂载的母船"白骑士 2 号"后，火箭发动机点火，为航天器提供动力，但在 11 秒后解体。其中一名飞行员被弹射出舱并跳伞成功，但副驾驶不幸罹难。调查表明，副驾驶在飞行计划后期过早解除了稳定航天器所需的羽翼锁定装置。布兰森、时任首席执行官乔治以及维珍银河的整个团队都因这一损失而悲痛欲绝。

自 2004 年维珍银河成立以来，截至笔者撰写本书之际，布兰森及其公司已筹集到数十亿美元，并于 2019 年成功上市。最初几年，维珍银河似乎在亚轨道旅行市场占据了一席之地，但一个实力更加雄厚的竞争对手却另有设想。

蓝色起源：火箭技术测试

登月行动激励了无数人，但很少有人能像杰夫·贝佐斯那样把太空梦变成现实，创建自己的火箭公司。贝佐斯清楚记得"阿波罗 11 号"着陆时，他只有 5 岁。虽然他的航天公司尚未像他的主业那样得到全球认可，但他反复声称，航天事业才是他最重要的工作。

贝佐斯建立的图书销售平台亚马逊发展迅猛，成为美国最有价值和最具影响力的企业之一。作为世纪之交的新晋亿万富翁，他创建了蓝色起源公司。虽然贝佐斯、马斯克和理查德爵士大致在同一时间创立了公司，但三者的关注点和企业文化各不相同。蓝色起源的座右铭"Gradatim Ferociter"是拉丁语，意为"步步为营，勇往直前"。这家公司喜欢在竞争中援引"龟兔赛跑"的寓言，希望能够稳扎稳打地赢得航天竞赛。

在最初的 10 年中，蓝色起源始终保持着较小的规模和低调的状态，比起 SpaceX 和维珍银河尤其如此。蓝色起源早年专注于火箭技术测试，先后在华盛顿州和得克萨斯州开展过低空喷气动力测试。与维珍银河类似，蓝色起源的商业火箭系统迄今仅能抵达地球大气层边缘。不过贝佐斯认为，亚轨道火箭系统只是宏伟蓝图中的一小块，人类最终会将制造业等更多行业从地球上转移到太空。

蓝色起源成立 20 多年后的今天，已发展到拥有 3 500 多名员工，许多研发项目正在进行当中。公司首款助推器名为"新谢泼德"，在试飞时便设定了目标，计划在 2015 年实现载人发射。但对航天业来说，成功需要的时间往往会超出预期。

2016 年，蓝色起源再次以著名前宇航员的名字为火箭命名，宣布启动"新格伦"项目。这枚巨型火箭设计指标较高，甚至让 SpaceX 的"重型猎鹰"火箭都相形见绌。首飞时间原定于 2020 年，但直至 2022 年仍未进行。

2019 年，贝佐斯在一场媒体活动上为"蓝月亮"登月器揭幕，这次活动备受瞩目。他宣称月球是宇宙送给人类的"礼物"，并计划将月球作为太空制造业的中心，因为从月球表面发射物体所需的能量相对较少。蓝色起源与一批大型航空航天承包商联手，准备竞争 NASA 价值数十亿美元的宇航员登月合同。这在当时看来是一个明智之举。

受杰拉德·奥尼尔启发，贝佐斯最大的愿望是"让数百万人在太空生活和工作，造福地球，并将那些让地球不堪重负的产业转入太空"。蓝色起源在 2020 年透露，它正考虑建立多个轨道居住地，并于 2021 宣布与另一家创新型航天公司（塞拉航天，前身为内华达山公司）建立合作伙伴关系。他们表示，轨道居住地与国际空间站截然不同，轨道居住地可以作为人们造访的目的地和从事科学研究的实验室。

2009 年，我回到 NASA 任职后，首次见到贝佐斯。蓝色起源在那段时间仍很低调，但当这家公司联系到我，请我安排一次见面时，我还是很激动。贝佐斯飞来华盛顿与局长和我会晤，向我们介绍了他的公司以及他对未来的计划。当时，贝佐斯还没有成为世界首富，但在财富榜单上排在第 18 位，排名明显高于马斯克。他的身家足以引起 NASA 的重视。

我和贝佐斯讨论问题时，总像是在和一位认识多年的好友聊天。他无拘无束、充满好奇、言语风趣。我们首次在 NASA 会面时，贝佐斯便开诚布公地谈起他对蓝色起源的计划，并提出让我们到公司在西雅图的制造厂参观。查尔斯不置可否，但我立即接受了这一邀请。

与贝佐斯一起参观蓝色起源给我留下了深刻印象。他的工厂本身及其运营规模都非同小可，而且他对每一项功能和每一名员工都如数家珍。贝佐斯喜欢讲故事，并借此轻松地表达某个重要观点。

在首次参观过程中，我最喜欢看的是发动机清洁材料。试飞后清理发动机中的残余燃料是一项危险且代价高昂的活动，需要在无尘室内使用毒剂并采取多种预防措施。要想对火箭进行重复利用，就要降低成本并简化作业流程，因此对于如何清洁火箭发动机，人们提出了一个意想不到的革新方案——柠檬汁。贝佐斯高兴地向我们讲起，他竟然成了柑橘萃取市场的全球最大客户。

与马斯克一起参观 SpaceX 时体验也很像。两人都对公司的运营了如指掌，员工看到他们出现也不会反应过度，仿佛对此早就习以为常。这两次经历与我以往参观传统航空航天承包工厂大相径庭。SpaceX 和蓝色起源的作业速度很快。一栋高顶建筑内悬挂着一艘正在建造的太空船，每次会有 6~8 人在上面工作。有些人吊在脚手架上，有些人站在梯子上，每个人身上都挂着工具带。传统的承包工厂大都空旷而寂静，一般只有一个人在开发中的航天器上操作，其他人不是站在旁边递送工具，就是拿着写字板在附近观看。

我曾多次造访洛克希德·马丁公司建造"猎户座"飞船的工厂，但从未亲眼见过有人在飞船上操作。在参观过程中，他们侧重于讲解有多少个州提供了零件或参与了测试。有一次，在我参观丹佛的工厂时，太空船刚刚从俄亥俄州运回，并已经在那里进行了测试，但当时却在重复操作。我询问为什么要再次进行同样的测试，有人回答这是为了确保运输过程没有造成任何松动。

这话虽然有理，但我还是想问何以要先把它运到俄亥俄州。带我参观的高管用胳膊肘碰了碰我，并眨了眨眼，称他们正竭力争取俄亥俄州代表团的支持。我尽可能礼貌地提出，他们应当关注的是如何提高建造飞船的效率，而非进行政治拉拢。

参观了蓝色起源在西雅图的工厂后，贝佐斯又邀请我前往得克萨斯州的发射场。我再次抓住了机会。我打开谷歌地图的 Remote 程序[1]，上面并未显示蓝色起源在得州西部的大片地产。当我点开该区域时，地图变成了一片空白。虽然我要去观看的试飞活动后来被推迟，但这次旅行并未让我失望。

---

[1] 意为"偏僻"，是谷歌地图一个小型插件式应用程序。

在我造访期间，蓝色起源刚刚搭建好一个新的试验台。我和项目经理站在一起，问公司开发成本是多少。这位 30 岁的普渡大学毕业生思索片刻，回答约为 3 000 万美元。于是我反问了一句话："你知道翻新一个同样大小的试验台，NASA 要花多少钱吗？"我没指望他能回答，但他很快答道："3 亿美元。"这个答案没错。他告诉我说，他曾在 NASA 工作，因为不喜欢官僚体制选择了离开。我又问了一个问题，其实同样用不着他回答：在他看来，NASA 会在蓝色起源对它的发动机进行测试吗？他摇摇头，笑道："我们为什么要浪费这个时间？"

他的回答背后有一段历史渊源。NASA 拥有大量发动机测试专业人员和基础设施，具有齐全的设备和业务能力，尤其是在密西西比州和亚拉巴马州。建于 20 世纪五六十年代的试验台要么被封存，要么被改造，从而需要修建更多试验台。自"阿波罗计划"以来，NASA 这项活动的开支已超过 10 亿美元，但只开发了一种新的发动机，即航天飞机引擎。NASA 一位前任首席财务官曾告诉我，他在 NASA 看到的所有不法勾当中，与试验台有关的那些最有可能让 NASA 惹祸上身。

NASA 取消了星座计划中"战神 1 号"火箭项目后，密西西比州代表团仍力促国会立法，要求完成项目的上层试验台，而纳税人为此付出了 4 亿美元的代价。

火箭项目被取消后，我成了众矢之的，因此有幸应密西西比州资深参议员萨德·科克伦（Thad Cochran）之邀，共度了一段美好时光。在我看来，他更关心的不是火箭，而是试验台承包商的饭碗。试验台在完工后立即被封存，仿佛一座遗迹般矗立在那里，不断提醒着人们那是政府的浪费行为。

　　既然国家无论如何都要出资维持试验台，我认为更合理的做法是让私营部门使用 NASA 的设施进行测试，因为实际上是他们在设计新型火箭。某种程度上来说，正是我的这个建议，让蓝色起源经过谈判达成了一项协议：用 NASA 的设施测试他们开发的发动机。但后来的事实证明，两者的理念水火不容。双方必然会脱离彼此，这只不过是个时间问题。

　　NASA 在所有事情上都耗费了太多时间。从规划、决策、沟通，再到将发动机运往试验台及对其进行测试，都是在政府的日常工作时段内完成。蓝色起源发现，利用水泥运输车以及修建游泳池磨炼出来的专业技术，在西德州中部建造自己的测试台，反而效率更高。

　　时间就是金钱，但就政府采购而言，这句话具有两层含义。在商业世界里，你越慢进入市场，你口袋里的钱就越少，而在政府机构中，你建造航天器所花的时间越多，他们付给你的钱反而也越多，等于激励机制被彻底颠倒。

　　我最近一次见到贝佐斯是 2019 年他宣布启动"蓝月亮"项目后在华盛顿举办的晚宴上。在会议中心的演讲结束后，他召集了十几个人，在轻松的氛围中一边就餐一边交谈。

　　整个晚宴期间，他成了众人瞩目的焦点，提出并回答了许多与航天和政治有关的问题——这也是我最喜欢谈论的两个话题。卡罗琳·肯尼迪坐在贝佐斯和我中间，她告诉我们，她 5 岁时曾在椭圆办公室见过格伦。她解释说，在和这位宇航员打过招呼后，她转向父亲，表示非常失望，因为她以为自己会见到一只猴子。我听格伦讲过这起轶事，但贝佐斯富有感染力的大笑说明，这是他头一次听说此事。

SpaceX：降低航天运输成本

2002 年夏，马斯克邀请我到华盛顿特区的威拉德酒店共进早餐，这是我第一次见到他。

在安排这次会面时，他没有说明原委，我只知道他刚成立了太空探索技术公司，即后来人们熟知的 SpaceX。我们谈起了个人对航天发展的设想，席间的大部分问题都是他提出的。从此以后，我们之间的谈话也大致如此。只是那一次，马斯克的问题大都集中在"太空妈妈"项目（当时这项目刚刚结束）、我对太空旅行的兴趣，以及与俄罗斯人共事的感受上。我们聊得很投机，不过如果这是一次面试的话，我大概没有通过。

马斯克出生于南非的比勒托利亚，十几岁时搬回北美洲，在加拿大读大学后，转入宾夕法尼亚大学，获得了经济学和物理学双学位。马斯克和弟弟金巴尔一起，成立了一家名为 Zip2 的网络软件公司，几年后被康柏电脑以 3 亿美元价格收购。他又与其他人联合创建了 X.com 网络公司，X.com 与 PayPal 合并后，被易趣网以 15 亿美元价格收购。马斯克用早期积累的财富，在 2002 年创立了 SpaceX，并在 2003 年成了特斯拉的主要投资者。

SpaceX 的目标是降低航天运输成本。马斯克设计了一款小型有效载荷航天器，计划前往火星，在寻找廉价的发射方式时，他认识到降低航天运输成本这一点不可或缺。

据说马斯克就发射事宜与俄罗斯谈判，俄罗斯人十分无礼，其中一名俄罗斯火箭设计师朝他鞋上啐了一口。这一举动彻底激怒了马斯克，因此在回国的航班上，他决定创办自己的火箭公司，与俄罗斯人开展竞争。如果说特洛伊的海伦①倾国倾城，她的美貌能让一千艘战船下水，那么这口唾沫将会使一千艘飞船上天。

马斯克谈到的内容吸引了我，在那次早餐后，我于2003年造访了位于埃尔塞贡多的SpaceX。作为NASA的顾问，我和一位同事向当时他们公司的业务开发负责人格温·肖特维尔（Gwynne Shotwell）推销NASA的业务。肖特维尔带领我们参观了新工厂，里面几乎空无一人。我们竭力想要说服她，如果公司与政府合作，我们可以提供战略建议，但我们始终没有拿到合同。当时我很失望，但这个结果也不无益处，因为在我随后的职业生涯中，我能说我从未从这个公司拿过一分钱。

等我再次见到肖特维尔时，她已是SpaceX的二号人物，而我恰好是NASA的副手。那时，我们俩都已名声在外，被视作在幕后操纵局势和领导男人的主角，这种说法不全错。我们性格相近，从那以后一直合作得很愉快。我对她所取得的成就充满敬意，而且发现她就像演员金格尔·罗杰斯（Ginger Rogers）一样，仿佛穿着高跟鞋一边后撤一边跳舞，是在极为艰难的情况下走到了这一步。

尽管我两次错失与他们合作的机会，但SpaceX降低航天运输成本的目标，也就是解开戈尔迪之结，仍是我关心的重点，因此我密切关注着他们的进展。

2004年，作为约翰·克里（John Kerry）总统竞选活动的太空政策高级顾问，我和其他很多人都清楚，政府不应自行建造和运营航天飞机的替代品，但我们鼓励私营企业开发。假如克里当选总统，成立新一届政府后，我还能在NASA任职，我们可能会更早制订相

①海伦是古希腊神话中第三代众神之王宙斯跟勒达所生的女儿，是人间最漂亮的女人。长大后，她和特洛伊王子帕里斯私奔，引发了长达十年的特洛伊战争。

关政策。但这话不过是一记马后炮，因为成功还需要技术和资金。

NASA 转型预算案成败就看"猎鹰 1 号"最后一发

第一个冒险决定让 SpaceX 放手一搏的政府机构并非 NASA，而是国防高级研究计划局和空军。2003 年，他们二者投入了约 800 万美元的少量资金，用来展示"猎鹰 1 号"火箭反应敏捷、代价低廉的发射。"太空海盗"皮特·沃登(Pete Worden)和杰斯·斯波纳布(Jess Sponable) 带头支持他们，并在担任公职期间始终致力于激励私营部门发展发射业务。

SpaceX 抗议 NASA 未经竞争与吉斯勒航空航天公司签订协议，后来"商业轨道运输服务"项目被授予 SpaceX，政府在 2006 年拨付了第一笔重要款项。"商业轨道运输服务"项目旨在激励私营部门发展向国际空间站运送商业货物的能力，并拨给 SpaceX 2.78 亿美元，让他们扩大火箭规模，开发首个用于载货的"龙飞船"。"龙飞船"将使用仍在设计当中的"猎鹰 9 号"火箭发射，不过它的初代版本"猎鹰 1 号"前三次试飞均失败。2008 年 8 月，马斯克在第三次失败后公开承认，公司几乎已耗尽拨款，所剩资金仅够再尝试一次。

这次失败发生在我被奥巴马任命为 NASA 过渡团队负责人一个月后，所以当时我已向候选人表达了个人观点，即赞成使用私营部门的发射服务。当时 SpaceX 基本上被视为最有可能成功的私营公司，所以我的建议乍看起来并不太有先见之明。这就像我还没有出牌，就已经把自己的所有筹码亮在了桌上，所以很难稳操胜券。

在评估航天飞机的最佳替代项目时，商业轨道运输服务模式成了过渡团队早期思考的核心。即使 SpaceX 的下次试飞仍然失败，我们的方向也不会改变，但如果能够发射成功，就会有助于说服奥巴马的政策团队立即启动商业载人计划。候任总统奥巴马的几位高级顾问读过我们的过渡周报，从一开始就支持这一概念，也承认航天私有化的潜在益处。但"猎鹰 1 号"的成功发射肯定会为这一选项再增分量。

2008 年 12 月，NASA 宣布签订关于向空间站运送货物的巨额合同。SpaceX 获得 16 亿美元拨款，用于使用"龙飞船"执行 12 次飞行任务；轨道科学公司获得 19 亿美元拨款，用于发射 8 次飞行任务。SpaceX 签约，以更低的价格交付比竞争对手更多的产品，他们开启了一种新的模式。截至本书撰写之际，SpaceX 已成功往返地球，执行了 22 次货运任务，轨道科学公司也进行了 13 次发射。两者除了执行任务的次数不同以外，区别还有"龙飞船"能够运载货物往返太空，而轨道科学公司的"天鹅座"航天器不具备载货返回地面的能力。

"商业补给服务"项目首次签署合同时，我正在 NASA 总部的过渡团队办公室工作，但我没有参与这项决策。一般任期仅剩最后 30 天的"跛脚鸭政府"①，通常不会签订数额如此巨大的合同，但我和团队成员对当局的这一选择感到兴奋，也觉得没什么好大惊小怪的。马斯克也经常提到，尽早争取 NASA 的信任和资金十分重要。然而，要想在 NASA 交接的困难时期赢得信任谈何容易，但这是他必须跨越这一障碍。

2009 年 7 月，"猎鹰 1 号"的第 5 次（也是最后一次）发射引人瞩目。这次发射在参议院召开确认提名听证会后一周进行，发射次日参议院要对我们的提名进行投票。因此，我再次屏住呼吸，希

---

① 即任期即将结束，已失去影响力的政府。

望一切顺利，否则就会给那些反对政府将火箭交给私营部门的人们带来可乘之机。这次发射获得了成功，两天后，当我走进 NASA 总部宣誓就职时，我感觉自己步履轻盈，如沐春风。

2010 年 6 月，SpaceX 的"猎鹰 9 号"为最终发射"龙飞船"进行首次试飞，这对我们的商业载人计划至关重要。筹码已经亮在桌上，是我的，也是奥巴马总统的。我们全力以赴。这个节骨眼儿上一旦出现闪失，只会招致人们对当局计划的更多批评。

万幸，这次飞行一切顺利，当年晚些时候也成功将"龙飞船"送入轨道。飞船上携带了一块巨大的圆形奶酪，向喜剧团体"巨蟒组"致敬，至于个中原委嘛，就是马斯克的决定了。

鉴于当年早些时候 NASA 转型预算案的公开政治辩论还如火如荼，上述事件也许并没有那么重要。发射成功没有终结这场辩论，但发射失败很可能会让辩论就此告终。

"龙飞船"成功对接，商业航天的价值终于被承认

在航天飞机退役前一年，"猎鹰 9 号"和"龙飞船"演示任务成功完成，大家更认定 SpaceX 是美国国内执行载人发射任务的最佳选择，我们也感觉看到了希望。2012 年 5 月，时隔航天飞机最后一次执行任务一年，"龙飞船"成为第一艘与空间站对接的商业飞船。

在 NASA 任职期间，我最乐于履行的职责之一是与其他国际航天机构合作。"龙飞船"首次对接期间，我正在东京。日本宇航局对自己取得的航天成就引以为傲，他们是 NASA 最可靠的合作伙伴之一。我原计划在一年前出访日本，但 2011 年的海啸和随之而来的混乱导致行程推迟。当"龙飞船"的对接时间与我近期重新安排

的日本之行发生冲突时，我知道应该优先考虑后者，因为要对双方的伙伴关系示以尊重，但还是为自己只能在远处观看这一重大事件感到失望。

飞船发射当天恰逢我生日，这让我有了两个充分理由与日本同事一起庆祝。我在国内的团队获得了"龙飞船"对接的实况，于是我们可以通过固定电话收听操作现场的活动。在日本这个"日出之地"，庆祝活动一直持续到次日一早。离开这个国家前，我买了一个精美的龙雕塑，因为我的绰号是"母龙"①。虽然送我这个绰号的人并非出于恭维，但我还是为此感到自豪。

为"龙飞船"成功对接感到赞佩的不只我一人。飞船出行次日，SpaceX 的资产估值翻了一番，达到 24 亿美元。截至笔者撰稿之际，它的估值已逾 1 000 亿美元。

10 多年前，SpaceX 还名不见经传，如今它已成为 NASA 第六大承包商，雇员近万人。除了 NASA 外，空军以及其他军事和情报部门也都是他家的日常用户。

在五角大楼参加会议时，我多次因为将 NASA 资源投入这家新创公司而受到讥讽和质疑。这一点尤其值得一提。早些年，业界和政府高官甚至以嘲弄马斯克及其公司为乐。当局那些本应为纳税人服务的官员只相信他们自己在联合发射联盟公司的朋友，认为其他任何人都不可能成功。在我看来，这种做法极不负责，因为联合发射联盟收取的费用过高，削弱了美国政府和航空航天业的竞争力。

尽管马斯克更年轻，更富有，俨然是一个硅谷的颠覆者，也不尊重传统行业，但这些都无法让行业和政府高官对他另眼相看。现在有些人对他的轻蔑和批评是刻意为之，出于私人恩怨，但真正了

---

① 英文为 Dragon Lady，意思是悍妇、女魔头。

解情况的人清楚，这种愤懑由来已久。试图打倒巨人歌利亚[①]的公司都铩羽而归，而 SpaceX 正逐渐走向成功，因此他们搭建的纸牌屋用不了多久就会轰然倒塌。

当局那些最初不愿支持 SpaceX 的人们出尔反尔，自诩早就采纳了马斯克的概念。但他们可能忘了，NASA 和空军从未将合同授予 SpaceX，直至遭到法律质疑并败诉。即便 SpaceX 成功执行 NASA 的飞行任务，空军仍继续将他们独家供方合同交给了联合发射联盟。2014 年，SpaceX 抗议空军向联合发射联盟提供 110 亿美元的独家供方大宗采购合同，空军因此接受调解，被迫引入竞争。即使到了这一步，空军还是拖延了数年。

"商业轨道运输服务"项目的情况类似，也是在 SpaceX 提出抗议后，NASA 才被勒令启动竞争，但对 SpaceX 提出的用 3 亿美元开发运输系统将宇航员送往空间站的报价置之不理，甚至宁肯向俄罗斯支付双倍的价格。到现在，NASA 仍坚持动用数百亿美元税款，与私人资助的可重复使用重型火箭开展直接竞争。这实在不是什么值得炫耀的资本。

时间流逝，在 NASA 内部，那些一度坚决反对与 SpaceX 等私企合作的人员也不得不承认，它有能力在竞争中获胜，毕竟它实现了"商用轨道运输服务"的目标，他们在项目中取得的进展给 NASA 留下了深刻印象，因此得以将两次演示飞行任务合而为一。他们成功的秘诀就是提供了最有价值的服务。他们所获资金要远少于竞争对手，但每一次都大获全胜，他们用事实证明，完全有可能实现"速度更快、质量更高、代价更低"。

2010 年 12 月，"龙飞船"即将首次投入运行时，发生了一个小

---

① 《圣经》中最著名的巨人，所有人看到他都要退避三舍，不敢应战。

插曲。在发射前一天，最后一次发射台检查显示，"猎鹰9号"火箭的发动机罩上有两个微小的裂缝。NASA的所有人都认为，发射会被推迟到数周以后，因为一般要更换整个发动机，在航天飞机的年代，这个过程要花一个月。SpaceX进行了测算，评估了利润率，决定剪掉裂缝喷嘴的末端，次日发射。由于"商业轨道运输服务"项目的资金来自双方签订的合作协议，而非合同规定，所以除了接受公司的决定，从旁观望之外，NASA别无选择。

马斯克并不是第一个认识到可重复使用火箭的价值的人，但是他最先实现它经济价值的人。对过去的运输工具来说，"可重复使用"根本不是一个公认的术语，因为在制造手推车、汽车、轮船或飞机时，就没人把它们当作一次性用品。即便如此，2012年SpaceX对火箭垂直着陆进行测试时，航空航天行业的一些大佬们仍然不屑一顾。很多人觉得，想让从太空返回的助推器降落到海中的驳船上，真是愚不可及。看到那些着陆失误和硬着陆的视频，以往人们会在背后大加揶揄，但如今再没有人嘲笑他们。

早在30年前的航天飞机计划中，政府就开始通过提高复用率来降低航天运输成本。航天飞机的多个部件，包括发动机，都是为了可重复使用而设计的，但实际操作中翻修几乎和新建一样代价高昂且耗时费力。问题照样出在激励措施不当。如果政府出资让某家公司制造发动机，公司希望雇佣和过去数量相同的员工，那么测试和翻新的成本自然会上升。在这一体系中，没有人质疑已有情况是否可以改变，因为这家公司只要继续重复同样的操作，就能不断向政府提高价码，这事再简单不过。

上述做法一直持续到今天。NASA以每台1.5亿美元的价格，雇用洛克达因公司"翻新"始建于航天飞机时代、如今被搁置在仓库里的发动机，而在此之前，NASA 已经结清了发动机的制造费用。由于太空发射系统需要四个发动机，因此每次发射，纳税人都要多花 6 亿美元，用于购买此前已经买过单的发动机。相比之下，SpaceX 每发射一次"猎鹰"重型火箭，开价仅为 9 000 万美元，其中包括可重复使用的发动机。

我们应当认识到，上市公司要对股东负责，而股东往往看重数据飞升的季度报告以及不断上涨的股价和股息。因此，航空航天公司的领导层会努力实现短期股东利益的最大化，包括利用政府的激励措施、法律漏洞和灰色地带。政府有责任通过国会和行政部门制定并执行相关政策，对改革创新和提高效率进行奖励。打造一个具有竞争力的行业才是符合国家的最大利益，沿袭旧的政策，奖励能力落后者，忽视他们的道德或商业违规行为，只会有损于经济发展和国家安全。

我与马斯克

作为一名政府雇员，我的职责是提高美国的航空航天能力，为纳税人带来更大利益。我没有责任和义务维护马斯克和 SpaceX，也从未偏袒过他们。对于任何勇于创新，可以增强国家实力的私营企业，我都表示支持。在我任职期间，有人谣传我们之间存在不正当联系，这纯属子虚乌有。人们更应该担忧为何其他政府领导人这样百般挑剔。一个为纳税人节省了数十亿资金，让美国跻身全球发射市场强者之列的人和公司，为什么要被众人诋毁？在航天界，总有人喜欢对马斯克和贝佐斯离婚的事情说三道四，却忘了业内有多少他们的宇航员和总裁朋友们抛下了原配。

虽然我从未在这种人手下工作过，但对航天界内外都屡见不鲜的双重标准，我仍然充满戒备。

讲述我的经历必然会谈及马斯克，因为没有他和 SpaceX，我就无法在 NASA 实现重大转变。我们曾为同样的目标奋斗，也招来了一些同样的敌人。2012 年，《时尚先生》（*Esquire*）杂志上刊登了一篇关于马斯克的文章，题为《意志的胜利》（*Triumph of His Will*）。作者汤姆·朱诺德（Tom Junod）写道，"他与洛丽加弗保持着某种关系，这种关系被一位与 NASA 过从甚密的官员称作'共生'（symbiotic）。"的确，我们的成功离不开对方。

当 NASA 准备引入竞争时，我相信不止一家公司能够提供宇航员运载服务。同样，马斯克也可能相信政府高官会认识到私营公司的优势。这两种情况肯定会实现，只是当时并非如此，无论哪一方的拖延都可能导致政府采取截然不同的对策。

就像我认识的大多数天才一样，马斯克从不含糊其词或浪费口舌。他会提出问题，并认真听取你的回答，然后再做出反应，除非他认为你是个笨蛋，或者直到他发现你愚不可及。他思维敏捷，不喜闲谈，至少不会跟我闲谈。我上次单独和马斯克进餐还是 2012 年在酒吧的一次小酌。当时我们对对方已有所了解，他和他的助理肖特维尔有一个专门处理政府事务的团队，我和这个团队之间的合作十分密切。当 SpaceX 的工作人员问我，马斯克即将乘飞机返回加利福尼亚州，我是否愿意在下班后与他会面时，我欣然应允。

我们同样重任在肩，面临各种挑战，因此能借机放松下来，释放一下压力，顿感格外惬意。我俩就着塔帕斯①和一壶玛格丽特酒，聊了几个小时。我不确定我们各自平日是否会这样痛饮。现在回想

---

① 塔帕斯是在酒吧中和饮料一起供应的西班牙风味小吃。

起来，那天竟然没有人认出他来，也没有人打断我们谈话，着实令人意外。如果这事放在今天，情况肯定大不相同。后来，我终于看了看手机，发现他的部下一直在联系我，提醒他私人飞机已加好油，正等着他离开。

在我撰写本书之时，我已经数年不曾与马斯克交谈。我们最近一次直接交流还是在推特上的产生口角。有人拙劣地援引了我谈到卫星发射商业案例重要性的一段话，他误解了。他回应说，他要想轻轻松松地赚大钱，不如去搞互联网。我本意是想强调向私营部门开放市场的优势，而不是影射他干这一行只是为了赚钱。我原以为，为了推动相关政策的出台，助力 SpaceX 取得成功，我甘愿承受众怒，仅凭这一点，他也不应质疑我的动机。但马斯克有成千上万粉丝对我发难，导致他不得不在原推文下出言告诫。我一直认为，我们在面对面交谈时是开诚布公、直白坦率的。这一点从他与我和我长子的一次讨论中可窥一斑，而关于他们俩，也是我最喜欢讲述的故事之一。

那是 2014 年 6 月，韦斯利大学毕业，刚回到华盛顿，适逢 SpaceX 在新闻博物馆举办活动，为第二代"龙飞船"，即后来的"载人龙飞船"揭幕，我邀请韦斯 [①] 作为嘉宾。离开 NASA 后，我再也没有见过马斯克。当他问起我在航天飞行员协会的新工作时，我半开玩笑地告诉他，希望有一天我能让他手下的飞行员也加入该协会。他大笑起来，说"龙飞船"上可用不着飞行员，然后转向韦斯，问他大学读的什么专业。

韦斯回答他拿到了音乐创作学位，马斯克立即接口说这个领域很快也会被自动化技术彻底取代。我认为面对一个年轻的大学毕

---

① 韦斯利的昵称。

业生，这话说得有些过分，但韦斯似乎并不介意，毫不犹豫地对这位令人敬畏的偶像进行反驳。

马斯克也针锋相对地表示，对作曲家来说，即使是他们为人熟知的创作天赋和缺陷，也可以被编入软件。在接受马斯克的观点时，韦斯提出，作为听众，许多音乐作品所唤起的意义和感受与我们对作曲家的了解息息相关。接着，他反问马斯克，如果我们事先不知道某首歌曲出自鲍勃·迪伦（Bob Dylan）之手，那它听起来是否还会一样。马斯克沉吟片刻，点头表示同意，并说道："这个嘛，我想你说的对。"

我很喜欢韦斯的这个故事，因为面对出类拔萃者的质疑，他敢于发表如此有见地的看法，我为他的自信和能力感到骄傲。我也很喜欢马斯克的这个故事。众所周知，马斯克不仅十分自负，而且毫不在意自己是否会伤害他人的感情。他之前并不认识我的儿子，只知道韦斯一周前刚拿到学位，于是就直言不讳地表示韦斯所选的专业没有前途。但是对于这个 21 岁青年的观点，他能够认真聆听和思索，并且改变了态度。作为这场对话的旁观者，我同时为他们两人感到自豪。

颠覆：自"阿波罗计划"以来最大型火箭的首航

除了为空间站开发运输系统外，SpaceX 从 2011 年开始自行投资，研制一种体形更大、部分零件可重复使用的火箭，即"重型猎鹰"。即使是在"猎鹰 9 号"发射成功之后，马斯克的批评者们也曾断言，他永远不可能造出能够发射更大有效载荷的东西。

2011 年 4 月，马斯克宣布将建造"重型猎鹰"运载火箭，此时我正好在 NASA 位于亨茨维尔的马歇尔航天飞行中心。当时，NASA 对如何设计重型火箭助推器争执不下，亨茨维尔的火箭男们更是对这个消息十分不悦。于是，马歇尔航天飞行中心的领导向我提出了一个自认为合乎情理的要求，他要我告诉马斯克继续制造小型火箭，大型火箭归他们管。我很乐意亲自与他们见面，然后好好地跟他们说，他们所提的要求十分荒谬。

他们是一群火箭科学家，而非政治学者，所以这对我来说也算是个新的领域。我向他们解释，美国政府与工业界之间不存在竞争关系，双方不是各自为战。我提议不妨把这种关系看作自行车赛中的一个主车群，我们的职责是在前面引路，好让商业团队在后面选拔队员。如果车队中有一家公司加速超过我们，我们不应该抄起打气筒插进他们的辐条，而是要挥手让他们过去，然后朝另一座山头进发。我认为这是一个绝妙的比喻，只是不确定自行车赛在南方是否有那么大规模。

马斯克对外界坦承，"重型猎鹰"的技术难度超出了公司的最初预测。他们虽然耗费了更长时间和更多资金，但花的不是税款，所以我们没有理由对他指手画脚。首次发射最终定于 2018 年 2 月进行。当时我已离开了 NASA，但 SpaceX 还是向我发出邀请，于是我来到佛罗里达州，准备亲自看看发射盛况。他们从 NASA 那里租了一个常用的贵宾观测场，从那里可以清晰地看到"重型猎鹰"巍然矗立在发射台上，那是水星、双子座、阿波罗和航天飞机等航天计划执行任务时用过的发射台。在我担任副局长时，他们还只能通过竞标租用这个发射台。

这枚火箭与"猎鹰 9 号"相似，但在侧面加装了助推器，这两个助推器可以利用自身动力返回发射场，以供再次使用。SpaceX 会定期让单个助推器在海上停泊的无人船上着陆，但返回卡纳维拉尔角的助推器准备发射时天公不作美，当地风力突然增强。狂风使发射推迟了几个小时，观景台上人头攒动，紧张地等待着。

此前一年，我曾在 NASA 的假日聚会上与 SpaceX 的一位资深前同事交谈，他告诉我说，他们曾提出在"重型猎鹰"首次飞行时，以较大折扣为政府发射有效载荷，但是遭到拒绝，原因是使用未经测试的火箭存在风险。NASA 对类似试飞也有特定的有效载荷，如研究型有效载荷，但不知何故却拒绝了 SpaceX。马斯克宣布，他准备将自己的特斯拉跑车发射到太空，但他没有提到之前曾向政府做过的提议。有批评者称，他选择的这个有效载荷完全是多此一举。

回到肯尼迪航天中心，看一场与 NASA 无关的，由 SpaceX 主持的发射活动，无疑是一次引人入胜的经历，我很高兴在等待天气好转的同时，有多余的时间可支配。在场的大多数贵宾后来都成了"太空海盗"，他们认为此次发射的成败将会决定航天业未来的去向。当我们商量着准备改变计划，次日再来观看下一次发射时，风力突然减弱，倒计时重新开始。出乎意料，于是我们纷纷走到栏杆前，为能够目睹这枚自"阿波罗计划"以来最大型火箭的首航兴奋不已。

3、2、1……"重型猎鹰"的 27 个发动机同时启动，霎时照彻了天空，仿佛第二个太阳缓缓升起，观众鼎沸。与从远处观看发射实况一样，你会先看到火箭腾空，几秒钟后才会听到或感到振动，因为光比声音的传播速度更快。这里是进行观测的最佳位置，我曾在此处多次见证航天飞机的发射盛况，每一次都感到心潮澎湃。但这一次声音更大，在我胸口激起了更强烈的回响。看过"土星 5 号"和航天飞机发射的人们都说，"重型猎鹰"产生的声响更接近前者。

我站在观景台上，为这次发射欢欣鼓舞、热泪盈眶，听到两次截然不同的音爆，说明火箭的助推器已经完成了任务，正以亚音速朝我们的方向返回，准备降落在巴纳纳河对岸的着陆场。两个助推器最初像是飞来的导弹，接着在旋转的同时减速，开始按照事先的安排降落，直至尾翼缓缓触地，并排着陆后关闭发动机。这一切简直就像奥运会上两名跳水运动员一起笔直跃入水中，没有溅起一丝水花。表现可谓完美无缺。

观众们的注意力很快转移到了大屏幕上，只见火箭在太空中缓缓地打开鼻锥，露出其中的有效载荷，一个身着太空服的人体模型正"驾驶"着马斯克樱桃红的特斯拉跑车。汽车上安装了3个摄像头，可以从不同角度展示这个有史以来最具创意和最梦幻离奇的航天器。

在大屏幕上，这辆特斯拉驶过地球前往火星，汽车收音机里开始播放马斯克预设的歌单，第一首就是大卫鲍伊的《星外来客》（Starman），众人啧啧称奇。接着，望远镜观测到红色跑车掠过火星轨道，向小行星带驶去。翌日，我在《国会山报》（The Hill）发表了一篇专栏文章，将这次活动称为"跨界营销的天才之举"。虽然有人认为此语意在批评，但我确实是真诚的。

NASA 动辄几百亿的大火箭，
不如无须纳税人出资的"重型猎鹰"

我发表这篇文章是想呼吁 NASA（我当时已经离任）结束让纳税人背负沉重代价自行建造大型火箭的固执做法，因为"重型猎鹰"已经证明了私营企业的实力。我最近看到过 NASA 在一次会议上分发的有关太空发射系统的宣传册，他们宣称能够向近地轨道发射

12.5 头大象。在这本色彩斑斓的宣传册上，只见一头头大象首尾相接，整齐地排列在火箭的货舱中。这种宣传方式简直让人抓狂。我做了粗略的计算，得出的结论是"重型猎鹰"能够发射 9.7 头大象，并借此说明 NASA 的方案有多荒谬。

我在专栏文章中指出，与一枚已经完工且无须纳税人出资的火箭相比，我们动用数百亿美元公款去制造火箭，就算真的能够制造出来，待其竣工之日，也只是比前者多发射 2.8 头大象，所以这纯粹是一种浪费。即使不考虑 NASA 为制造火箭付出的 150 亿美元（如今已达到 200 亿美元）沉淀成本，按照与太空发射系统同等的价格，每一次飞行的相对成本也足以让"重型猎鹰"火箭再发射 84 头大象。这个数字着实令人叹为观止！

火箭的大小通常是由其有效载荷的要求所决定，即设计这枚火箭是为了发射什么。"重型猎鹰"的尺寸适合发射体型极大且造价昂贵的军事卫星。而它已经以 1.5 亿美元左右的单价进行了多次发射。NASA 用纳税人的钱搞推销，向公众宣传太空发射系统能够将一群大象送上太空，反而暴露了问题的根本。他们就是想建造一枚大型火箭，根本不需任何理由。相比之下，马斯克发射特斯拉跑车的举动显然更合乎情理。

SpaceX 通过降低价格和提高可靠性，彻底打乱了全球发射市场，一跃成为政府内外最受欢迎的火箭发射供应商。它成为这个行业的颠覆者，单枪匹马就让美国在当今太空竞赛中重获领先地位。20 年前，美国发射的商业卫星几乎为零，但 2020 年，美国发射绕轨道飞行的火箭超过了其他所有国家。SpaceX 进行了 25 次发射，联合发射联盟只有 6 次，再加上新创公司的 9 次发射，美国共进行了 40 次发射。

SpaceX 不仅彻底扭转了美国在火箭发射方面的战略和经济地位，还制造了许多有效载荷。

2015 年，SpaceX 宣布，他们正在开发自己的卫星互联网系统——星链（Starlink）。其发展速度之快即便对他们自己来说也迅猛如闪电，目前已经有 2000 多颗卫星在轨道上运行，还有数千颗即将发射。这个系统也是 SpaceX 的典型产物，既颇具颠覆性，又备受争议。

马斯克对航天发展的设想与其他许多"太空海盗"相似，就是想让人类成为一个能够在多个星球定居的物种。他为人类选择的第一个地外家园是火星，并且已经开始研发名为"星舰"（Starship）的火星登陆系统。马斯克希望"星舰"能够一次运送 100 人前往火星，目标是在 2050 年使火星人口达到 100 万。你没看错，他已在得克萨斯州东部建立了一座名为"星际基地"（Starbase）的工厂，并在这座快速发展的工厂内对可重复使用火箭进行各阶段测试。

早在十多年前，我们就制定了相关政策和计划，想让私营部门能够跟上脚步并觅得机会存活下来。这些工作虽然对最终的成功必不可少，但却远远不够。而 SpaceX 所取得的成就正是推动变革的力量。

在此之前，对于如何才能实现变革，人们有过种种设想，但将其付诸实践的仍是 SpaceX。鉴于这只不过是马斯克颠覆的众多行业之一，我着实感到不可思议。

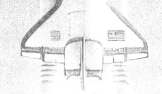

ESCAPING GRAVITY

奔赴星辰大海，
虽千万人吾往矣

第三部分

第九章
坚冰融化

　　人们一般认为，火箭学要比政治学难得多，但事实往往相反。将物体发射到太空，需要经过精准的设计、制造和操作，比行政系统要复杂得多，但地球上的重力是恒定不变的。虽然想要摆脱地心引力极为困难，尤其是还要举起十分沉重的物体时，但一群头脑聪明、训练有素且遵守物理定律的人们只要共同努力，就能脱离地心引力。但是，要想让人遵循政治规律并且团结协作，显然更为不易，所以载人航天计划才会始终在原地打转。

　　1970 年，尼克松总统下令降低航天运输成本，要求对 NASA 手中"大量集中"的能源进行重新安排，确定先后次序，以支持开发"成本较低、性能灵活、使用寿命长、高度可靠的可操作航天系统，而且要具有较高程度的通用性和可重复使用性"。我们不妨设想，NASA 已经实现了在登月竞赛中击败苏联的目标，假如他们能够一如既往，接受并完成这项任务，那现在他们将会取得多大成就？

　　可是 NASA 的领导层在设计航天器时，仅凭自己的意愿，优先考虑内部利益和狭隘的选区，不愿接受国家确立的政治任务。在我看来，我们一直舍本逐末，所以无法解决问题。那些需要投入大量税款的项目必须以既定重要目标为指导，不能本末倒置。

能促使 NASA 达成统一的愿景，我深感自豪

天文学家奈尔·德葛拉司·泰森将航天界痴迷于重复建设类似项目的做法称为"阿波罗恋尸癖"。尼尔发现，纵观历史，最重大的公共开支项目至少与以下三种动机之一有关：恐惧、贪婪或荣耀。以"阿波罗计划"为例，美国唯恐苏联成功开展太空探索，增强实力，而美国以投资新技术获利，对努力实现目标引以为荣。为了佐证自己的观点，尼尔还援引了历史上的其他事例，比如修建金字塔，以及伊莎贝拉女王资助航海家造船，开辟新的贸易路线，都是用来展示国家实力。

我赞同尼尔的理论。和 NASA 的许多支持者一样，我相信载人航天项目如果善加利用，同样能够有所贡献，可以实现重大目标。但 NASA 过于关注制造马车，而不考虑马的因素。你又是叫喊抽打，又是生拉硬拽，但如果马儿不想动，或者造出的马车太重抑或轮子是方的，你就走不了多远。

近来，人们颇喜欢把"目标长期不变"（Constancy of purpose）一词挂在嘴边，以防现有项目被新一届政府取消。不久前，我在对 NASA 项目负责人的演讲中谈到了这个话题，因为他们担心政治因素会引起政策变化。我建议他们从另一个角度看待这个问题。这些人都是工程师，我提醒他们，只要 NASA 是一个靠税款运营的公共机构，那它的民主制度就是"常数"，而 NASA 的各类项目是"变量"，

反之才是不成立的。这就好比一个孩子把生活费都花在买糖上，结果却将手头拮据和蛀牙归咎于父母。除非 NASA 完全摆脱政府束缚，否则获得资金的最好办法就是按照既定的国家目标，制订切实可行的计划，然后长期不变、一以贯之地将这一承诺付诸实践。这何尝不是每个父母的梦想。

NASA 的目标的确长期不变，因为它源于《国家航空航天法》，所以有争议的不应是我们的目标，而是如何尽力实现这个目标。

在过去 60 年中，人们普遍认为载人航天的目标是通过竞争或合作鼓舞民众、促进国家经济发展以及在某种方面获得全球领先地位。但这些不过是恐惧、贪婪和荣耀的变体。美国的载人航天探索之所以进展有限，部分原因在于"阿波罗计划"之后，我们未能制订实现上述目标的最佳方案。你可以说天空是紫色的，但天空并不会真的变成紫色。同样，你也可以说你所做的一切能够鼓舞人心、促进经济发展和获得全球领先地位，但这些并不会真的变成事实。就像大部分孩子一样，NASA 对"父母"的控制超乎人们的想象。

如果我们希望通过使用民众的财富来"鼓舞"民众，那么我们需要考虑，我们所做的一切是否真的令人振奋，真的能够证明这些支出合乎情理。既然说相关项目能够促进就业并刺激经济，却还是依赖缺乏创新、难以驱动技术进步、不利用新兴市场的政府合同，这真的会带来最佳的经济价值吗？如果我们事先确定自己的目标和做法，然后再让其他国家加入其中，或者捏造一个新的敌人，再来一场类似的竞赛，我们是否能够最大限度地提高全球领先地位？

在加入候任总统奥巴马的过渡团队后，我与科技政策办公室的过渡团队在白宫为新一届政府临时设立的地点共同办公。这个大厅里还有国家科学基金会、国家海洋和大气管理局、国立卫生研究院等部门的负责人。NASA 当时隶属一个名为 STARS 的团队，STARS 即科学（Science）、技术（Technology）和艺术（Arts），这个团队后来由联邦通信委员会主席的汤姆·惠勒（Tom Wheeler）领导。

那些最终在政府科技部门担任高级职位的团队成员有着一个共同的目标：提高经济和社会效益。起初，并非所有人都为 NASA 和载人航天感到振奋，因为他们不清楚载人航天如何造福民众。但我相信，NASA 只要对相关项目进行重组，就有可能带来更大的经济和社会效益。我也清楚，我们必须在极短的时间内完成这一任务。

地球科学和航空项目最符合上述目标，因此在 2009 年的经济刺激预算申请中被优先考虑。增加的资金不是用来制造更多一模一样的马车，而是用来推动创新和技术进步，即提高激励马儿前行的价值。要想提高价值，最明显的办法就是降低制造马车的成本和时间，使更多马儿有机会顺利拉车前进。在奥巴马任职期间，我为 NASA 规划的政策和项目主要目的就是这个。要想维持和扩大航天活动，最好的办法就是让它摆脱过于高昂的基础设施和运输开支。

然而，NASA 和工业界的传统派指责当局为变革而变革。事实上，为了更好兑现 NASA 成立之初所做的承诺，变革必不可少。作为副职，在如何确保相关项目更有价值和更可持续的问题上，要想推动高层达成共识，不亚于一项挑战。如果 NASA 的领导层不支持当局的构想，我们将无法取得进展。NASA 前局长奥基夫曾写过一句话，用来概括 NASA 的愿景，这句话至今仍出现在 NASA 的文件当中："在此地改善人类生活，向他处扩展生存空间，到更远寻找地外生命。"我们有些人将其称为"苏斯博士之梦"①。

---

① 苏斯博士是美国著名儿童文学家，所创作的绘本朗朗上口、易记易诵，人称"苏斯风格"。

上任之初，查尔斯应我的要求，同意在异地举行一次季度高层会议，让领导团队能够集中精力，创建一份新的愿景声明，更好地阐明我们的目标。西蒙·斯涅克（Simon Sinek）是这方面的全球知名专家，经常协助各大机构组织达成一致构想。他接受我的邀请，特意在日程安排中为我们腾出了几个小时。西蒙首先要求我们就NASA"最美好的一天"写下自己的观点。我原以为会是登月的那一天，结果发现大家的回答都与营救"阿波罗 13 号"有关。这结果有些出乎意料，但最终也让领导团队一致认为，迎接新的挑战、探寻未知事物的精神存在于 NASA 的本质之中。

数小时后，领导团队就愿景声明形成了初步意见，即"走向新高度，揭示未知之谜"。这一表述很好，但西蒙要我们进行深入思考：你们为什么要这么做？这是一场重要的对话，我记得几名"杯控男"对这个概念十分纠结。

"'为什么'是什么意思？我们这么做当然是为了登上月球或者火星。"

"但为什么呢？你们探索的目的何在，继续下去的结果如何？你们的主顾是谁，你们的做法又如何使他们受益？"西蒙问。

随后的讨论让我们又加上了半句话，即"使我们所做和所知的一切造福全人类"。这则声明是领导团队集体努力的结果，我也会将其视作一次有益的活动铭记于心。

根据员工谈判协议，管理层进行决策时允许一名工会代表出席，我已经开始邀请员工选出的工会领导参加领导层季度会议。虽然查尔斯和几名高管不赞成这种做法，但由于他最初的失误，白宫高层坚持某些领域由我牵头，此类会议便是其中之一。NASA 最大规模工会的主席参加了这次会议，但不是这场讨论的主角。

我们发表的愿景声明经受住了时间考验。十二年后，历经三届政府和六项战略计划，NASA 的声明历久弥新，且更加高效："为人类的福祉开展探索和拓展知识"。语言的力量不容小觑。迄今我仍为自己能够促使 NASA 就"为什么"这个问题达成共识，并发表如此重要的声明而感到自豪。

只是为商业载人项目争取预算，就与国会斗了 5 年

"杯控男"科茨是局长的好友，也参加了这次季度会，直至散会他仍坚持己见。退休后，科茨在一次接受采访时对这则声明大发牢骚："奥巴马政府上台后，对航天根本没有兴趣，那怎样才能让航天计划有利于他连任呢？怎样才能有利于民主党？怎样才能有利于工会？工会代表从此开始出席 NASA 的所有管理会议。他们很敢说话。读一下 NASA 的任务说明，你就知道这出自工会代表之手，对我来说毫无意义。你们看看，这说的也可以是麦当劳的炸薯条，与航天没有任何关系，里面根本就没有这个字眼。这的的确确是工会代表写的，可洛丽坚持要采用。"

"走向新高度和揭示未知之谜，使我们所做和所知的一切造福全人类"，说这句话是为了推销麦当劳的炸薯条，简直荒谬至极！科茨抱怨 NASA 的任务说明"由工会执笔"，不仅不是事实，而且能看出工会的参与让他感到有多不安。他对员工的关心不过如此。在科茨担任约翰逊航天中心主任期间，我曾多次造访并召集全体会议，而每次台上都只有我们两人。我们之间的对话并不容易，但直到我看到他在约翰逊航天中心公开接受"口述历史"采访时，我才明白他有多不满。

科茨还多次大发议论，揭短爆料。有一次，他告诉记者："让政治人物担任副局长并不罕见……但她想要参与技术决策，还有管理决策。别忘了，洛丽没有任何行政或管理经验，一丝一毫也没有。她也不具备任何技术背景。她很为自己不是专业人员而骄傲，如今却当上了 NASA 的副局长。她恨不得立马解决所有问题，但其实没有那么多问题，至少在载人航天方面是这样。因为她缺乏管理或行政经验，她真的帮不上什么忙，她甚至连问题都问不对。"

我正在推进的改革与科茨等"杯控男"的世界观相互抵牾。他似乎无法想象我这样的人会为载人航天项目带来何种益处，也不认为 NASA 项目本身存在什么问题。对于他们来说，我始终与这里格格不入。科茨等人为 NASA 的遗留项目投入了大量精力和财力，但他们所处的体制不仅导致两架航天飞机失事，也未能产生一个切实可行的后续方案。正是这群人让载人航天陷入目前的困境，所以无怪乎他们的解决办法是把坑越挖越深。

20 世纪 90 年代提出的航天飞机替代方案，要求在 2010 年航天飞机退役前打造出可重复使用的航天运输系统并投入使用。20 世纪 90 年代末的 X-33 项目在 2001 年发展成为"太空发射计划"，随后产生了 2003 年的"轨道航天飞机计划"和 2005 年的星座计划。除 X-33 外，所有航天器均由 NASA 拥有和运营。

截至 2008 年，要使载人航天计划走上稳定发展的可持续道路，重大变革势在必行。我们在载人航天实际运作方面与所设想的目标之间已经产生了不可避免的差距，我相信缩小差距的最好办法是创建一个具有竞争力的合作伙伴项目。2009 年年初，我们根据《经济刺激法案》为 COTS-D，即商业轨道运输服务项目中的载人航天计划申请资金，这无疑是一个冒险之举，但我认为"龙飞船"正大幅加速研发，有望达到运载宇航员的标准，值得一试。这一举动确实存在争议，毕竟之前就有人对我怀恨在心，但现在这至少让我们把一只脚伸进了大门，今后便能伺机将其撬开。我们没有得到申请的全部资金，但负责这个项目的小组充分利用了获批的 9 000 万美元。

我们只是建立了一个小型项目办公室，与私营部门的合作伙伴签订了商业协议，但就这都遭到了 NASA 官僚阶层中传统派的反对，就更不用说国会了。在他们看来，我们是利用"技术性细节"获得了资金，而他们不愿开此先例，让私营部门运送宇航员。虽然他们控制着大部分筹码，但我们这种操作仍是对星座计划数百亿美元合同构成了威胁。

在随后两份年度预算中，NASA 的官僚阶层并没有为商业载人项目申请资金。数月来尼尔森参议员和总统就局长的人选僵持不下，2010 年预算申请提交后，预算的事情由斯科利斯负责。在新领导到位前，我们唯一能做的就是提交一份载人航天探索的占位预算，并且说明待总统任命的审查委员会拿出报告后，我们将对其进行重新评估。

当查尔斯无视总统在下一个预算周期，即 2011 财年确立的优先事项时，我被迫做出了艰难的抉择。我推动 NASA 和总统行政办公室的一个小组利用《太空行动协议》，秘密制订商业载人航天计划并确定项目范围。局长既不知情，也不支持这项活动，但我向查尔斯坦承为什么我认为有必要制订该计划。NASA 提出的方案虽然得到了他的支持，却与当局的指导精神背道而驰，而我们的计划恰恰相反。

为了对总统的指示加以充实，小组成员各司其职。评估商业载人预算的是里奇·莱什纳（Rich Leshner），他是 NASA 的员工，被借调到科技政策办公室工作，多年来一直在总部为探索项目编制预算。

他的工作成果为总统提出的 60 亿美元 5 年发展计划提供了依据，计划至少可以资助两个竞标者进行研发。按资金计划投入状况推算，首飞将在 2016 年进行。如果国会批准，SpaceX 会更快达标，并在更短时间内填补原本需要向"联盟号"购买座席留下的空缺。

国会再次试图拒绝 NASA 开发商业载人计划，并在其 2011 财年的最终拨款提案中增加了不得"另起炉灶"的说法。拨款规定取代了授权规定，因此 NASA 局长、总法律顾问和其他领导表示认可，将其作为最终指示。他们仿佛在说："哦，好吧，反正我们试过了。"这让我想起了电影《圣诞故事》（A Christmas Story）中的场景：弗里克在课间休息时接受挑战，用舌头舔了一下冰冷的旗杆。铃声响起，课间休息结束，他的舌头仍粘在旗杆上，其他孩子纷纷返回教室。可怜的弗里克尖叫起来，但拉尔夫只是耸耸肩，回头说道："上课铃响了。"

在 NASA，人们大都认为"上课铃响了"，但也不是所有人都会袖手旁观。国会和 NASA 一开始就认为商业载人航天项目是"另起炉灶"，可这种看法似乎有些说不通，因此我和首席财务官打算听听其他人的意见。我们找到安德鲁·法尔肯（Andrew Falcon），一位极富创意的法律顾问，他认为"另起炉灶"的说法并不适合，因为 NASA 已经通过商业轨道运输服务的载人航天替代计划，为业界提供了运载宇航员的机会，而且商业载人项目的资金也已按照经济刺激预算案开始拨付。我们一旦在这场争论中败下阵来，就至少要再等一年。看来富于创意的律师也可能是一位"太空海盗"。

商业载人项目的主管是菲尔·麦卡利斯特（Phil McAlister），我对他的领导能力充满信心。他是一位默默无闻的"太空海盗"英雄，一直在力促商业载人航天项目成功。我的主要目标之一是确保他得到所需的人员和资源，以助他一臂之力。但这个项目的推进过程仿佛是一场大规模的"打地鼠"游戏。就在我们认为已经解决了某个问题时，其他地方又会冒出来另外三个问题。仅在最初几年，我们就在预算、安全、采购策略、人事和公平竞争承诺等方面多次与官僚主义展开斗争，着实令人精疲力竭。

不到 5% 的预算，也说"把载人航天交给了马斯克"

对于激励私营部门发展商业货运项目，NASA 内部出现了压倒性的负面反应。从某种程度上说，我并不惊讶。商业轨道运输服务项目因其开支较低、威胁较小而得益，但商业载人项目触及了 NASA 的文化核心——载人航天。在该项目提交预算申请的同时，因规模庞大而备受欢迎的星座计划被取消。虽然查尔斯和尼尔森等国会关键人物后来也表示支持，但起先他们却是商业载人项目最大的两个障碍。

前局长格里芬从一开始就明确表示，他无意扩展项目范围让私营企业运送宇航员。当政府问责局迫使 NASA 引入竞争时，他曾与行政管理预算局一起创建了商业货运项目，这一点功不可没，但他始终反对将该项目扩大到载人服务。他早就表示："即使他们真的成功了，也不足以让政府放弃这种能力。我觉得让美国政府身处困境，受制于商业承包商的服务，自身没有任何替代方案，是一种坏政策。我相信商业承包商们乐于见到这种情况，但我认为这种政策很糟。"

如果有人认为，更好的政策是让政府对落后的项目进行补贴，那才是荒谬至极。耗费纳税人数百亿美元和十多年的研发时间，扼杀竞争、阻碍经济发展、危害国家安全、创新和进步停滞，而且政府还别无选择……在我看来，这才不是什么"好政策"。

查尔斯曾多次公开承认，他最初并不支持商业载人的理念。他早年不愿为商业载人项目辩护或阐明价值，国会才指示 NASA 恢复"猎户座"项目，建造太空发射系统，商业载人项目才因此资金匮乏。查尔斯常说，他"后来克服了早期的担忧"。2013 年，业内媒体引用了他在我告别聚会上说过的一段话。报道称，查尔斯"最初并未把商业载人项目'当真'，但她改变了他们的态度。他还说，她'不屈不挠'，人们应当'好好夸一下洛丽'"。近来，查尔斯甚至不遗余力地自夸，他曾在早期强烈反对商业载人项目。

2021 年年底，查尔斯在接受电视台采访时表示，他最初对此"极其怀疑"。他说："因为行动不合拍，不喜欢商业航天的理念，我从总统亲自挑选的 NASA 局长，变成了可能是总统身边最不受欢迎受的人之一。"查尔斯现在似乎很为自己不支持总统确立的优先事项感到自豪。他还说过："我不像周围很多人那样夸夸其谈，他们认为我们要做的就是接受 NASA 的预算，接受载人航天的一切安排，然后把它交给埃隆·马斯克和 SpaceX。"

我和其他一些政府官员是希望资助私营部门进行创新，降低航天成本，却被称作"夸夸其谈"。他本意是在贬低，但我们的做法是以近几十年的政策为指导，与总统的观点完全吻合。为了在商业企业之间开展竞争，我们申请的资金不到 NASA 预算的 5%，但这还要被称作"把载人航天交给埃隆·马斯克和 SpaceX"。这话言过其实且极富煽动性，我们也明白了在研发过程中将要遭遇何种困难。正是因为我创建和扶持了一个查尔斯反对的项目，我们之间的关系出现了裂痕，但他让我别无选择，只能与我们本应效忠的当局对抗。

查尔斯并不擅长坚持己见。2016 年年底，他在接受采访时表示：

"如果不是我大力支持，商业载人项目在 NASA 永远不会被接受。"在他任职晚期，情况或许如此，但对我来说，这就像溺水者挣扎着游到浅水区，才被救生员一把抓住救生衣拉起，然后救生员把此人得救当作自己的功劳。查尔斯后来确实下了水，这一点值得称道，但他本打算任凭其没入水中，这种做法险些使载人航天项目就此终结。作为副职的我，在查尔斯早期的嘲讽和怀疑下去实施这些事项极为困难。他性格随和，受人拥戴，反而显得我对商业载人项目的支持是离经叛道。撇开他事后发表的声明不谈，假如前任局长格里分或查尔斯的观点占了上风，商业载人计划就不可能出台。

在 NASA 总部及各个航天中心，每一轮新的拨款都会引起诋毁者们新的批评，他们在想方设法拖延进度。有一群人被查尔斯称为"技术权威"，他最愿意听信这些人的意见。这群人的为首者布莱恩·奥康纳（Bryan O'Connor）是局里第三位宇航员和海军学校学员，1968 年与查尔斯和迈克一起从安纳波利斯毕业。布莱恩掌管的 NASA 安全与任务保障办公室规模庞大且颇具影响力，一向赞成使用传统合同。此外，首席工程师和首席医疗官也与布莱恩过从甚密，这个三人小组被查尔斯誉为自己的良知。

在这群"技术权威"中，没有人支持与私营企业合作开展载人航天活动，而且毫无妥协的余地。他们经常质疑这一决策，也对当局是否有权做此决定表示怀疑。他们希望政府能够始终控制和运行载人航天系统，并企图歪曲事实，声称我的不同观点纯粹出于政治动机，因此违反了规定。

NASA 航空航天安全顾问团是一个由外部人士组成的顾问委员会，也截然反对商业载人项目。载人航天项目所获资金是 NASA 预算的五倍，与载人航天项目相比，顾问团对商业载人项目的大量负面关注和评论过多了。正如 NASA 内部的"技术权威"一样，顾问团极尽诡辩之能事，反对公私合作，于是我也提出质疑，认为他们的观点本质上于安全不利。被逼无奈下，我提醒他们，政府控制和运行的系统并非绝对安全，因为"挑战者"号和"哥伦比亚"号都发生过事故。这场讨论十分艰难，我本来无须赘言，但实话实说让我变得更不受欢迎。

NASA 惯于为自身增加各级官僚机构和管理人员，仿佛平时在根据《联邦采购条例》进行采购一样，但这种做法引起了更多冲突。当我听说有数十人被分配到商业载人项目中时，一切为时已晚，我无法做出任何改变。此外，NASA 还派出部分职员，与商业合作伙伴共同办公，减缓了后者的进展速度。在限制编制和人事变动方面，我虽然取得了一些成功，但各级官僚总是竭力加以遏阻，因此我的决定常遭局长否决。

阴差阳错，国会无意间助力了商业载人项目发展

2010 年 2 月，NASA 首次授予商业载人合作合同，将 5 000 万美元激励基金分给 5 家公司。这笔初期基金主要用于特定重大项目的研发，NASA 将与每个合作伙伴进行单独协商。

蓝色起源获得了初期基金，但后来决定不参与竞争，宁愿利用杰夫·贝佐斯的个人财富继续研制航天器。SpaceX 在第一轮竞标中失利，但它没有放弃，随后在 2011 年 4 月的第二轮竞争中胜出。共有 4 家公司拿到了第二轮协议，总金额 2.69 亿美元。

第二阶段的竞争目标是研发出最终能够获得 NASA 认证并将宇航员送往国际空间站的系统。菲尔麦卡利斯特及其团队还有我和白

宫的分管领导本以为，第三阶段也会像商业轨道运输服务项目一样，再次按照《太空行动协议》，以固定价格合同购买相关业务。

但这一安排在 2011 年受阻。项目办公室和律师们与技术权威的态度一致，倾向于立即转变做法，按照《联邦采购条例》签订合同。他们想要掌握控制权。我无法阻止查尔斯签署这个项目，菲尔麦卡利斯特也奉命根据条例起草固定价格合同。他们 7 月在内部召开项目战略会，并在会上批准了这个项目。9 月，NASA 举办了一场"企业日"活动，并在当月晚些时候发布了招标书草案。此时变更项目，根据条例签订合同，无非是让 NASA 的各级官僚收回控制权，改变相关要求和增加成本，这样就能耽搁项目进展。我既失望又挫败。

对于我们这些支持签订合作协议的人来说，只有等待奇迹出现。然后奇迹果然出现了！在"上课铃响起"的最后关头，国会无意间帮了我们一把，让我们重整旗鼓，推动了项目的成功。

NASA 申请在 2012 年为商业载人项目拨款 8.5 亿美元，而国会仅批准了 4.06 亿美元，还不到一半。就连那些部门高管都承认，要想按原计划签订两份固定价格合同，这笔钱都不够。一切从头再来，而且要考虑其他方案。这正是我们需要的机会。项目团队准备延长时限，选择一个固定价格承包商。于是我敦促他们重新考虑根据《太空行动协议》制订方案，菲尔也在最后一刻获准将这个协议添加到一揽子方案的说明表中。

比尔·格斯滕迈尔（Bill Gerstenmaier），人称格斯特（Gerst），是 NASA 载人航天部的负责人。当年 12 月，他和菲尔在简报会上向查尔斯和我讲解方案。格斯特建议立即减少承包商数量，仅签订一份固定价格合同，也不排除将来让 SpaceX 实施商业轨道运输服务载人项目的可能性。在这种情况下，几乎可以肯定波音公司会获得合同。查尔斯表示他将在次日一早做出决定。

在谈到查尔斯和我的关系时，有旁观者将他比作我的傀儡，但事实并非如此。操纵查尔斯的经常是他手下的那群"杯控男"。在担任副局长期间，我大部分时间的感受与林登·约翰逊对副总统之职的体会相仿：这简直一文不值。NASA 在预算问题上比我权力大的人不下数百个。哼，我甚至没有权力为现有的绿色航空燃料项目做出 500 万美元拨款的决定。在这种情况下，一把手没有划定具体权限，二把手就只能依靠当面说服。在我们与格斯特和菲尔会面的当晚，我清楚自己必须措辞谨慎，坚持到最后。

我向查尔斯解释，尽管内部项目组并未提出另外签订一份合作协议，但这是各方唯一可以接受的方案。我首先提出，项目组如果认为这个方案不值得重新考虑，就不会作为一种选项列出。随后我说，国会的做法实际上已经消除了采取其他策略的可行性。截至此时，他应该已经清楚，这是唯一符合白宫指导精神的选择。最后，我告诉他在我看来，如果他和 NASA 能够欣然接受这一方案，国会很可能也会采纳。

次日，当查尔斯告诉项目组，他决定支持根据《太空行动协议》建立合作关系，听闻此言，格斯特环顾四周，满脸嫌恶，我还从未见过他如此不悦。这一决定至关重要，可以让私营企业在 NASA 及其主要承包商基于《联邦采购条例》拟定合同之前再发展两年。到目前为止，这是我在任期内为商业载人项目所做的最重要的事情。

第一次见到 NASA 对 SpaceX 充满信心和耐心

我们将本轮合作项目称为"商业载人综合能力"（Commercial

Crew integrated Capability，CCiCap）。这个项目为 2014 年中期提出的各项方案提供资助，并最终决定对哪些公司进行认定。2012 年 8 月，NASA 选出了 3 个赢家：波音公司，获得 4.6 亿美元；SpaceX，获得 4.4 亿美元；内华达山公司，获得 2.12 亿美元。

国会虽然同意批准一个商业载人项目，以换取当局对太空发射系统和"猎户座"的支持，但国会只是空口应承，并将前 4 年的拨款申请削减了近 40%；而商业载人项目申请的数亿美元预算，还被转移到已经获得几十亿美元资金的太空发射系统和"猎户座"项目当中。在最初 5 年，商业载人项目并未按照预算获得 60 亿美元，最后只拿到 42 亿美元。在此期间，NASA 为太空发射系统、"猎户座"及其地面系统申请 150 亿美元，而国会最终拨款 200 亿美元。

SpaceX 由于在商业载货项目上即将达标，所以在商业载人综合能力竞争中也抢先一步。但同样的，一旦他们出现重大问题，会立即引起 NASA 决策者们的注意。SpaceX 的发射系统进展迅猛，令人刮目相看，随着他们发射卫星的经验增加，火箭的可靠性不断提高，成本开始降低。商业轨道运输服务项目抵消了"猎鹰 9 号"和"龙飞船"的开发资金，可以支持向国际空间站运送货物。如果 SpaceX 的整个系统运行成功，NASA 项目团队将会对他们的运输能力更有信心，就会有可能委托他们运送宇航员。

2012 年，SpaceX 开始顺利向空间站运送货物，我看到局势朝着有利的方向转变。对 NASA 来说，让"龙飞船"号与空间站对接或在空间站停靠，是一个需要克服的巨大障碍，因为一旦出现重大事故，承担风险的就不只是价值 1 500 亿美元的空间站，还有上面的所有宇航员。在空间站建成之初，俄罗斯人经历了数次"硬对接"，险些造成行动失败，其中一次还导致舱内人员疏散。我亲自试过航天飞机的对接模拟器，但每次都以失败告终。

在第二次执行货运任务时，SpaceX 的火箭顺利入轨，但推进器在与"猎鹰 9 号"分离后出了问题。当时我在卡纳维拉尔角观看发射，打算在行动结束后与肖特维尔见面一起用餐。她发短信告诉我说她有事去不了，并邀我到运营中心看看，他们正在设法解决问题。我看着前来观看发射活动的贵宾安全返回巴士后，驱车前往 SpaceX 等待肖特维尔。

进入大楼后，SpaceX 和 NASA 的观念差异一目了然。NASA 的发射控制中心极其宽敞，四面装有玻璃外墙，而 SpaceX 的发射操作中心仿佛一辆双宽活动房（double-wide trailer），每个控制台前都坐有人，屋里十分拥挤。我和肖特维尔聊了几句，但我不想打扰她，于是走到房间后面边等边看。跟我一起的还有格斯特和 NASA 空间站项目负责人迈克·苏弗雷迪尼（Mike Suffredini），人称"苏弗"。

最初，我们提出让私营部门在载人航天中发挥主导作用时，格斯特和苏弗都表示反对。那些倾向于由政府控制和运行星座计划、太空发射系统和"猎户座"等项目的人们以格斯特和苏弗等人为首。我们虽然在载人项目的商业合作问题上产生过争执，但我知道要想成功就必须争取他们支持，因此我尽量保持沟通顺畅，不让事态发展到一触即发、剑拔弩张的地步。他们对传统承包商更放心，这一点可以理解，因为情况向来如此。两者共同负责 NASA 的所有载人航天飞行，并且掌控着大局。

有鉴于此，当我看到他们站在房间后面袖手旁观，并不参与解决问题时，我感到十分惊讶。四个推进器中仅有一个运转，只有四个同时工作，"龙飞船"才能获准接近空间站。各种解决方案均受到操作限制，而时间已所剩不多。众人挤在一个控制台前，我无意间听到格斯特和苏弗窃窃私语，谈起怎样才能解决问题。我一边听他们讨论潜在的方案，一边看着时间一分一秒过去。飞船即将错失与国际空间站对接的机会，我向两人表示，或许他们应该把自己的看法告诉公司里的一些人。

格斯特镇静地回答，SpaceX 需要自行解决这个问题。他和苏弗似乎乐于从旁观看他们研究各种方案，并对他们应对异常情况的方式评头论足。我紧张得汗流浃背，但这两位同事显然毫无压力。情急之下，我迫使格斯特向我承诺，一旦事态紧迫，他必须介入其中，但他仍不慌不忙地作壁上观。

最终，SpaceX 自己解决了问题。周围响起一片欢呼声。当天晚些时候，我向肖特维尔讲述了事情的经过，解释在我看来这无疑是个重要标志，说明 NASA 的领导层已经克服了障碍。

我感到自己所目睹的一切与其说像是父母和孩子相处，不如说更像是祖孙之间的互动。我喜欢把这段经历比作一次钓鱼之旅。一位父亲会试着帮助孩子挂饵甩竿，一旦有大鱼上钩，他还会接过鱼竿。但格斯特和苏弗让 SpaceX 挑选最合适的鱼饵，自行将其挂上鱼钩。当这个团队四处甩竿，寻找哪里有鱼时，他们只是从旁观看。直到有大鱼上钩，他们也只是等着公司自己收线。

我没有当过祖母，但那些有此经验的人们告诉过我，祖孙之间的关系极其有益。他们认为在养育孩子一事上，这才是去芜存菁的最好办法，因为你已相当成熟，有足够的信心和耐心让孙辈按照自己的方式成长。那一天，我第一次看到 NASA 对 SpaceX 的能力充满信心和耐心，每念及此便不由心潮起伏。双方的关系已日趋成熟，我们足以向 SpaceX 托付最宝贵的资产——载人航天的未来。

2014 年，在 NASA 选择最终认定的公司之前，又有传言称，供货方遴选委员会主席格斯特准备只挑一个竞标者，即波音公司。尽管 SpaceX 在大多数指标上的得分远超波音公司，但格斯特等人担心太空探索技术所报的低价不太现实。如果传言是实，那么他要么受人指使，要么改变了主意。最后，NASA 分别向波音公司和 SpaceX 拨款 42 亿美元和 26 亿美元，全额资助其开展商业载人服务。格斯特后来前往 SpaceX 工作，而苏弗创立的公司建造了一个商业空间站。

寻找小行星：我终于有一个项目被批准了！

在 NASA，推进商业载人项目是当务之急，当然，其他一些任务也同样重要。两年前，奥巴马总统曾宣布，宇航员的下一个目的地将是某个小行星，但 NASA 至今仍未拿出计划。与第一次制订预算的过程类似，查尔斯不置可否，整个部门对总统的指示毫无反应。我在成为 NASA 商业载人项目主管后，很清楚如果得不到部门支持，想要推动总统提出的另一个项目同样棘手。我希望由格斯特手下的载人探测办公室对小行星任务进行研究，但无疾而终。后来，查尔斯·埃拉奇找我谈他自己的想法，他想利用已经开始实施的技术演示任务，让机器人航天器与某颗小行星交会，再将小行星牵引至太空发射系统和"猎户座"可以到达的位置。

我们最初的计划是让宇航员前往某颗遥远的小行星，推动辐射防护和其他有益于人类可持续发展的技术进步，但我无法让 NASA 开展行动，而且也厌倦了一再推动顽石。查尔斯提出的建议虽然有利有弊，但最大的好处是这个项目不再只有我一个倡导者。他的热情极富感染力，我也很高兴这个符合总统明确指示的项目终于有了些起色。

这项任务需要 NASA 对多种手段进行整合。小行星侦测团队需要研发更先进的探寻和追踪方法，因为它们是对人类最大的威胁之一。技术团队必须研究防止小行星撞击地球的方法，开发小行星用于未来材料加工的潜力，还有对太阳能电力推进、交会、捕获和牵引技术进行测试。对于这种据说为整个星系带来生命的最重要和神秘的天体之一，科学家们也需要对它们庞大的原始样本进行近距离观察。此外，太空发射系统和"猎户座"也终于有了一个目的地。

这次任务最绝妙和最令人心动的一点是，即使太空发射系统和"猎户座"没有发射成功，NASA 仍能获得大部分技术和科学收益。另一方面，假如现有技术设备未能抵达和捕获某颗小行星，或将其牵引至"猎户座"的发射范围之内，也对载人航天计划毫无损害。于是，我们开始在 NASA 内部宣传这个想法，并逐渐获得了支持。就连格斯特和科学部新任负责人约翰·格伦斯菲尔德也至少在表面上认同了。2012 年年初，我曾帮助斯科利斯调任 NASA 某航天中心担任主管，并推荐罗伯特·莱特富特（Robert Lightfoot）作为他的继任者，莱特富特是各大航天中心最出色的负责人之一。莱特富特的支持消除了内部分歧。在获得全体赞成后，查尔斯对这项关于小行星的计划表示大力支持，并让我尝试争取政府的同意。

我为自己终于拿到一个经过批准的项目而欢欣鼓舞，于是召集起一批人马，着手制订相关策略，以争取白宫的支持。我们在会上向霍尔德伦博士阐述这一概念，他也热情高涨，让我向总统行政办公室的高级官员介绍情况，而他负责向总统汇报。数周之内，我们就得到了各方首肯。虽然听取我报告的只是总统的科学顾问而非总统本人，但我觉得这与当年肯尼迪总统接受 NASA 的登月计划有得一比，只不过级别稍低而已。

征得白宫同意后，我们向 NASA 的整个领导团队做了讲解，很快赢得了众人的支持。科茨刚退休不久，他的继任者艾伦·奥乔亚（Ellen Ochoa）博士给予了我们积极鼓励，我们特别感激。

与此同时，科技政策办公室在政府各部门发起了一项名为"重大挑战"的活动。与 X 奖一样，活动旨在设立一个意义重大的终极目标，并对其积极作用进行挖掘，以吸引全球政界、学术界和私营部门的人才。我在与行政管理预算局合作期间获悉，"重大挑战"会提供更多资金，这意味着 NASA 已经获批的重点项目还会得到额外拨款。当局向所有部门征求提案，于是我敦促 NASA 做出回应。

查尔斯兴致不高，仍让我牵头此事。我手下的团队提出了两个设想，即开展地球研究和小行星研究。我向高级管理层做了阐释，大家一致认为资助小行星项目更紧要，地球研究可以推迟到次年。我们为小行星挑战任务拟定的简报标题是：比恐龙更聪明（Be Smarter than the Dinosaurs）。

NASA 提出的挑战任务很快被白宫接受。我们终于有了一个能够执行总统两年前所作指示的项目。我们的第一步是选择一颗可供探测并且能够牵引到可抵达轨道的小行星。最开始给到小行星和彗星探测的预算是 400 万美元，而"重大挑战"项目让我们能够制订一个更加灵活高效的计划，资金又增加了一个数量级以上，达到 1.4 亿美元。

随后，我们开始为这项任务争取公众和政治支持，我建议选一个有助于进行有效宣传的名称。会上，我的推荐名称为"阿尔忒弥斯"——阿波罗的姐姐。猎户座的俄里翁是一名希腊猎人，也是阿尔忒弥斯的爱慕者，因此阿尔忒弥斯很适合作为小行星任务的名称。为表达诚意，我还建议将太空发射系统命名为"宙斯"，即希腊众神之首。与会者普遍认可这两个名称，于是我准备将选好的名字推荐给查尔斯。

我在研究生院写过一篇论文，探讨在月球建立基地的社会和经济影响，当时我就是把这个基地称作阿尔忒弥斯。我很高兴阿波罗的姐姐也终于成了NASA的一颗明星，但我不知道的是，在希腊神话的某些版本中，阿尔忒弥斯因上当受骗，将爱人俄里翁当作他人误杀。于是有人传言，我推荐此名是为了对抗"猎户座"项目；而将太空发射系统命名为宙斯，是为了让它在按字母顺序排列的名单中位于末尾。

无稽之谈！这种谣言很可能是为了遏制行动的发展势头，而这一招也的确起到了作用。有些微迹象显示，人们仍未完全达成共识，但局长已不愿做出决定，因此太空发射系统始终未得其名，而小行星项目也被称作ARM（Asteroid Redirect Mission），即"小行星转向任务"。

然而，当下一届政府将载人航天任务命名为"阿尔忒弥斯"，而"猎户座"只作为该项目的一部分时，我却没有听说NASA的那些希腊神话专家提出过任何反对意见。

尽管如此，创建和倡导小行星项目仍是一次积极有益的合作经历。我们建立了一个值得信任、团结协作的领导队伍，致力于综合利用NASA的多种技术，开展一项意义重大的任务。

面对这小行星项目，局长一如既往犹疑不定，他同样没有阐述项目依据或目的，不知是因为缺乏意愿还是力有未逮。查尔斯的沉默让那些居心叵测的利己之徒趁机对计划进行诋毁。这项行动预计将多耗费30亿美元，会更难获得国会的支持。承包商和各大院校的研究人员纷纷呼吁国会代表团进行定向资助，与之前他们对载人航天任务的说辞如出一辙。查尔斯更想登陆火星，他更倾向支持这种重大项目。他的口头禅是："我们距离登陆火星，比过去又近了一步。"总之，无论登陆火星项目是否真正取得进展，这句话永远都不会错。

诚然，小行星转向任务同样屈服于那些阻碍创新项目发展的力量。小行星转向任务不能提供数量可观、利润丰厚的成本加成合同，因此无法得到工业界和国会支持。虽然它服务于多个不同选区，但对任何一个选区或 NASA 局长来说，这都不是当务之急。这项任务被要求利用太空发射系统和"猎户座"，但始终是被迫配合，因为大多数实质性的利益，在不派遣宇航员的情况下也能获得。

研究小行星和彗星的科学家们已学会专注工作，保持低调，避免成为某些重大项目的打击对象。虽然一些"小型天文机构"对这一提议表示支持，但远不足以与那些已经获得巨额拨款的月球和行星科学家相匹敌，毕竟谁也不想被其他人分一杯羹。致力于小行星探测和转向让 NASA 获得了将载人航天与重大公共利益相结合的契机，但这并不是那些手握大权者所追求的目标。

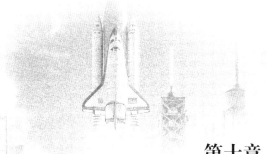

第十章
去变革！

　　2010年夏，查尔斯在约翰逊航天中心举行的全体会议上，将星座计划比作美国海军陆战队从骆驼肚子里取出的死胎。查尔斯说："我们还有一些东西胎死腹中，所以我们必须想办法法互相帮助，好让它们起死回生。"这次会议在NASA电视台直播，很快在网上流传开来。查尔斯后来证实，他指的是此前被取消的载人航天项目，因为它们根本没有成功的机会。

　　我不知道他为什么要提起骆驼或海军陆战队，这无论如何都是一个蹩脚的比喻，但也足以说明我们两人的观念截然不同。查尔斯的目标是恢复被取消的项目，而我则试图弄清它们先天不足的系统性原因，也就是母骆驼的健康问题，然后我们再想办法去解决。

　　"阿波罗计划"以来，NASA提出了十几个载人航天项目，其中只有两个已经完成——航天飞机和国际空间站，但都历经多年延误且成本超支，还遭受了惨重的损失。这两项计划其实远未达到既定目标和设计之初的期望，但人们却将其视作成功，只是因为它们最终竣工。

这些载人航天项目运行成本高达每年数十亿美元，NASA 几乎不可能从预算中拿出足够的资金用于新项目开发，那些已经投入巨资的人们就更不愿支持潜在的替代项目。航天界抱怨我们未能在载人航天方面取得太大进展，却忽视了真正的罪魁祸首。

商业载人项目之所以能够获得成功，因为它没有本末倒置。它不是围绕现有员工和设施来设计方案，而是将项目与能够带来的实际国家利益挂钩。我们完全可以从这一经验中吸取教训并进行变革，推动航天事业的健康发展。激励私营部门降低太空运输成本只是冰山一角，我们需要做出更大的改变。

从根本上说，我们现有的系统仍在不断建立满足自我需求的项目，陈陈相因，不能开展更能满足大众利益的活动。就太空问题开展的民意调查中，地球科学研究和小行星探测始终被列为 NASA 的首要任务，而派遣宇航员登上月球和火星的任务则排在最后。

NASA 在设定目标时如果能与当前的挑战对标，必将吸引现有狭隘选区之外的人才和团体，促进员工的多元化发展。自然界中，多样性会让生物变得更强大、坚韧和更容易达成目的，在人类社会中亦然。

性别和种族平等也是实质性问题，别拿"政治"当借口

因为时代的影响，早年 NASA 并没有考虑宇航员队伍中的性别和种族多样性，如果我们对当时的时代背景进行反思，会发现一些不同的东西。

纵观 20 世纪 60 年代，当争取民权、妇女权利和反战的人士并肩示威时，首批 7 个班的宇航员被相继选中，全都是白人男性。60

年代初，NASA 一位医生甚至开展私下选拔，对女性宇航员候选人进行测试。一群符合条件的女性被称为"水星 13 号"，但被排除在 NASA 的项目之外。有女性向白宫和国会游说，要求让她们参与竞争，但 NASA 倚仗势力，为自己的决定辩白。格伦在 1962 年作证说："事实就是如此。男人要开飞机，要上前线打仗，返回后还要设计和制造飞机，还要对飞机进行测试。女人其实不属于这个领域，这是我们社会秩序的现实情况。"NASA 和它的航天英雄们始终不肯承认，它只是一个民事机构。

1968 年，NASA 仍在女性员工中举行选美比赛，被选中的幸运儿会被封为"太空女王"。我手下的一名工作人员在 1970 年的档案中找到一份备忘录，上面写着：

致戈达德航天中心的所有姑娘们，

主题：长裤套装。

一方面，我明白你们这些姑娘对"摩登"的渴望，但另一方面，男性群体只会把票投给穿迷你裙的女人。

这份备忘录最后表示新式服装虽然可以接受，但前提是"除非你觉得穿长裤套装不会让你的上司感到不悦或者难堪"。总之，这些姑娘需要记住，"假如有人不把你当女士对待，那一定是你选择了穿裤子"。我无法想象，时任 NASA 天文学主任的南希·格雷斯·罗曼（Nancy Grace Roman）等女性会对这份备忘录作何看法。

1966 年，我刚开始上公立小学，女生必须穿裙子，只有上体育课时才可以穿短裤。在上三年级以前，我很期盼上体育课，因为直到三年级，政策才发生了改变，NASA 这个世界上最具未来气息的公共机构也才允许女性职员穿裤子。

2016 年电影《隐藏人物》（*Hidden Figures*）上映，大多数人并不知道 20 世纪 60 年代在 NASA 还有许多黑人女职员。这部电影根据玛戈特·李·谢特利（Margot Lee Shetterly）近年出版的图书改编，她成长于弗吉尼亚州的沿海地区，对书中和电影里描写的那群女性颇为熟稔。我在弗吉尼亚郊区看电影时，发现观众们哄堂大笑，因为女主人公为了去仅供有色人种女性使用的洗手间，不得不在大楼间来回奔波。这段事实并不好笑，也完全不值得留恋。

兰利研究中心的这些女性被称作计算工具，曾为 NASA 的早期成功做出了巨大贡献，但却"默默无闻"。不只是她们，20 世纪六七十年代，NASA 各处都不乏女性职业精英，但她们的故事鲜为人知，同样是到了 2016 年，纳塔莉亚·霍尔特（Nathalia Holt）出版了《让火箭起飞的女孩》（*Rise of the Rocket Girls*）一书。在这本书中，她讲述了一群同一时代在喷气推进实验室工作的女性火箭科学家。

公众对载人航天的看法主要来自那些天性钟情 NASA 早期项目的男性。从他们的角度撰写航天史的书籍数以百计，而这些身份相似的历史学家严重影响了我们对过去的看法。无怪乎莉莲·坎宁安 (Lillian Cunningham) 的播客《月亮升起》让我们看到了一个不同的视角，了解到 NASA 创建背后的力量。

许多关于 NASA 女性的故事也传达了类似信息。在电影《隐藏人物》中，多萝·西沃恩（Dorothy Vaughan）和运算组的白人主管米歇尔夫人之间的一段对话反映了一个普遍现象。米歇尔夫人管理作风粗鲁，但她却为自己辩护说："不管你怎么想，我对你们没有意见。"多萝西的回答最能引起我的共鸣："我知道，你可能真的这样想。"人们恐怕很难承认和消除无意间带来的性别和种族偏见。

哥伦比亚大学在 2003 年开展了一项名为"霍华德与海蒂"的实验，再次印证了这一事实。商学院向学生分发两份简历，让他们对这两名求职者做出评价。除姓名以外，简历内容完全相同。班上一半学生负责评估霍华德的资历，另一半负责评估海蒂。实验结果让人十分震惊，但对我来说，这种令人沮丧的结果再熟悉不过——一模一样的简历内容，霍华德却是最受欢迎的人选，学生们更愿意雇佣他。

他们认为海蒂既自私又自负，而霍华德既自信又强大。学生们在描述两人时都使用了"态度坚定"一词，但海蒂由于这种性格遭到拒绝，而霍华德则备受钦佩。对女性来说，权力和成功呈负相关，但对男性恰恰相反。这项研究所证实的双重标准我曾亲身体会，它更是成了我职业生涯晚期的切肤之痛。

像许多职业女性一样，我很难找到一种令人满意的方式进行高效领导。人们普遍存在基于性别的期望，你需要在别人提出异议时表示接受，习惯在会上被人打断，在男性称赞你的想法时不加反对，在家中和职场主动承担情绪劳动，否则就会被看作自私自利和不够体贴。大多数女性在过去经历的不平等既事关宏旨，又具体琐碎。在我离开行政岗位很久以后，仍有男人要我为他们处理文书工作或者端上咖啡，次数多到我根本记不清。

航天领域绝对是白人男性的天下，他们从不顾自己的言论或行为可能会冒犯女性或少数族裔。《星际迷航》原初系列以演员阵容多样化著称，但作品中仍将女性视为性对象，甚至把这一观念投射到300 年后的未来。罗登贝瑞在试播节目中推出了一位女舰长，但电视台表示只有让男人掌管"企业号"才能继续播出这部剧。直到第三季，也就是故事发展到几个世纪后，女人才得以指挥这艘飞船。

女人被描绘成为取悦男人而存在的对象。罗登贝瑞向我透露，制片人总是想让女性，无论是人类还是外星人，每一季都穿得更加暴露。唯一一位能够经常登上舰桥的女性，即深受粉丝爱戴的尼切尔·尼克尔斯（Nichelle Nichols），不过是个一维世界里的接线员，几乎没有几句台词，还要一直穿短裙。

在最近一部关于尼切尔生活的纪录片《行动中的女人》（*Woman in Motion*）里，有一段引人注目的情节：NASA 的官员首次联系她，只是为了亲眼看看她的玉腿是否真有电视里那样迷人。这次会面让尼切尔在 20 世纪 70 年代协助 NASA 招募女性和少数族裔加入宇航员队伍，促进了第一批航天飞机宇航员的多样化。在 2021 年拍摄的这部电影中，这则轶事被描述成一个滑稽可笑的偶然事件，没有人承认未来女性航天人员的榜样，最早是一个男人根据外貌挑选出来的。这真是一个可悲的讽刺，它不无心酸地提醒我们，时代的改变还远远不够。

尼切尔长期担任国家航天协会的董事会成员，我珍视我们的友谊。我俩是早期董事会会议上仅有的两名女性。对我来说，没有比她更好的榜样或导师了。《行动中的女人》在很大程度上是受到尼切尔启发所做的人物采访，在这部纪录片的 35 名受访者中，我是仅有的 9 名女性之一。借用尼切尔的话来说，就是："我的人在哪儿？"NASA 仍需要更多女性参与其中。

在二三十岁时，作为一名航空航天业的职业女性，我习惯了被男性物化，也知道了在这一行里要避开哪些男性。许多女性遭遇过不必要的性骚扰行为，却没有表现出不悦。在我三十多岁生日时，政策办公室的 NASA 主管当着其他几位同事的面，要我到他的办公室去，好让他打我屁股，算是给我庆生了。另一位众所周知的性骚扰者是一位教授，因喜欢对年轻女同事和学生进行令人厌恶的性挑逗而闻名。在遭到一名学生拒绝后，他恼羞成怒，告诉正在面试她的一位雇主："要是你指望跟她上床，就不要雇佣她。"但这位雇主不仅聘用了她，后来还将这句话转告了她。

在这一行里，遭男同事求欢和猥亵并不罕见，而且他们总是年纪更大、资历更高。我刚到 NASA 工作时已经结婚，只有三十来岁。有一次在莫斯科，一位过于热心的资深航空航天承包商强行闯入我的酒店房间，把我推倒在床上。我设法从他身下钻了出来，一路跑进大厅，找到一位同事出面干预。我从未向 NASA 和此人的上司报告过这件事。尴尬的是，我认为这将影响自己的职业生涯，因此也和其他许多人一样，选择三缄其口。我感到羞愧的原因有很多，但主要是这种行为很可能还在业内继续。

因循守旧比接纳多样性、公平性和包容性要容易得多。宇航员队伍，每招入 73 名白人男性，可能才会选进 1 名女性或少数族裔。截至笔者撰写本书之际，NASA 已有 65 年历史，但从未有过一位女性局长。他们选出的领导者和宇航员并不能代表大多数人的利益，这不仅是对公众权利的剥夺，也是这种恶性循环的长期催化剂。改革必须要有主观意愿。

NASA 的每个宇航员培训班都会收到数千份申请，不是所有申请者都能满足苛刻的要求和极高的标准，但在筛选出前 10% 的人员后，仍有近千人完全合格。其中十分之一会被选中参加现场面试，而面试者仍仅有十分之一才能成为航候（ASCANS）——宇航员对新晋候选人的昵称。大多数宇航员在接受挑选前都要进行数次申请。

在我看来，如果 NASA 希望奉行的理念不仅仅是某种说辞，那么我们在确定遴选标准时就要注意（尤其是宇航员队伍向来以白人男性居多），除非宇航员团队和机组人员能够代表社会各个群体，否则我们将功亏一篑。

只有略高于 0.01% 的候选人有可能成为杰出的宇航员。如果一个是西点军校天体物理学专业平均成绩 3.8 的直升机飞行员，另一个是空军学院化学工程专业平均成绩 3.9 的战斗机飞行员，要在这两者当中进行选择，很大程度上取决于主观。如果其中一位是白人男性，另一位是黑人女性，那么选择黑人女性更能激励以往宇航员队伍中没有受到平等对待的群体。

在查尔斯和我的提名获准前半个多月，NASA 公布了选拔出的 9 位宇航员名单。这是 5 年来第一个新设的宇航员培训班。第 20 班包括 6 名白人男性、2 名白人女性和 1 名黑人女性。我很奇怪自己竟然没有提前收到相关信息，因为我们每晚都会带着几个装满不太重要数据的大号文件夹回家。我对这个培训班缺乏多样性感到失望，于是向查尔斯提出了这个问题，但他似乎并不像我那样担忧，只是建议我与负责遴选工作的科茨谈谈。

我的这个话题好像让科茨感到很不舒服。他没有直面问题，而是从约翰逊航天中心派出一个团队与我会面。这个团队在汇报时强调，数据显示女性申请者不足 30%，黑人申请者不足 10%，并指出选出的美国黑人宇航员比例与其在申请者中所占比例相当。我提出，最终选拔不能仅以代表候选人才库中的不同群体为基准，因为那些本已处于不利地位并可能因此没有提交申请的公众群体，我们也应当予以考虑。我认为这是一次有益的讨论，并感谢他们拨冗相见，与我分享上述数据。

新的宇航员培训班和机组人员遴选始终青睐白人男性。在

NASA 的监督下，共有 32 名宇航员经过筛选、培训后被挑中参加航天飞机的六次任务，其中 28 名是男性，30 名是白人。在奥巴马总统和局长查尔斯的任期内，又有 30 名宇航被选派参与飞行或乘坐"联盟"号执行任务。其中 25 人为男性，5 人为女性，只有 1 人为有色人种。两者相加，在奥巴马及查尔斯任内参与飞行的宇航员中，女性不到 15%，有色人种不到 5%。

在参议院批准我们两人提名一个月后，约翰逊航天中心宣布了执行 STS-134 任务的机组人员名单，全部为白人男性。中心透露，STS-132 任务中唯一一名女性也将被男性取代，于是再次产生了一个由 6 名白人男性构成的机组。我感到异常沮丧。在丹·戈尔丁任内，航天飞机成功执行了 65 次任务，只有 5 次机组成员全由白人男性构成。10 年后，NASA 虽然出现了第一位黑人局长和第二位女性副局长，但在宇航员多样性的问题上却在不断倒退。

STS-135 是航天飞机的最后一次任务，于是我特别注明不应让白人男性占去 4 个名额。在我看来，航天飞机时代对载人航天的贡献之一是让我们摆脱了早期项目中由男性军事试飞员占据主导的固有观念。当我得知桑迪·马格努斯（Sandy Magnus）成为机组一员时，我松了口气，但仍不无失望，因为我们错过了在最后一次航天飞机任务中体现性别平等的机会。

2011 年，当第 21 个宇航员培训班设立后，我第一次有机会参与遴选。休斯敦的选拔团队前来对我做了汇报，这是第一个能够体现性别平等的培训班。我看得出他们为能亲自传达这一消息而感到激动。对于这次遴选结果以及 10 位被选中的杰出人士的资历，我同样兴奋不已。在 2021 年设立的最新的培训班中，有 40% 是女性。

为撰写本书而进行研究时，我发现了我的主张为何会遭到忽视。

2014 年，科茨在接受采访时说："航天中心主任对机组人员的分派有最终决定权。当然，只要 NASA 局长愿意，他也可以加以否决，但科茨和查尔斯都没有这样做。自从洛丽·加弗担任副局长后，这件事上出现了一堆问题。每一次分派机组人员，她都会提出质疑。其中为什么没有更多少数族裔和女性？我通常会让查尔斯应对。查尔斯总是会说：'别担心这事。'"

科茨的回答让我明白，为什么我的努力再次前功尽弃，为什么我的巨石会滚落山崖。这一发现让我感到困惑又沮丧。

对于许多"杯控男"来说，性别和种族平等并非实质性问题，只是"政治"问题。科茨对此阐释道：

> 在 NASA 内部，我认为我们遇到的问题，就是我之前提到的，本届政府以及洛丽加弗的上任，她会把一切都看作是政治问题。这对民主党有什么益处？每一项决策她都会问，这对工会或民主党有利吗？每当洛丽质疑为什么机组成员中没有更多女性和少数族裔时，查尔斯能起到很好的缓冲作用。我们会解释如何分派机组成员。有时候女性多于男性，有时候少数族裔多于白人，但有时候也不是这样。假如你想为所有机组设置配额，直说就行，我们倒是可以这样做，但这样无法产生最强大的机组。查尔斯在这方面做得很好，而她总是关注政治正确问题。

不用说，没有一次飞行任务中，女性多于男性，或少数族裔多于白人。

自查尔斯卸任后，他也经常谈到宇航员队伍缺乏多样性的问题。

在近八年的时间里，他是唯一一个有能力就此做出重大改变的人。然而，他没有坚持自己的主张，也没有为我这个副手辩护，而是选择息事宁人。

宇航员们通常不会对外讲闲话，因为担心会被停飞或遭排挤，但他们个人遭受歧视的故事，尤其是在早年间，着实令人齿寒。有几则幽默故事透露了 NASA 对第一个女性宇航员培训班的不公正待遇，如有男性在为时长一周的航天任务做准备时，打包了一个月都用不完的胸罩和女性用品，这则故事背后隐藏的是充满恶意的现实。

我们不妨以 NASA 与首位进入太空的美国女性之间的关系为例。萨莉·赖德在 NASA 留下了浓墨重彩的一笔，其知名度远超出了她身为宇航员的声望。她是唯一一个两次在航天飞机事故调查委员会任职的人，因此对官僚机构和承包商的关系运作有着深刻了解。她有 14 名同事和数位密友在事故中丧生，所以她对灾难的起因做了深入调查，并对 NASA 的领导层深感失望。

在"挑战者"号事故发生之后，萨莉受邀牵头为 NASA 制订长期目标。她的报告后来被称为《赖德报告》（*Ride Report*），报告从四个方面进行了规划，即地球研究、航天任务、建立月球基地和人类登陆火星。萨莉拟定草案时建议侧重地球研究，但在报告发布前，NASA 强迫她取消了优先开展地球研究的提议。

萨莉在 1987 年报告发表几个月后辞职。

当时气候问题已开始引起公众关注，但 NASA 并不打算公布任何可能挤掉载人航天最高优先级的信息。

萨莉在余生的大部分时间里都专注于外联服务和教育活动，希望增进民众对科学和太空的兴趣。萨莉·赖德科学会成立于 2001 年，早期仅为女生开设夏令营，但后来不再限制性别。

2012 年，萨莉去世，她的伴侣塔姆·奥·肖内西（Tam O'Shaughnessy）在《纽约时报》的讣告中公开了两人长达 27 年的恋情。这一消息令很多航天界人士感到震惊，甚至许多熟悉萨莉的人也颇为意外。我很荣幸多年来能与萨莉共事，虽然我们从未讨论过此类私事，但我倒觉得这在情理之中。

人们得知她在与同为宇航员的史蒂夫·霍利（Steve Hawley）离婚之前，就已经与塔姆建立了感情，于是开始揣测她与史蒂夫的关系，以及两人的婚姻是否出自 NASA 的撮合。因为在 NASA 宣布她将成为首位进入太空的美国女性 3 个月后，萨莉和史蒂夫举行了婚礼。这场婚礼有些突然，且十分私密，唯一一张对外发布的照片显示，这对夫妇身着马球衫和牛仔裤，肩并肩站在一起，只是萨莉的牛仔裤是白色的。4 年后，从 NASA 辞职不过数月，她便与史蒂夫宣布离婚。

萨莉的家人和好友证实，早在 20 世纪 70 年代初就读于斯坦福大学时，她便与其他女人产生过感情，于是人们纷纷猜测 NASA 是何时知道此事的。在萨莉·赖德的官方传记中，作家林恩·谢尔（Lynn Sherr）引用了史蒂夫·霍利的话。这位曾与萨莉一起生活 4 年的丈夫表示，两人的婚姻是真诚的，但他至少对讣告中宣布的事情并不感到意外。萨莉在 1992 年和 2008 年不愿担任 NASA 局长的原因之一，可能就是考虑到自己的私生活，但自 1978 年她成为宇航员以来，公众对性少数群体的看法发生了巨大转变，因此这一点不太可能对克林顿或奥巴马政府造成问题。

萨莉去世后，艾米·戴维森·索尔金（Amy Davidson Sorkin）在《纽约客》上写道："总有人要寻根究底地追问，赖德的感情生活对 NASA 有何影响。难道要成为第一个进入太空的女性，你就必须嫁给一个男人吗？有不少新闻报道称，赖德之所以保持沉默，是因为NASA绝不会让任何公开的性少数群体继续参与航天行动。"

很遗憾，我认为她说的没错。身为女性，在NASA担任要职本已十分艰难，如果再与本部门的其他成员产生分歧，只会让道路变得更加坎坷。科学家和宇航员的身份有助于萨莉融入工作和完成任务，她不希望刻意强调自己不太合乎传统的私生活，是不足为奇的。在其他事情上，萨莉向来坚持己见，直言不讳。假如有人问起我的导师都有哪些，她一定位居其首。

萨莉是一位独一无二的"太空海盗"。她不愿接纳那一套昔日载人航天或性别刻板印象的陈词滥调，并对NASA导致航天飞机事故的决策持严厉批判态度。她的职业经历和支持激励我最终成为NASA副局长。如果没有她作为先驱，我恐怕只能事倍功半，但她也首先承认，在我们前进的道路上，荆棘并未完全清除。

为更多年轻人、女性和性少数群体敞开航空航天界大门

作为SpaceX的总裁兼首席运营官，格温·肖特维尔是航天界一位行事高效、备受尊敬的女性领导者。蓝色起源的最高层就缺少这样一位引人注目的女性，但两家公司都具有所谓的"兄弟"文化。

近来，他们的员工将许多性骚扰和性别歧视的指控公之于众，抱怨和指责公司容忍此类行为，滋生了一种有害的氛围，他们的声音不应被忽视。在航天界，这种不当之举根深蒂固，包括领导层在内。持有这种态度和思维方式的人们历来占据主导，而我们早就不应就此开脱。在寻求多样性、公平性和包容性方面，我们的进展过于缓慢。

支持女性和少数族裔正成为航空航天界的一种传统，因为越来

越多人希望看到自己子孙后代的利益能在这个领域得到公正维护。在职业生涯晚期，我最大的收获来自对初入职场的女性和性少数群体进行指导。有一位女性叫道恩·布鲁克·欧文斯（Dawn Brooke Owens），我初次见到她时，她还在联邦航空局从事商业航天工作。在奥巴马总统执政期间，她进入白宫任职，被分配到行政管理预算局，负责管理 NASA 的账户，我们的关系也因此更近了一步。

在男性主导的航空航天行业，女性人数很少，因此布鲁克和我建立了密切联系。我们不想人云亦云，希望能够提出不同意见。数年来，我们一直在讨论如何让更多女性加入到航空航天事业中来，她也和我一样，天生不喜空谈，更注重实干。

布鲁克在 30 岁生日当天被诊断患有乳腺癌，但她勇敢地又活了6 年。不过再多时间也不足以让她实现所有目标，她过早离世实在令人惋惜。布鲁克过世次日，我心血来潮地写了一封电子邮件，想为那些对航空航天感兴趣的女大学生发起一个实习项目，并转发给了十几位同事，而接下来的进展要远比我想象得更顺利。

许多人对这封邮件提出了建议和帮助，布鲁克的两位挚友威尔·波梅兰茨（Will Pomerantz）和卡茜·李（Cassie Lee）从一开始就大力支持。这个项目实施 6 年后，共有 200 多名女性和性少数人士加入，成了一个又一个布鲁克——这是她们对自己的称呼。我们提供了航空航天行业各大公司共 40 次带薪实习的机会，每年都会收到数百份申请。每个"布鲁克"都会分配到一位导师，并得到越来越多的同行和专业人士的支持。无论我走到哪里，都会遇到申请过这个项目的学生或应届毕业生。虽然很多人没有被录取，她们也会告诉我说，这个项目的存在对他们意义重大。

2017 年，航天界这个大家庭又痛失一位年轻英才，马修·伊萨科维茨。马修是一位工程师、企业家和杰出人士，对商业航天探索充满热忱，长期在商业航天联盟供职。在早期为商业载人项目开展的斗争中，马修既是我的心腹知己，也是我的顾问军师。

早在二十几岁时，他就为我们的成功立下了汗马功劳。我们设立的马修·伊萨科维茨奖学金，就是利用我们"布鲁克"项目的模板和联系人发起的一个新项目，就是为了培养下一代商业航天的领军人物。如今马修的奖学金项目已开展 5 年，2022 届马修·伊萨科维茨研究员加入了不断壮大的航空航天大家庭，他们正为这个领域带来新的活力和观念。

最近，我们还创建了第三个项目——帕蒂·格雷斯·史密斯奖学金（Patti Grace Smith Fellowship）。帕蒂是航空航天界的先驱、黑人社会的中坚力量和布鲁克的导师，也是我的好友。她曾在种族歧视盛行的南方就读于兼收黑人和白人的公立学校，后来在联邦航空局担任商业航天办公室主任。就在布鲁克过世几周前，帕蒂死于胰腺癌，享年 68 岁。帕蒂在航空航天界留下了不可磨灭的印记，我们必须像对待布鲁克和马修那样，对她加以纪念。

在前两个项目中，我们为更多年轻人、女性和性少数群体敞开了航空航天界大门。虽然我们选择黑人学生的比例要高于当前业界的平均水平，但我们清楚这还远远不够。因此，航空航天界再次团结一心，创建了帕蒂格雷斯史密斯奖学金。如今，该奖学金第二期研究员已经踏上了征程。

这三项奖学金每年为一百多名航空航天专业的学生提供带薪实习和指导机会，其中两项主要面向那些未被充分代表的社会群体。现在，越来越多年轻人才加入了我们的员工队伍，对这一行产生了积极的影响。接下来，我们将创建更多类似项目。

我为自己在职业生涯中取得的成就感到骄傲，而我撰写本书正是为了推动 NASA 最有意义的改革之一——促使航天活动朝着更有价值和更可持续的方向发展。我认为，创建这些奖学金能带来的进步，肯定会超过我们自身能够取得的成就。

创造创新的机会在航天业不断增多，更多样化的下一代人会接触到这个领域，再不断产生涟漪效应，取得最大的收效。当这批新的员工走上领导岗位后，我希望他们提出的观念，人们能够对它本身的优劣做出公正评价。

从未挺身匡乱反正，不过是战场上一介懦夫！

我发起的倡议并不极端，也不像吉恩·塞尔南等人所指责的那样，会对 NASA、载人航天以及子孙后代的未来构成威胁。NASA 局长 10 年前也提出过类似的计划。假如这些倡议仍由男性提出，人们的批评可能会温和得多。我之前的几位男性副局长都坦率直接，还因此受到尊重。而我作为 NASA 第十二任副局长，在航空航天领域从业二十多年，却因为是一位没有工程背景的女性，就要受到一些人在政策问题上与我无理地争辩。很多人在反对我的观点的同时，还会用带有性别歧视、侮辱人格的粗鄙之语或人身威胁对我进行攻击。

我被斥作丑八怪、混账和蠢货，还有人让我赶紧找个男人嫁了，问我现在是处于月经期还是更年期。有一群人自称要"立即改变 NASA 的现状"，并向国会和航空航天界人士广泛发送捆绑邮件，目的是让我被撤职：

- 洛丽·加弗的问题在于她没有资格担任现有职位。事实上，她提出的建议被过分重视，导致对美国进入近地轨道及太空的能力造成极大破坏。

- 她是一位缺乏实际航天经验的政务官。她应该被撤职，因为她的建议将在未来 20 年内对 NASA 的载人航天计划产生极大的破坏。没错，感谢奥巴马。希望与变革，算了吧。

- 洛丽·加弗为 NASA 提出的计划和预算极其外行且前后不一，实施这种指导思想本身有误的计划，首先是否合法就是个问题。她让 NASA 的士气降到有史以来的最低点，还开展了不必要的大规模裁员。

- 洛丽·加弗清楚国会绝不会接受其愚不可及的计划，因此在制订过程中就没有考虑国会，也毫不顾及她的上司——NASA 局长查尔斯·博尔登。洛丽·加弗在计划中到处插手，国会很快就确定了罪魁祸首。为了向国会、NASA 和航天界广大人士表示诚意，国会必须立即采取行动，要求总统罢黜洛丽·加弗。

会因为合同而损失数十亿美元的人反对总统提出的计划，是在意料之中的，这十分正常，但我没有想到，也实在无法理解，有人竟然说我提出的政策和计划在法律上"存在问题"且"愚不可及"，是为了故意损害 NASA 的利益，并对我进行性别攻击，到处游说撤除我的职务！

NASA 的服务器数次截获对我发出的死亡威胁，联邦调查局也对此进行了分析。2012 年 8 月，有人向 NASA 总部给我寄来一封装有白色粉末的信件。我希望这只是一次个别事件，但事实并不是这样。威胁的程度不断加剧，NASA 派出一支安保队，专门护送我往返车库。也许我可以更委婉一些，但毫无疑问，女性的身份就是为我的想法招致了更多人身攻击和负面反应。

既然如此，我为什么还要坚持己见？如果我不去追根究底，事情就会容易许多，与别人的关系也会更融洽。我本可以不公开调查结果，可以像其他人一样回避问题，可以在向总统汇报和撰写报告时对载人航天危机轻描淡写，这样就无须开展外部审查；我也可以做一个随波逐流、安于现状的政府部门领导，为了保持和气人云亦云，成为一个人见人爱的乖女孩……

但我从来不管这些。从精神层面来看，我认为 NASA 的工作，包括我的工作，会对人类未来产生潜在的积极影响，但我上班的动机并没有如此崇高。我知道我做得对，而我所做的一切关系重大，因此我竭力想要证明这两点。我试图为自己树立某种乐于开展这种斗争的形象，但遭到航天界德高望重者的中伤和谴责，这令我极为苦恼而且深受伤害。大多数人，尤其是女性，都想被人喜欢，我也不例外。我虽然不希望在工作的过程中树敌，但考虑到事关重大，树敌付出的代价相比之下要小得多。

引领变革必会招来仇敌。对于这个根深蒂固的主题，《点球成金》只是反映了当代的看法。更早之前，人们的态度可以从一首题为《没有敌人》（No Enemies）的诗歌中窥见一斑。这首诗由苏格兰诗人查尔斯·麦凯（Charles Mackay）创作于 1846 年，后来被厄普顿·辛克莱（Upton Sinclair）刊登在他的社会抗议文集中：

> 你说自己没有敌人？唉，朋友，那并不值得夸口。若勇
> 于承担责任、上阵作战，你必会与人为仇。若是没有敌人，

你所做必定太少。你从未狠狠打击叛徒，从未怒斥讹言谎语，从未挺身匡乱反正，那你不过是战场上的一介懦夫。

我要在 NASA 推动变革绝非易事。

第十一章
巨龙升空

2008 年夏，我正式开始为奥巴马工作。我的目标是转变航天事业的发展道路，推动社会可持续发展。5 年后，我们在 NASA 诸多重大事项上取得了进展，我感到骄傲，但我想要推向山顶的巨石却变得愈发沉重。我越来越被局长排斥，我的影响日渐衰微。

有人告诉我，白宫将在总统的第二任期内挑选一位新的 NASA 局长，但 2013 年春去夏至，我也没有看到任何动静。很久之前，我曾接到一个猎头打来的电话，猎头自称正为华盛顿某航空航天协会物色一位敢于"打破陈规"的高级领导。我贸然回了电话，经过 5 次面试后，我受邀担任航空公司飞行员协会的总干事之职。

在与几位关系密切的同事交谈后，我意识到我所推动的巨石已经翻越山头，到达峰顶。我们已竭尽全力，这一势头也将继续朝着正确的方向前进。无休止的抗争使我联想起《老人与海》中的情节，我已经走得太远，我不想失去自我，也不想丧失我们为之奋斗的目标。于是我给总统写信辞职，接受了那个协会的工作。

我宣布了辞职一事，人们的反应也在意料之中，既有溢美之词，也有诋毁之语。有记者采访我，问太空发射系统是否会在 2017 年如期竣工，我坦承可能会推迟一到两年。

查尔斯让 NASA 发表声明，表示我所言有误，目前一切顺利，首次试射将于 2017 年年底进行。负责这个项目的波音公司的经理弗吉尼亚·巴恩斯（Virginia Barnes）也证实了 NASA 的观点。他说："我从未听说有关太空发射系统会延期发射的传闻。从我的时间安排来看，发射还会提前 5 个月。这也是大家的普遍看法。"但是目前，发射计划在 2022 年进行[①]。

离开 NASA 后，我依然很关心商业载人项目，一直在跟进项目的测试进度，并同时为波音公司和 SpaceX 这两个团队加油。多数旁观者认为波音公司会先发射，最初的情况似乎也的确如此。波音公司所获资金几乎是 NASA 拨款的两倍，但 2019 年年底，波音公司在最后一次无人飞行测试中遭遇重大挫折。软件问题导致飞船无法与空间站对接，随后这艘名为"星际飞船"的航天器就一直处于停飞状态。波音公司认为他们能够自行出资，在 2021 年 8 月再次试飞，但当飞船安装在发射台上后，人们发现推进系统阀门卡住了，因此只得取消测试。波音公司表示希望在 2022 年年中进行试飞。

NASA 的领导层承认，与 SpaceX 相比，他们更熟悉波音公司，所以对"星际飞船"疏于监督。2020 年，NASA 商业项目主管史蒂夫·斯蒂奇（Steve Stich）表示，波音公司"星际飞船"首次试飞时出现软件错误，正是由于双方几十年来建立起了某种信任，导致 NASA 开展的审查过少。

---

① 太空发射系统登月火箭在本书英文原版出版近 5 个月后，即 2022 年 11 月 16 日在肯尼迪航天中心首次发射升空。

8 年后，SpaceX 的火箭上遍布 NASA 的标志

波音公司的失误为 SpaceX 带来了机会。2020 年 1 月，他们开展了最后一次无人试飞——空中逃逸试验。"龙飞船"需要证明在紧急情况下火箭也能安全弹射出来，即使火箭在发射过程中的压力峰值时刻爆炸。SpaceX 以优异的表现通过了测试，为 Demo-2（第二次演示）的全面试飞发射奠定了基础。在这次试飞任务中，SpaceX 将首次向空间站运送宇航员。

SpaceX 虽然获得的资金较少，而且要接受更多审查，但仍然先登上了发射台。几十年来，我和许多"太空海盗"一直在为此努力。自 2002 年 SpaceX 成立以来，马斯克及其团队也始终在为这一目标奋斗。Demo-2 定于 2020 年 5 月 27 日进行发射。

SpaceX 和 NASA 几年前就已宣布，将派遣宇航员兼试飞员道格·赫利（Doug Hurley）和鲍勃·贝肯（Bob Behnken）执行此次任务。这个二人组不禁让人联想起 NASA 惯用男性试飞员的历史。他们被选中不仅因为他们接受过大量军事训练，还因为他们彼此存在密切的联系。道格曾是航天飞机最后一次任务的飞行员，这次由他指挥航天计划的首次复飞，其中意义不无感伤。如果"龙飞船"发射并对接成功，他们预计在国际空间站停留 30 至 60 天，然后乘坐同一艘飞船借助降落伞返回海上。

我以为没有什么能阻止我前往观看首次商业载人发射，但到了 2020 年 5 月，新冠疫情肆虐，很多人不得不居家。我们几个来自 NASA 和白宫核心团队的人曾经为此制订政策路线，于是计划通过 Zoom 视频会议远程观看，并约定在新冠疫情结束后的首次发射时到卡纳维拉尔角会面。

NASA 对宇航员在换装室内的准备工作做了报道，只见宇航员们穿着 SpaceX 的新式飞行服，仿佛动画《杰森一家》（*The Jetsons*）中的人物一般，正与埃隆·马斯克和吉姆·布里登斯汀（Jim Bridenstine）交谈。两年多前，特朗普提名吉姆出任 NASA 局长，得到了参议院批准。过去我常到现场参加航天飞机发射活动，这次通过 NASA 的电视台观看实况直播也不失乐趣。

两名宇航员走出门外，前往发射塔，他们像平时一样向家人挥手致意，只不过这次乘坐的不是 NASA 经典的太空车（Astrovan），而是自己的白色特斯拉 Model X。如果有人不明白为什么会有此变化，那么特斯拉汽车这个细节就足以说明问题，因为将宇航员送入轨道的不仅是 NASA，还有一家私营公司。此外，电动汽车上还贴着 NASA 的标志，凸显了 NASA 正欣然让载人航天进入新时代。

汽车、火箭和太空船上无处不在的 NASA 标志用于象征它的转型再合适不过。2012 年，"猎鹰 9 号"火箭首次向国际空间站发射，执行商业载货任务，SpaceX 希望在火箭上加上 NASA 的标志，但 NASA 拒绝了。SpaceX 二把手肖特维尔打电话问我是否可以帮忙，我答应打听一下情况。

我首先打电话给通信主管戴维·韦弗（David Weaver），希望他能告诉我这是低级官员的决定，我们有办法解决。不幸的是，他说供货方遴选委员会主席格斯特明确指示，火箭或太空船上不得出现任何 NASA 的标志。于是我又找到格斯特本人，他解释说这不是 NASA 的火箭，因此律师们才这样决定。我清楚这不是法律问题，但查尔斯不想就此事施压，所以我只好给肖特维尔回电话说我也解决不了这个问题。

8 年后，SpaceX 的火箭和太空船上遍布 NASA 的标志，看起来俨然一辆准备参加纳斯卡大赛①的汽车。我甚至听说肖特维尔又不得不打电话求助，只不过这次请求的内容截然不同：她希望 NASA 在飞船上使用较小的标志，不然太大的深色标志可能会让航天器在重返大气层过程中温度过高，并损坏某些电子设备！

正如我此前所言，多年前 NASA 不愿让标志出现在 SpaceX 的太空船上，根本毫无法律根据。这只是那些别有企图的大小官僚发出的众多"呼吁"之一，查尔斯局长不会对他们置之不理，但新任局长布里登斯汀却不会因此感到愧疚。

为这个四分五裂的国家弥合了一点点分歧，我已不知眼泪为谁而流

2020 年春，美国需要应对的不仅仅是新冠肺炎。5 月 25 日，就在 SpaceX 计划发射的两天前，明尼苏达州明尼阿波利斯市警方因怀疑乔治·弗洛伊德（George Floyd）在便利店使用 20 美元伪钞而将其杀害。在随后几天里，一名警察用膝盖抵住弗洛伊德颈部，致使其无法呼吸的视频在网上疯传。这是一次残忍的杀人行径，是警方长期以来对黑人无端动用暴力的众多事件之一。许多民众忍无可忍，纷纷走上街头抗议。一场以"黑人的命也是命"（Black Lives Matter）为主题的运动席卷了华盛顿，也席卷了整个美国。我和成千上万的人们一起戴着口罩举起标语，参加集会和游行，呼吁开展积极变革。

由于"龙飞船"的首次发射与抗议种族歧视的活动同时进行，人们不可避免地把眼下的情况与 20 世纪 60 年代相提并论。在发射

---

① NASCAR，美国全国运动汽车竞赛。

前举行的新闻发布会上，有记者问 NASA 局长吉姆·布里登斯汀，此次任务能为这个四分五裂的国家带来什么益处。他回答说，他"希望借此弥合分歧，但如果人们认为问题会就此解决，只能说他们的期望太高"。

这位局长的回答反映了 NASA 神话的另一个侧面。"阿波罗 8 号"之所以被世人铭记，是因为这次任务对当时处于挣扎之中的美国来说，无异于一个希望的灯塔。然而，尽管人类在 1968 年第一次从月球上观察地球，宇航员们还在太空中诵读了宗教篇章，但也只是短暂吸引了世人的目光，并没有结束越南战争，也没有结束系统性种族主义和贫困。

1970 年，布鲁斯独奏音乐家吉尔·斯科特·赫隆（Gil Scott-Heron）创作的诗歌《月球上的白佬》（*Whitey on the Moon*）记录了当时显著的文化和种族分歧，将黑人社区的生活——一只老鼠咬了他的妹妹，而他付不起医药费——与白人宇航员登月做了对比。他在诗的结尾写道："要知道，我真是受够了月球上的白佬，我想我会把这些医疗账单，发航空特快专递，寄给月球上的白佬。"

许多主流媒体对 SpaceX 的发射盛况和两天前乔治·弗洛伊德被杀的示威活动进行了分屏报道。我觉得这个国家似乎正在分崩离析。本应保护和捍卫美国价值观的人们不断表现出仇恨和暴力，除此之外很难把注意力转向其他事情。我忍不住想，这次首飞要是被盛赞引领航天进入了新时代，但发射的却是两名白人，又与当前社会脱节，不能不说是某种悲哀。

开展太空探索的那两三个人，无论他们的种族或性别如何，都无法减轻人们为争取衣食住行、医疗保健等基本权利而艰难挣扎的困苦。甚至可以说这种活动恰恰凸显了当今社会日益尖锐的矛盾。

要想开展有意义的社会变革，就需要进行长期的双向沟通，弥合各方的深刻分歧。有主观意愿，才能真正扶持弱势群体。增加宇航员的多样性能够为社会树立榜样，给予那些以为这种活动对自己来说遥不可及的人们一线希望，而对 NASA 来说，要想成就一个更加公正和包容的社会，这只是进行实质性改革的一个部分。

当鲍勃和道格乘坐精心装饰的特斯拉汽车前往发射台时，NASA 的一架直升机在他们上空隆隆盘旋。我知道，眼下的视觉效果并未传递出这一重大成就所蕴含的公共价值——降低了航天运输成本，为社会带来潜在重大利益。这一信息仍有待向公众传达。

在收看电视直播时，我看到了 NASA 的一位前任宇航员加勒特·雷斯曼（Garrett Reisman）。他曾在 SpaceX 工作，那天他没有参与飞行，而是身穿 NASA 独一无二的蓝色宇航员夹克，站在道路一旁。鲍勃和道格的电动汽车播放着两人预选的歌曲一掠而过。NASA 对 SpaceX 建立信任，并接纳 SpaceX 作为合作伙伴，离不开众多人士的努力，而加勒特正是其中之一，他在为两人加油喝彩。尽管双方仍存在文化差异，但这次飞行反映了数以百计像加勒特那样的人的心声，他们为双方成功合作奋斗了十多年。

两位宇航员抵达"阿波罗计划"和航天飞机曾经使用过的发射台后，乘坐电梯来到装修一新的黑白发射塔顶部，准备登上"龙飞船"。NASA 宣布，这艘太空船被命名为"奋进"号，这也是鲍勃和道格曾经驾驶的航天飞机的名字。当 SpaceX 的员工将两人固定在座位上时，我收到一条信息，显示在负责收尾工作的技术团队中，有一人曾荣获布鲁克 - 欧文斯奖学金。我看着玛迪·科蒂（Maddie Kothe）帮宇航员系好安全带，感觉自己与这次飞行任务的联系更深了一层。

几年前，SpaceX"龙飞船"团队的首席工程师给我发来一封电子邮件，标题是"请帮我招募几位优秀女性"。虽然玛迪在斯坦福大学的工程硕士课程几周后就要开始，我还是提议她进行申请。当SpaceX向她发出工作邀请时，她打电话询问我的建议。我们商讨了片刻，她认识到自己之所以想要拿到硕士学位，正是为了将来能够从事SpaceX为她提供的这类工作。

两年后，玛迪参与了有史以来首次商业载人航天飞行，负责对宇航员进行固定。她看起来了无遗憾。

在佛罗里达州的高速公路和海滩上，人们排起了长龙，希望见证这一创造历史的时刻。那些专程来到这个阳光之州的记者和贵宾们都戴着口罩。就连一向热闹非凡的肯尼迪航天中心新闻处也异常安静。当天下午，鲍勃和道格抵达发射台后，天气突然变了脸。倒计时开始，暴风云不期而至，时钟停止在16分53秒。发射时间被重新设定在3天后。

2020年5月30日，天气看上去还是不够好，但SpaceX和NASA一声令下，准备工作再次开始。我们漫不经心地回想上次Zoom视频会议，以为发射活动会再次延迟时，才发现倒计时已在进行之中。刹那间，一切仿佛电影镜头一般，风暴仍在逼近，任务控制中心开始与技术团队逐个确认，得到的回复都是"正常"。

走道开始撤回，飞船在火箭顶部保持着平衡。鲍勃和道格不停颤抖，飞船仿佛一把准备直插天空的利刃。当低温冷却的燃料涌入火箭核心后，火箭开始排气。我承认自己比想象中还要紧张。12年来，我对这一天翘首以盼。我知道一旦出现问题，我必会自责。我虽然没有接触过任何硬件，但参与规划了相关路线，想实现商业载人航天这一目标，所以觉得自己肩负着一定责任。

猎鹰火箭的 9 个发动机点火，在发射台底部明亮的闪光中轰然启动，电源线脱落了下来。火箭上升得越来越快，发动机隆隆作响。当媒体继续分屏报道"黑人的命也是命"示威活动时，"龙飞船"载着鲍勃和道格进入大气层上层，大约一分钟后消失不见。**我不禁热泪盈眶，分不清到底是因为哪一件事情流泪。**

鲍勃和道格继续前进，由"猎鹰 9 号"的上面级 ① 提供动力。在太空舱内，两人仍固定在驾驶座上，但一只镶着亮片的紫色恐龙毛绒玩具漂了起来。他们已经进入了太空！这只恐龙是两人的孩子们挑选的微重力指示器，用来识别他们何时达到失重状态。电视直播中响起了一片欢呼，原来是 SpaceX 的员工正在洛杉矶总部热烈庆祝。他们取得了在许多人看来私营部门根本无法取得的成就，因此完全有权利进行庆贺。

我认为对载人航天来说，火箭的发射和着陆同样重要，所以没有立即宣称这次行动大获全胜，但也有人不像我那么谨慎。特朗普总统、彭斯副总统和 NASA 局长布里登斯汀代表政府，将 SpaceX 演示任务的成功揽到了他们自己身上，这一点无可厚非。在接受媒体采访和在推特上发文时，我也和许多人一样，为他们能够认真负责地实施这个项目表示感谢。特朗普以一贯的作风对自己的参与夸大其词，但他本可以取消这个项目，我很庆幸他没有这样做。

布里登斯汀在推特上写道："在特朗普总统的领导下，我们再次使用美国火箭从美国本土将美国宇航员送入太空。"有些人抱怨总统不该赞同这种说法，但布里登斯汀向总统报告称，这一声明完全属实。在大多数人看来，这就像尼克松将人类第一次登月归功于自己。

---

① Upper stage，指的是在基础级火箭上增加的、具有独立控制系统和动力系统的火箭子级。上面级将有效载荷推进到目标轨道上，安装上面级可以提升火箭的运载能力。——编者注

布里登斯汀进一步表示：“这个项目说明，只有历届政府保持目标的连续性，我们才能获得成功。”他指出，商业载人项目建立在商业载货补给项目的成功之上，而后者由前总统乔治·W. 布什在近15 年启动。他还对前任局长大加揄扬：“作为 NASA 局长，查尔斯·博尔登所做的一切极为出色”，包括在“没有得到国会大力支持的情况下对商业载人项目进行宣传，这个项目的启动和发展，离不开查尔斯·博尔登的卓越贡献”。

我非常钦佩布里登斯汀局长在 NASA 任职期间所做的努力，认为他的言论体现了不分党派的合作精神。或许他不知道，“目标的连续性”始于乔治·W. 布什当政之前，但他一定很清楚，从一开始就真正支持这个计划的是我，而非查尔斯。为了延续 NASA 的父权神话，改写历史和塑造男性英雄显然更顺理成章。但最重要的是，正确的观念才能让我们走到今天。

火箭发射两个月后，在 SpaceX 的努力下，搭载道格和鲍勃的“龙飞船”在墨西哥湾安全着陆。直到此时，我才开始感到由衷的喜悦。

新生力量大获全胜，航天界的派系界限终于模糊

下一次任务名为“SpaceX Crew 1”（SpaceX 首次载人任务），是载人“龙飞船”首次正式运行，计划于 2020 年 11 月进行发射。机组成员由 4 名宇航员组成，分别是迈克·霍普金斯（Mike Hopkins）、维克托·格洛弗（Victor Glover）、野口聪一（Soichi Noguchi）和香农·沃克（Shannon Walker）。他们将飞船命名为“坚韧”号。到了 2020 年 11 月，我们已经习惯在新冠时期离开家中开展短途旅行，因此我再也不愿继续从远处观望。

　　我和丈夫驱车 15 小时前往佛罗里达州，来到发射现场。在航天飞机发射期间，我曾在观景台上与许多贵宾握手，而现在，我们站在副总统彭斯和吉姆·布里登斯汀十英尺（约 3 米）开外，一起凝望"坚韧"号驶入黑暗的天空。我很荣幸受邀作为嘉宾出席，听着耳畔火箭轰鸣，看着 4 名宇航员越飞越高，我感到声波的隆隆震动，心头顿时涌起莫大的喜悦和宽慰之情。

　　虽然国会的资金削减和技术问题导致多次延误，但自"阿波罗计划"以来，在 NASA 的载人航天计划中，只有商业载人项目没有超出计划预算，而且开发成本比以往任何项目都低了一个数量级。在航天飞机退役 8 年 10 个月后，新生力量终于首次大获全胜。NASA 和 SpaceX 在多年间建立起相互信任，正发展成一个合作团队，而排山倒海的非议之声也开始消退。

　　SpaceX 的成功让航天界昔日各派之间的界限逐渐模糊。就连美国军方也承认，航天成本的降低和响应能力的提升极大增强了国家安全。国防部长劳埃德·奥斯汀（Lloyd Austin）在提名确认听证会上表示，航天企业家的不断创新是加强军队实力的一种手段，也是美国提高军队优势的独特方式。国防部其他一些高级官员指出，他们的目标是减少对联邦政府技术团队的依赖，更多依靠正在迅速改变平民世界的科技企业家，如今这一做法已初见成效。

　　《纽约时报》在 2021 年年初报道称，NASA 一改故辙，不再对承包商规定条款，而是出资让众多公司开展竞争，从而为美国提供了最大的太空战略军事优势。文章写道："对奥巴马政府来说，创新飞跃之于美国太空军，正如史蒂夫·乔布斯之于地面电子装备，他们正一层层包围那些专制政府的僵化部委。"《纽约时报》盛赞 NASA 对 SpaceX、蓝色起源和其他创业公司进行相对较少的投资，为美国国家安全带来了异于传统的新优势。《时代》杂志指出，运载火箭的可重复使用性以及卫星成本的减少和尺寸的减小，使军事决策者能够增加反卫星瞄准的难度，甚至在某些情况下，让对手不可能进行反卫星瞄准。

《时代》杂志发表这篇文章的当天一早，不少朋友和前同事都把文章转发给我，他们知道我一定会对此感触颇深。某些领导之所以谴责我们的提议有损国家安全，从来不是出于对国家未来的真正担忧，只不过是想维护自己的利益。

2021年夏，一场私人资助的航天竞赛吸引了全世界的关注，兑现了10年前亚轨道航天旅游的承诺。维珍银河和蓝色起源成功将他们的创始人发射到太空边缘并安全送回，现在他们已经开始运载付费游客。

当时蓝色起源公司宣布，在2021年7月20日，即首次登月52周年纪念日举行的拍卖会上，最终获胜者将与公司创始人杰夫·贝佐斯及其弟弟马克·贝佐斯一起参加首次载人飞行。最初参与"水星13号"项目的一位女性沃莉·芬克（Wally Funk）最终胜出，自20世纪60年代以来，她就一直在等待这个机会。此外，一位荷兰亿万富翁之子也购得一张机票，但价格没有对外公开。

同时间的维珍银河仍处于测试阶段，不过它在蓝色起源官宣的两周后也公布了，说他们创始人理查德·布兰森将参加下次飞行，而下次飞行按计划会抢先蓝色起源一个星期。除驾驶"太空船2号"所需的两名飞行员外，维珍银河团队的3名成员也将与布兰森一起。其中一人是我的朋友和前同事，也是维珍银河华盛顿办事处的负责人，所以我也在她邀请之列，可以前往新墨西哥州的美国航天港观看发射。

　　蓝色起源在宣布首飞日期后被人抢占先机，因此大为光火，于是对自己的航天器"新谢泼德"和维珍银河的"太空船2号"做了公开比较。他们指出，"新谢泼德"能够像火箭一样起飞，所以飞得更高，而且具有逃逸系统和更大的观景窗。连蓝色起源的粉丝都觉得蓝色起源发布的信息多少有点居心不良。比较两家公司的表情包很快在网上流传开来，譬如看哪家的火箭更像阳具。贝佐斯在发射前一天用个人推特账户向布兰森发去一条信息，致以"最美好的祝愿"，并在飞行成功后对他表示祝贺。

　　埃隆·马斯克一反常态，没有理会社交媒体上的口角，只是宣布他将前往观看维珍银河的发射。在活动开始前不久，马斯克带着年仅一岁的幼子和尿片袋来到了贵宾区。几个小时前，布兰森在推特上发布了一张他和赤脚的马斯克互挽手臂的照片，并写道："重要的日子即将到来。很高兴能和朋友共度清晨，开启新的一天。我感觉既美好又兴奋，一切已准备就绪。"后来我听说前一天晚上，马斯克找到布兰森在新墨西哥州的住处，就睡在沙发上。

　　布兰森还说他抢先贝佐斯首飞纯属巧合。这话谁信呢，但如果他真能在如此仓促的时间内做好准备，这番说辞或许还有点可信度。这场活动安排得异常完美。航天港本身就是一个建筑奇迹，也是进行展示的最佳地点。比乘坐垂直的火箭相比，从跑道起飞和降落更便于乘客进行近距离观看。

　　在场的嘉宾看到，巨大的"白骑士2号"机翼下挂着"太空船2号"火箭，开始起飞。在攀升到40 000英尺后，火箭脱落，发动机点火。大约1分钟后，这些新晋宇航员在失重状态下漂了起来，凝望着窗外的地球曲面。在大屏幕上看到我的朋友西里莎·班德拉（Sirisha Bandla）开始了科学实验的测试程序，接着在通过机舱时翻起筋斗，我也不由陶醉其中。大约五分钟后，火箭着陆，我们悬着的心终于放了下来。当"太空船2号"被拖车送上舞台时，音乐家哈立德（Khalid）表演了他专门为这次活动创作的曲子《新常态》（*New Normal*）。

10天后，轮到蓝色起源点火升空。前往得克萨斯州的范霍恩并不比去新墨西哥州的美国航天港更容易，不过7月20日上午，媒体与杰夫·贝佐斯的贵宾仍云集一堂。杰夫不太喜欢出风头，所以这场活动比起布兰森的安排来说相对简单。观众必须距离5英里开外，但可以从大屏幕上收看实况。当杰夫和其他机组成员登上飞船时，人们的兴奋之情溢于言表。

垂直火箭的第一级从发射台上弹起，燃烧了两分钟多一点，将"新谢泼德"送入太空。在经历数分钟失重状态后，四名机组人员系好安全带，打开降落伞着陆，距离一级火箭喷射着尾焰返回的地方不远。

2021年10月，蓝色起源开展了第二次太空之旅，一共搭载了四名乘客，其中威廉·夏特纳（William Shatner）90岁高龄，创下了年龄最大的太空旅客世界纪录，此人曾因扮演《星际迷航》中的舰长詹姆斯·柯克（James Kirk）而家喻户晓。在机组人员从太空返回后，杰夫·贝佐斯立即上前欢迎。夏特纳告诉他："你带给我的这段经历奥妙无穷，远超我的想象。"这位偶像级的演员显然深受打动。"供我们呼吸的空气比皮肤还薄，"他接着说道，"无论通过哪种方式，重要的是，要让每个人都有一次这种体验。"亚轨道飞行之旅只不过个开始，一切才刚刚起步。

2021年秋，SpaceX首次在没有NASA参与的情况下完成了全商业化的轨道飞行任务。4名新宇航员经历了为期3天的训练，一切费用由38岁的亿万富翁企业家贾里德·艾萨克曼（Jared Isaacman）支付。

其余三人经独立选出，期间所有收益都捐给慈善机构。在这次名为"灵感 4"的飞行任务中，除贾里德外，还有一名中奖的幸运儿、一名童年骨癌幸存者和一名教育家兼企业家。贾里德担任指挥官向圣犹达儿童医院捐赠了 1 亿美元，这一数额无人能及。这是首次完全由非政府雇员执行的飞行任务，也是首个男女人数相等的机组。网飞以迷你剧的形式对这次活动进行了系列报道，不禁让我想起 20 年前探索频道为"太空妈妈"项目所做的策划。

NASA 也终于开始为前往国际空间站的旅游航班提供便利。几名前任员工创办了公理航天公司（Axiom Space），作为政府的中介机构。退休宇航员将获得资助，作为导游乘坐"龙飞船"前往国际空间站。2022 年计划开展两次旅行，每次搭载 3 名游客，每个座位的对外价格为 5 500 万美元。

有人贬称"太空旅游"是富人的娱乐项目，这听上去有点道理，但我们可以更深入地分析。旅游业是一个价值近两万亿美元的产业，哪个国家能够吸引最大的市场份额，哪个国家就会获得巨大的经济利益。虽然太空旅游可能要到多年以后才能成为这个市场的重要组成部分，但我们不应忽视让美国主导这一产业的机会。此外，亚轨道航天器有可能在短短 90 分钟内，将货物或乘客从地球上的一点运送到另外任意一点，这个市场也大有可期。

为了开发新兴的太空旅游市场，应对日益老化的国际空间站频发的故障，以及减少每年约 30 亿美元的运行成本，NASA 对过渡到私人拥有和运营的地球轨道实验室表现出越来越强烈的兴趣，并且公布了商业近地轨道目的地（CLD）计划，资助在 2021 年进行的商业空间站开发。

NASA 将按照商业载人和载货项目的模式，依据《太空行动协议》建立合作关系，并在这个 10 年末期签订服务合同。12 家竞标者对最初的招标做出了回应，这增加了人们在不远的将来抵达更多地点的可能，无论他们是游客、科学家还是宇航员。

"我勇敢无畏，我来势汹汹"

对于马斯克与贝佐斯的最终竞争结果，人们做出了许多猜测，不过现在下结论还为时过早，两人分别身为 2020 和 2021 年度全球第一富豪和第二富豪，比较在所难免。

众所周知，历史上每一次重大较量对技艺的提升往往超出个人力所能及的范围。这一"二次幂"理论适用于达·芬奇和米开朗琪罗、爱迪生和特斯拉、莱特兄弟和柯蒂斯、盖茨和乔布斯所带来的进步。马斯克和贝佐斯的共同投资加速了航天业的可持续发展，也彻底改变了游戏规则。

贝佐斯对航天发展的长期愿景包括将破坏环境的产业转移到太空，以确保人类在地球上的生存，而马斯克关心的是让人类在火星上繁衍生息。虽然上述希望经过几代人的努力也难以实现，但他们私人资助的项目大幅降低了航天成本，增强了卫星传输和航天运输的能力，为美国带来了数十亿美元的经济效益。数以百计商业航天公司正在以十年前难以想象的方式推动技术的发展。

截至我撰写本书之际，马斯克以 3 360 亿美元的净资产成为世界首富，而杰夫在最近经历离婚和部分资产剥离后，以 1 960 亿美元的净资产跌至第二。

亚马逊公司逐渐壮大，但是对当地企业和环境造成了巨大影响，它比特斯拉更具争议。人们对亿万富翁的集体抵制对他们的打击大致相同。马斯克有一大批狂热的追随者，但仍有许多人认为，除了制造航天泡沫以外，他们生性贪婪、自私自利，惯于偷税漏税，而这些大男孩制造火箭只不过是为了比赛谁的阳具更大。在航天界，马斯克的火箭无疑"更大"，除非他不小心犯错，否则在未来十年内杰夫不太可能赶得上他。

SpaceX 拥有巨大的领先优势，并且比任何竞争对手进步更快，包括所有大型航空航天公司。对我来说，这一点既了不起又令人生畏。逃离地心引力并非易事，私营部门将来同样不可能百战百胜。私营部门必须为客户负责，一步走错就会带来不良后果。只有时间才能证明他们是否能够像过去的 NASA 一样，有机会纠正错误，继续前行。

马斯克在博卡奇卡发射场时，经常住在当地简陋的房子里，但他会买下附近大部分土地，包括整座小镇，一些本地居民怨愤不已。贝佐斯正着手建造一艘价值 5 亿美元的游艇，但也承诺向某个新成立的地球基金会提供 100 亿美元，让他们对抗气候变化造成的不平等以及让经济体系脱碳。两人与前妻和员工均关系不佳，但由于尚在天命之年，只要两人愿意，他们仍有足够的时间，为世人留下更好的遗产和声誉。

两人都将自己对太空的兴趣归结于年少时阅读的科幻小说。亿万富翁们与海因莱因和阿西莫夫之间的相互尊重，让人们得以一窥他们明显的自由主义倾向和以男性为中心的世界观。2021 年年底，哈佛大学历史学教授吉尔·勒波尔（Jill Lepore）受邀为《纽约时报》撰文，强调两人的信仰与 20 世纪 30 年代早期的技术专家治国运动不无相似。当时，同样受到科幻小说启发，技术专家治国运动主张技术和工程可以解决所有政治、社会和经济问题。勒波尔指出，技术官僚不信任民主或政客、资本或货币，甚至反对为个人取名。

正如埃隆·马斯克 2021 年在《周六夜现场》(*Saturday Night Live*) [①] 节目中所言："对那些被我冒犯过的人们，我只想说：我彻底改造了电动汽车，我还要用飞船把人类送上火星。你认为我会是那种头脑冷静的普通人吗?"好吧，虽然他尚未把人类送上火星，但他说得有一定道理。对大多数人来说，拥有如此巨大的权力和财富根本不可想象，因此只要他们与我们生性有异，就很容易遭到非议。

迄今为止，我还没有见过具有类似性格的女人，这一点真的很让人好奇。这也许是因为女性更愿意合作、更少进行竞争的天性，但我仍然认为这种现象至少有部分后天环境影响。在我看来，泰勒·斯威夫特在歌曲《男人》(*The Man*) 中的歌词再真实不过："我会是勇敢无畏的领导者，我会是来势汹汹的引领者，当众人全都信仰崇拜你，那会是怎样的一种感觉?"有朝一日，当某位女宇航员开着特斯拉前往发射台时，我希望汽车里传来的是这首歌。

---

① 美国一档于周六深夜时段直播的喜剧小品类综艺节目。

第十二章
冲破地心引力

　　许多人热衷于拿所谓的亿万富翁太空竞赛开涮，我承认大家对我这几位亿万富翁朋友的一些恶搞的确令人捧腹。比较他们是能引来不少关注，但这种对比并不重要。要想找到美国载人航天活动的真正价值取向，就要对 NASA 内部和外部管理的项目进行分析，而两党的政客都没有看清大局。

　　人们喜欢谴责亿万富翁们动辄斥巨资进行太空冒险，但对国家在 NASA 滞后和低效的项目上花费数十亿美元税款却只字不提，正是这些项目削弱了美国的国际竞争力。这种态度就像当年有人抱怨莱特兄弟在基蒂霍克的试飞只是无事生非，他们宁愿把公众的资金花在让政府进行航空开发上，就算政府研制的飞行器一头栽进了波托马克河。

　　容许个人获得巨额财富的国家政策，航天活动加剧对地球和太空环境的负面影响……人们有完全理由也有必要对此感到担忧。作为民选领导人，他们有责任维护公众福利，也理应制订更有效的环境和税收政策，确保政府的航天计划更好地服务于广大民众。我个人也认同这一价值观，并同样对上述问题感到担忧。我认为我们在制订政策和法规时应加以注意，对那些有益于未来的活动进行激励。在这一点上，我们，或者说我们的政府——难辞其咎。一味指责私人航天企业，而不去批评政府缺乏政治毅力，这种观点只能说貌似有理，实则大谬不然。

时至今日，NASA 的成本问题依然严峻

自尼克松上台以来，NASA 多次奉命降低航天运输成本，这一命令在航天政策中的分量也不断加大。1994 年，克林顿政府的《国家航天运输政策》（*National Space Transportation Policy*）明确重申了这一目标，要求"由 NASA 牵头负责，研究和开发下一代可重复使用的系统"。但政府部门凭一己之力并未取得太大进展，因为要想贯彻政策，就要放弃昂贵的现有操作系统和自私落伍的目标，而我们仍然没有从中吸取教训。

NASA 按照传统合同模式利用太空发射系统和"猎户座"开发载人航天项目，超出预算数百亿美元，而且延迟了五年之久。正如许多人担心的那样，数以万计人员耗费十多年时间研发出来的系统如鸡肋一般，食之无味，弃之可惜，因为系统没有缺陷，却不可重复使用，也不打算实现可持续发展。2021 年 11 月，NASA 的监察长报告称，NASA 计划中的前 4 次发射，政府每次将花费 40 亿美元，其中还不包括大约 400 亿美元的沉没开发成本。政府问责局最近的一份报告也强调了无故滥发奖金的现象，并且发现 NASA 向国会隐瞒了数十亿美元的支出。

与此同时，SpaceX 和蓝色起源都在依靠私人资助，开发重型可重复使用航天器，并很可能以极低的成本提供更好的服务。但如今拜登政府也像过去的两届政府一样，继续无视这些现象，荒谬之举也仍在上演。

副总统彭斯在 2019 年宣布，NASA 将在 2024 年之前实现宇航员登月，此举至少在某种程度上为太空发射系统和"猎户座"分派了任务。当局将这个项目命名为"阿尔忒弥斯"，并大肆宣传这次行动会将第一位女性送上月球。至于"阿尔忒弥斯"的目的地，特朗普总统已多次前后矛盾，与副总统的说法相抵牾，表示美国已经到过月球，这次应该前往火星。但航天工业复合体对这一分歧视而不见，因为无论目的地是哪里，只要能为他们带来合同就行。

NASA 目前的计划是在月球南极建立基地，用于勘探月球资源，并为载人登陆火星的任务做好准备。但这种说法并未得到任何资金支持，因为"阿尔忒弥斯"的用意就是博取眼球，并且已经在航天界大功告成。据估计，NASA 将超出现有预算，每年多支出 300 亿美元，但特朗普政府每年额外申请的只有几十亿美元，更何况国会还将 NASA 申请削减了一半以上。不出所料，为了将第十三个人送上月球，NASA 再次开展了角逐，但哪怕这次登月的人中终会出现一名女性，他们也很难说服民众和部分国会议员。

重返月球的理由既是为了重现冷战时期的竞争氛围（尤其是针对中国），也是希望催生新的"阿尔忒弥斯时代"。NASA 正在鼓吹一套不受约束的登月准则，即所谓的《阿尔忒弥斯协定》（Artemis Accords）。截至作者撰写本书之际，已有其他 12 个国家的航天机构签署了这一协定。"阿尔忒弥斯"被视作美国主导的活动，少数几个国家已经同意提供硬件，一名加拿大宇航员将参加首次轨道飞行。

尽管"阿尔忒弥斯"计划和进度是在建立月球南极基地方案制订前仓促宣布的，但 NASA 始终在努力实现这一目标。太空发射系统的火箭和"猎户座"太空船计划于 2022 年首次试飞，而它们只是执行任务所需的两个要素罢了。此外，NASA 还对我们为小行星任务研发的飞船做了重新调整，让它们成为如今被称作"月球门户"的载人航天枢纽的组成部分，但 NASA 的监察长报告称，由于成本大幅增加，"月球门户"无法及时准备就绪。目前，NASA 正在为最初几次任务制订变通方案。2021 年夏，监察长再次发布报告称，此次任务所需的宇航服将推迟至 2025 年交付。据估计，这两套宇航服将花费纳税人十多亿美元。尽管宇航服的零件由 27 个不同的承包商提供，但 NASA 最近决定将该项目收回"内部"，以便让它重回正轨。

除了"月球门户"空间站和宇航服，月球着陆器、月球车、地面服务设备和各项实验仍处于不同研发阶段。NASA 用于支持"阿尔忒弥斯"计划的地面基础设施即将竣工，但成本已是天文数字。虽然 SpaceX 和蓝色起源已经为类似尺寸的火箭建造或翻新了发射台，但 NASA 还是不惜斥资 10 亿美元，为太空发射系统准备了一整套发射设备。

NASA 与私营企业观念的差异甚至体现在两者在地面运送宇航员的不同方式上。2022 年，NASA 发布了一份关于电动载人运输车的信息征询书（Request for Information，RFI），希望替换过去的太空车，用于将"阿尔忒弥斯"的四名宇航员从换装室送往发射台。换装室到发射台的距离大约 4 英里，除了试运行外，运送活动计划每两年进行一次。信息征询书要求这辆运输车可容纳 1 名司机、4 名机组成员、3 名其他工作人员、6 个设备袋和冷却装置，还要为每位乘客额外留出 2 立方英尺存放杂物的空间。此外，车辆还要有至少 2 扇较大尺寸的车门作为出入口和一个紧急出口。然而，SpaceX 仅使用两辆特斯拉 Model X，就载着四名全副装备的宇航员，经过几乎同样的距离成功抵达目的地，因为他们的太空服不像"猎户座"飞船宇航员的装备那样笨重而已。

党派之争，只会让业界同室操戈

2020 年，拜登成为民主党总统候选人，我支持他参选，并且自告奋勇为航天政策起草了文件。我与其他人共同撰写了一份祝贺声明，拜登在 SpaceX 商业载人任务成功后对外发布这份声明。此外，我还起草了谈话要点，同意在 2020 年 5 月"龙飞船"发射前参与媒体报道。我本来打算加入前参议员尼尔森的行列，但在活动前几天，竞选团队新闻办公室的一名助手打电话给我，告诉我查尔斯会与尼尔森一起参与媒体活动，所以不再需要我的帮助。另一名竞选团队工作人员后来证实，这一改变是应尼尔森的要求做出的。

但我仍然努力协助候选人拜登当选，并在竞选期间继续支持他为航天和气候政策所做的努力。当年夏天，我接到了为拜登组织早期过渡团队负责人的电话，对方询问我对 NASA 审查团队有何建议。后来拜登获胜，我十分激动，并得知我推荐的几位候选人被任命为过渡团队成员，所以只要他们提出要求，我就会热情相助。我一贯支持白宫成立国家太空委员会，因此当拜登政府确认保留这个委员会，并由副总统哈里斯担任主席时，我感到颇为欣慰。

和往常一样，总统就职典礼当天没有对 NASA 局长进行提名。过渡团队任命了一位经验丰富、备受尊敬的专业人员为代理局长。

一系列重大事件让新总统比以往更早制定了载人航天计划。新政府上任两周后，福克斯新闻台的记者克里斯汀·费舍尔（Kristin Fisher）在白宫每日简报会上询问，当局是否支持特朗普总统刚刚成立的太空军。作为回应，新闻秘书珍·普萨基（Jen Psaki）先是轻蔑一笑，然后表示对此自己要做一下调查。于是，军事航天工业复合体立即抓住了这个机会，他们指责总统和新闻秘书没有认真对待这么重要的问题，他们竭力想让白宫为此感到羞愧，然后不得不宣布支持这个新成立的兵种。

这一招非常有效。次日，新闻秘书就在新闻发布会上证实，新政府将保留太空军。同一名记者继续就总统对"阿尔忒弥斯"计划的态度提出了问题。珍·普萨基虽然还是不清楚记者指的是什么，但知道自己绝不能掉以轻心，所以她尽力作答。在随后一天的新闻发布会即将结束时，珍在讲台上抬起头，看着提出上述问题的记者，然后拿出笔记，宣读了刚刚获得的消息："阿尔忒弥斯"是 NASA 一个旨在重新登月的项目，该项目的宇航员中甚至会出现一名女性。她补充说道，这很令人振奋，她也很期待向女儿分享这则消息。接下来，又是一轮对当局是否会保留国家太空委员会的质问，最终航天界如愿以偿，连胜三局，可谓大获全胜。

记者团以发问来推动决策的传统由来已久，而福克斯新闻的记者提问的时机也把握得恰到火候。已经让人觉得航天问题备受瞩目，成了政府班子在上任之初就应优先做出裁决的重大政策问题。在得知提问记者的父母均为宇航员后，人们开始对航天界自利褊狭的本质进行批评，但双方胜负已定，克里斯汀·费舍尔也拿到了好处。

在职新闻工作者或记者热衷于支持航天活动，已经是一件极其普遍的事情。一些推特和宣传视频伪装成"纪录片"，大谈特谈航天任务和火箭发射有多么令人激动和让人充满敬畏，这些内容要比对政府如何使用公款的调查报道常见得多。与其他小众领域的情况一样，那些被这种特定话题吸引的人，通常也是这一行的粉丝。如果有记者想对此进行更彻底的分析，他们就要面临遭到报复的风险。

这种现象很少出现在完全由私人资助的航天活动中，也很少出现在娱乐和体育等领域，因为其中不涉及纳税人的资金，但也不是说完全没有影响。如果新闻记者不奉承一下体育明星、社会名流或NASA的历任局长，他们就有可能失去接触这些人的付费报道的机会。而互联网和社交媒体又为这个独立的第四产业制造了一个悖论，因为线上社交平台能让人们接触到更多信息，但很多信息只是为了博取眼球，并非让大家增长知识，而这又与主流媒体的新闻来源严重分化有关。

2021年3月，拜登总统选择了他的故交、前参议院同事尼尔森担任NASA局长。某个程度上正是因为上述现象，尼尔森的提名受到了普遍好评，但我的观点有些与众不同。应《科学美国人》(*Scientific American*) 之邀，我撰写了一篇专栏文章，对这位参议员的资历表示肯定，但也同时颇为担忧，因为他的提名释放了一个令人遗憾的信号，表明政府制订的目标可能已经落伍。对于NASA局长连续14次由男性出任，很多人也像我一样感到失望。

有传言称，曾在拜登政府NASA过渡团队任职的一名女性帕姆·梅尔罗伊（Pam Melroy）也在争取局长之职。帕姆是宇航员、空军飞行员，也是仅有的两位指挥过航天飞机的女性之一。她拥有韦尔斯利学院和麻省理工学院物理学、天文学、地球和行星科学学位，曾在洛克希德·马丁公司、联邦航空局和国防高级研究计划局担任高级职务。她在航天界备受尊敬，很多人，包括我在内都希望拜登总统能够选择她作为NASA局长。

在尼尔森获得提名一个月后，帕姆被提名出任副局长。有了解两人任命内情者暗示，尼尔森要求在自己的提名公布后再宣布帕姆的提名，以免人们产生混淆，搞不清谁才是真正的主管。在确认听证会上，有人问到他将采取哪些措施来优先确保 NASA 的多样性，尼尔森答道，他的副局长和首席财务官均为女性，仿佛这一点进步已经足够，而这两人不过是 NASA 有史以来的第四位女性副局长和第三位女性首席财务官。

由于尼尔森参议员曾在 2010 年牵头，反对总统和副总统提出的预算案，所以我在专栏文章中对此提出了担忧，担心他并不赞同 NASA 最具创新精神和最成功的项目。不出所料，当选局长后，他对自己当年的做法有着完全不同的记忆。这位 79 岁的老人竭力向商业载人的大旗靠拢。他的前参议员同事、如今已不在参议院的哈奇森作为特邀嘉宾出席了他的确认听证会，鼓吹他们长期以来一直对商业载人的概念及其早期方案表示支持。他们就像深夜节目中的喜剧演员，说变就变，但除非人们对此特别关注，否则很难觉察到这一点，而大多数记者也只是默默一笑，绝不会冒险揭穿，以免自己今后联系不上这位 NASA 的新任领导。

成王败寇，看到原本险些葬送在他们手中的项目现在被这么多人支持，我感到欢欣鼓舞。国会当然是有权质疑新理念的，但他们是不愿接受奥巴马总统的提议，才支持延长巨额航空航天合同，这可是白纸黑字的公开记录。尼尔森他们作为商业载人项目昔日的反对者，拿着方向相反的车票，现在却在竭力追赶疾驰而去的火车，真是滑稽可笑，但终归是令人欣慰的。尽管时任副总统的拜登与 NASA 没有太多交集，但他始终赞同这项计划，并支持奥巴马政府优先确立的政策。

拜登总统为 NASA 制定的第一份预算案包括继续资助商业载人、太空发射系统、"猎户座"和"阿尔忒弥斯",预算额比前一年增加了 6%。由于当局投入数万亿美元刺激国内经济,尼尔森局长游说国会为 NASA 的预算增加 110 亿美元,但截至作者撰写本书之时,NASA 仅获得大约 10 亿美元,主要用于改善基础设施。

尼尔森局长近来表示,"阿尔忒弥斯"将在 2025 年让第一位女性和第一位有色人种登上月球,并且声称"特朗普政府在 2024 年让人类登月的目标在技术不具备可行性"。这与他之前的说法截然相反,但媒体向来对这种自相矛盾之举置若罔闻,因为他们清楚,想要拖延永远都能找到借口。

2021 年的一份监察长报告显示,截至 2025 年,"阿尔忒弥斯"预计将花掉美国纳税人 960 亿美元,但届时仍不可能登陆月球,而年均开支相当于"阿波罗计划"的两倍。NASA 的"土星 5 号"月球火箭在 5 年内执行了 12 次任务,其中 10 次为载人飞行,而太空发射系统在 5 年内至多会发射两到三次。但在这个 10 年中,NASA 一直在订购这项服务,而且还要耗费数十亿美元进行升级,目的是在下个 10 年将宇航员送往火星。庆幸的是,在陈旧的巨物努力吞噬最后的资源时,私营企业仍在不断进化。

开启新时代,总需要非既得利益者发起挑战

在尼尔森的提名获批数周前,NASA 选择 SpaceX 为"阿尔忒弥斯计划"建造月球着陆器。SpaceX 正利用 29 亿美元的固定价格合同,加速开发他们多年来自费研制的星舰。这一选择使 NASA 终于有机会做出转变,摆脱政府所有的发射系统,但目前 NASA 仍为"阿尔

忒弥斯"建造这一代价高昂的系统。如果 SpaceX 取得成功，星舰本身就可以在没有太空发射系统、"猎户座"或"月球门户"的情况下执行整个"阿尔忒弥斯"任务，可以大大降低所需成本，提高服务能力，人类太空探索也会在不远的未来向更可持续的架构转变。

这一消息公布当天，一位仍在 NASA 工作的前同事发了一条信息给我，提醒我在过去十年签订的所有大型载人航天合同中，只有一份是传统国防承包商获得的按照《联邦采购条例》签订的成本加成合同。他写道，NASA 上上下下，过去都"只能小声嘀咕'按照《太空行动协议》提供资金'，而现在大家却在小声嘀咕'成本加成'，好像这是某种癌症一样。这转变有多巨大！"

NASA 一度希望自己的预算足以选出两位月球着陆器的竞标者，但国会的拨款还不够支付一家的费用。由于不存在竞争，NASA 让 SpaceX 承担了大部分责任。竞标失败的团队也提出了几项方案，但成本要翻一番。对于这一结果，他们提出了正式抗议。在最初的抗议失败后，蓝色起源将 NASA 告上法庭，但再次败诉。随后，NASA 计划提出购买附加服务，因此蓝色起源等公司再次有机会就登月计划开展竞争。

许多参众议员当年阻拦 NASA 为商业载人项目引入两个竞争者，如今却说这是建造月球着陆器的必要条件。参议院还通过一项立法，要求 NASA 必须再签一份合同，但国会不会为此买单。这种只下命令不提供资金的做法像往常一样，与其说是党派之争，不如说是只顾自身。

载人着陆系统（HLS）项目不符合固定价格合同的通行标准，因为固定价格合同最适合用于那些众所周知的、成熟的技术项目。但讽刺的是，NASA 甚至愿意为 HLS 签固定价格合同，原因之一是

SpaceX 和蓝色起源都愿意为政府分担成本和风险。假如这个项目是通过传统的成本加成合同进行采购，那么没有人会对 NASA 选择单个承包商感到惊讶。但这次 NASA 遭到抨击，并不是因为 NASA 没有签订两份合同，而是因为胜出者是 SpaceX。

国会本应为 SpaceX 所展示的低成本和高性能感到兴奋，但由于这公司明显有能力控制局势，才会招致阻挠，而这股反对力量仍握有大权。事实上，如果不是 SpaceX 动用自己的资源来开发星舰，政府甚至拿不出建造一个月球着陆器的资金，而"阿尔忒弥斯"也只不过是一个徒有其名的载人航天项目而已。

在推动航天发展一事上，人们往往倾向于把自己对某些知名人士的看法投射到活动本身上去。但就个人而言，我们是否喜欢这些个体的亿万富翁太空巨头无关紧要。众所周知，他们完全可以不向航天公司投资，他们可以把所有财富花在对国家经济毫无益处的物质享受上，也不违反现有法律。

目前，一些"太空海盗"甚至在对谁忠诚的问题上出现了分歧。在这个赛场上，他们的目标不再是让球继续前进，好保持大家的势头，我们现在只是把球打进了红区，就早早宣布获胜。众所周知，美国人钟爱激烈的赛事，而这场比赛比"超级碗"更引人注目，人们会支持不同的队伍。传统参赛方不仅没有退场，而且还制订新方案，同室操戈，助长自相残杀的风气。在我看来，我们仍要紧盯赛场，确保不断取得进步。

面对自利党派的沉重打击，奥巴马当局做出了让步，我则因反对而备受指责。我的人格和爱国精神都遭到了质疑。"太空海盗"们是赞同我的观点的，许多人还公开发表了意见，更重要的是，他们始终没有放弃。

我认为 SpaceX 能够只用十分之一的资金，在太空发射系统启动前，甚至在"重型猎鹰"建造出来之前，就把宇航员送往国际空间站。虽然老牌博彩公司可能不看好这一赔率，但如果有人和我一起下注，哪怕大部分人只敢私下表示认同，如今赢来的钞票恐怕早就存入了银行。这场比赛只不过才刚刚开始。

蓝色起源和 SpaceX 都在自费建造重型可重复使用火箭，并且即将追上政府研发的一次性火箭，而政府已花掉了纳税人数十亿美元，因此政府是否能取得像私企这样的进展，我不抱希望，更无法预测。蓝色起源发射"新格伦"火箭的时间比预计晚了几年，但他们的资金来自内部，所以错过自行设定的期限与他人无关。在星际基地，SpaceX 正利用 NASA 月球着陆器项目的资金，忙于加速星舰的开发。它们似乎进步神速，但我们也不要只看外表。

如果 SpaceX 能在未来几年上线项目，那么行业的竞争局面将再次改观。星舰与以往的航天器大相径庭，甚至比太空发射系统更大，但它与众不同之处并不在于尺寸。按照设计，星舰火箭能够每次承载 100 人，并降落在地球、月球或火星上的任何地方，补充燃料后又能再次发射。

火箭和飞船的每个部件均已在得克萨斯州上空进行了飞行测试。硬件和软件的性能有时能够达到预期，有时不能，但无论如何，这些经验教训都会让下一个版本更好。星舰系统一旦开始运作，就很难预知会产生何种影响，但这种影响无疑是革命性的，许多人曾为此抛洒热血。

而为了维护太空发射系统和"猎户座"，这两个项目的利益相关方也倾注了大量心血。在批评星舰时，他们的说辞往往是，大部分火箭试飞结束后，都不会完好无损。但实际上轨道火箭发射后不可能毫发无伤，因为迄今尚未有人试过动力推进的垂直着陆。在航天界，有些人还是没懂可重复使用性这一概念。

近来，查尔斯表示："如果我们的火箭损失率像埃隆·马斯克大型星舰的损失率一样，那 NASA 只能倒闭，等着被国会关停。"但 SpaceX 的火箭并未"损失"，它们不过是试验品而已。正是这种想法使 NASA 陷入困境，所以才局限于代价高昂的传统项目，放弃对风险作出更为慎重的迭代反应。如今，查尔斯自称是"SpaceX 的忠实粉丝，但对星际飞船持严重怀疑态度"。他在 2021 年年底的一次采访中说，对他来说最大的困难是星际飞船过于庞大。他补充道："假如阿姆斯特朗今天还健在，并且能够与他交谈，他很可能会说：'我从来没有听过这么愚蠢的事。'"也许过去我们曾经按照退役宇航员的想法设计政策和制订计划，但现在这个时代已经一去不返。

我们不妨设想，假如船只、火车、汽车或飞机仍归政府所有，而且在最初设计时只是为了一次性使用，情况又当如何？除非有人找到一种可供重复使用的方法，否则任何交通工具都不会获得太大发展。正如其他所有需要穿越未知环境的活动一样，航天活动的价值取向终于开始朝着正确的一方倾斜。金融投资者也争相涌来，为潜在的梦想之星提供赞助。

要想向新航天时代过渡，就要由非既得利益者利用自己手中的资源，对航天工业复合体发起挑战。正是由于少数"太空海盗"、亿万富翁和政府官员愿意对抗过去互惠互利的庇护制度，航天业才得以实现进步。同一个项目，在创建之初被当权者轻蔑地拒绝，如今倒成为重中之重，他们使用私营部门开发的可重复使用新型技术设备开展航天运输，而成本仅为过去政府拥有和运营项目的一小部分，可想而知它还会有多少潜能。

终有一日，我们会重返太空

人类第一次脱离地球源自与苏联的竞争，但这场角逐催生的是速度而非耐力。虽然这一早期动机可能阻碍了持续发展，但其本意绝不是为了"就此止步"。船只沉没，飞机坠毁，战败国退回，但文明仍在继续演进，毕竟生存的欲望会驱使我们不断开展探索。只有那些懂得如何利用海洋和大气为公益服务的国家才能兴旺发达，无论这种利用是出于恐惧、贪婪还是对荣耀的追求。

探索太空让我们逐渐了解宇宙的奥秘，包括生命如何起源，以及它是否以其他形式存在于其他地方。NASA 开展的行动开阔了我们的眼界，让我们看到地球内部和大气层以外的事物。经历改革的NASA 必将势如潮涨，承载起海面的所有船只。

从进化的角度来看，我们正处于涨潮时期，但速度之快超出了自然界大部分生物的适应能力。进化论认为，动物在近 4 亿年前从海洋中爬上地面，而在此之前，生命有可能从太空来到地球。罗登贝瑞曾告诉我，虽然我们的上一次进化发生在海洋，但他相信太空对我们的吸引力更强，因为我们最终必须重返太空，才能继续生存下去。从那以后，罗登贝瑞的话经常在我耳边回荡。

NASA 属于国家资产，如果进行彻底改革，它就能够继续为人类的持续发展做出重大贡献，无论是在地球之上，还是将来走向太空。近年来，人类活动正在改变我们的家园，而改变的方式我们仅从地球上很难看清。为了理解此时此地正在发生的事情，我们需要从一个全新的角度看待自己，即如何才能将 77 亿人和 870 万物种与银河系或已知宇宙中这颗唯一存在生命的行星联系起来。唯有从这个角度进行审视，我们才能真正明白，为了让地球作为子孙后代的重要家园继续存在，我们应当做些什么。

工业时代让世界人口激增，也第一次让人类离开了地球。到了数字时代，我们已经能够搜集并即时获得来自太空的海量数据，我们进一步了解地球生态系统的模式，并得知大气中的温室气体排量前所未有，而这一现象所造成的气候危机已危及人类的生存。

大气、陆地和海洋的温度持续升高，冰川正在融化，海平面不断上升。这些变化加剧了极端气候事件的发生，灾难性风暴、洪水、干旱，都影响到生态环境的方方面面——空气质量、水资源、粮食供应、生物多样性和疾病。我们所了解的一切生物都处于压力之下。数据显示，在接下来的几十年里——只是地球的一瞬间——人类造成的破坏会失控般加速，而我们将很难甚至无法扭转这种局面。

由于太空探索的不断发展，我们生活在这样一个历史时刻：科技进步让我们了解过去一些发明的负面影响，为我们提供了一个难得而短暂的机会加以纠正。在弄清目前的状况及原因后，我们可以从新的视角找到解决方案。我们现在的所作所为将决定人类的未来。

团结的力量必将让我们克服分歧，迈向更光明的未来

目前，覆盖全球的高保真可验证卫星数据可用于检验减少温室气体排放的政策和条约；先进的传感器技术、大量的数据和广泛的频率分布让我们可以对气候危机进行更精确的测量、建模、预测和调整。而 NASA 拥有丰富的经验、可靠的信誉和专业的技能，可以为这项事业做出更大贡献。

NASA 可以在其现有权限内，制订应对上述挑战的计划。毕竟当初成立这个部门不是为了因循守旧，而是为了突破人类理解的

极限，利用在地球上获得的科技进步，帮助国家解决重大难题。

60多年前，NASA授命探索太空，并成功实现了这一目标，为人类观察自身、观察我们美丽而脆弱的家园提供了一个全新的视角。"阿波罗8号"的宇航员比尔·安德斯（Bill Anders）拍摄了《地球升起》照片，捕捉到地球从月球背后升起的过程。他说："我们历尽艰辛到月球探索，结果最重要的是发现了地球。"

肯尼迪总统的演讲为"阿波罗计划"奠定了基础，他对这一挑战的阐释富于诗意："我们在这片新的海洋上起航，因为我们要获得新的知识，赢得新的权利，而只有这样，我们才能推动人类的进步。"

未来的太空之旅已经开启，它将为我们提供新的知识和资源，同时能让我们更加充分地利用大气和太空科技，应对当前社会最迫切的挑战。我们要把人类的生存空间扩展到地球之外，不仅是为了逃离地心引力，更是为了应对当前的严峻局势。这是一项重大战略。人类面临的风险从未如此巨大，我们可能失败，但绝不会任其发生。

我们所需要的领导人要能提出有效的政策和方案，并且愿意与那些盘根错节、强大的特殊利益集团进行对抗。废除现行政策、撤销因循守旧的官僚机构以及解散军工企业，会直接影响到既得利益者，对于他们来说，这从来都是难以接受的。政府必须适可而止，才能产生更大效益，而我们能否认识到这一点，将决定未来的走向。

我们这代人，目睹美国称雄世界，这多多少少也与美国探索太空的能力有关。不可否认，NASA的改革催生了一批富于创新和行之有效的项目，并为政府部门其他停滞不前的活动照亮了道路。抱残守缺只会剥夺下一代人的机会，让他们无法创造兴旺繁荣的未来。

人类在第一次突破稀薄的大气层后，就得到了一个重要的教训，那就是在这个问题上必须团结协作。只有朝着一致的目标奋斗，我们才能逃离地心引力。团结的力量必将使我们克服客观的分歧，克服不同的外貌、地域、个人喜好和因此产生的不同政治政策。

只要谨记共同的最终目标，我们就能将所获知识用于开展最有意义的行动。这颗生机勃勃的星球、这个我们赖以生存的家园是人类的摇篮，虽然为了继续繁衍生息，我们最终可能离它而去，但即使要在地球上生存下来，我们也要团结一致，下定决心，才能实现大步跨越。正如卡尔·萨根几十年前所言："没有任何迹象表明会有援助自天而降，拯救我们脱离苦海。"

致 谢

NASA 在美国的国民精神中占有举足轻重的地位，因此经常被人怀念。政治和航天的交集，不仅被好莱坞津津乐道，也成了学术界的剖析对象，但两者关系的实质始终笼罩在迷雾之中。过去十年，载人航天历经重大变革，不断有记者和历史学家对此发表看法。

NASA 前政治领导人的回忆录总是在他们离职后格外引人关注，因此也引发了许多猜测和间接解读。我撰写本书是为了讲述自己的观点，并且希望揭开美国载人航天的神秘面纱，展露其间的政治斗争，并以其他政府项目为例提出了改进办法。

2013 年，在离开 NASA 后不久，我开始考虑以此为主题写一本书。我列了很多大纲，偶尔也会草草记上几笔，但始终没有太大进展。合作是我职业生涯的主要信条，我发现自己之所以总是搁笔，正是因为缺少了这个元素。因此，我想要寻找一位新闻记者，以填补我对这个领域当前发展的知识空白。2019 年春，我在推特上冒昧地向 @thesheetztweetz——全国广播公司财经频道的记者迈克尔·希茨发去一条私信。我们之前从未交谈过，但希茨随即做出了回应，并表示他对这个话题很感兴趣。

接下来的一年里，我们偶尔会在纽约市和华盛顿特区会面，我们开始了合作。受到 SpaceX 第二次演示任务的鼓舞，我们宣布了写作计划，全国广播公司财经频道也在 2020 年 5 月发布了第一章的部分草稿。疫情让我们的会面变得十分困难，但故事不断展开，我感到自己思如泉涌。即便如此，希茨提供的见解和早期的帮助功不可没。我写这本书因他的参与获益良多，我对希茨的建议和友情也由衷感激。

我还要对过去和现在的许多同事致以谢意，他们百忙之中为本书的创作接受采访和随机调查，并进行校阅，他们包括：罗伊斯·达尔比（Royce Dalby）、丽贝卡·斯皮克·凯泽（Rebecca Spyke Keiser）、乔治·怀特塞兹、贝丝·罗宾逊、凯西·汉默（Casey Handmer）、菲尔·麦卡利斯特、里奇·莱什纳、丹·哈默（Dan Hammer）、威尔·波梅兰茨、詹姆斯·蒙西（James Muncy）、戴维·韦弗、劳里·莱辛、菲尔·拉森（Phil Larson）、杰夫·曼伯、马克·阿尔布雷奇特，考特尼·斯塔德（Courtney Stadd）、伊莉斯·尼尔森、丹·戈尔丁和艾伦·拉德维格（Alan Ladwig）。我的出版商、戴弗森出版社的斯科特·韦克斯曼（Scott Waxman）和编辑基思·沃尔曼（Keith Wallman），感谢你们看好我和我的故事。我还要感谢戴弗森出版社的埃文·菲尔（Evan Phail），是他一路指引我，引领我穿过神秘的出版世界。

作者们在书中对家人表示感谢的传统由来已久，但我现在明白此举理所应当。戴夫、韦斯和米契·勃兰特阅读并编辑了本书的许多版本，提供了很多宝贵意见。他们不仅学会了在没有我的情况下打理自己的生活，而且两年来始终对我在这个话题上的喋喋不休十分包容。与此同时，戴夫还要经常自己参加社交活动、担负起育儿和遛狗的责任，尽管这些对他来说可能早已司空见惯。我的母亲、妹妹、妹夫和很多朋友都曾读过本书草稿，提出了建设性的批评意见并对我进行鼓励。家人和朋友们的关爱和支持，我永远满怀感激。

著书立说对任何人来说都是一项艰巨任务，对我们这些非专业作家来说，更是一项特殊的挑战。要在政策细节和个人故事之间取得平衡，有时意味着对书中的问题以及我身边和我关切的人物的微妙之处只能一笔带过。这些妥协之处使我不能一一细表所有值得赞扬的人物和技术细节，但我也希望这有助于读者理解书中的叙述。

当权者通常喜欢为自己笼罩一层秘密的面纱，但公务人员的行为应该经得起公众的审视。在书中，那些反对我的观点，认为不需要进行改革的人们并不是坏人。在我看来，他们只是某种制度的产物，而在这种制度中，他们能够利用自己的职务获得特权。权力殿堂中充斥着这样的人物，长此以往他们只会更加固执己见和我行我素。作为个人，他们在职业生涯中为国家和航天计划做出了许多积极贡献。本书讲述的人物互动，并非为了抹黑他们，或是否定他们的成就。将同事们的良好声誉和无数善举与我后来的遭遇放在一起，只会令人困惑。我把我所认为的不当之举公之于众，不是出于怨恨，而是坚信阳光可以成为强有力的杀菌剂。

我在整本书中尽可能使用原始材料，但如果其他人对同一事件或对话的回忆或解释有所不同，那我对自己叙述中的疏漏表示歉意。对于上文提到曾对本书进行审阅的人们，我均向其提出过请求并获得许可，可以在书中描写我们共同的经历，这些人还包括史蒂夫·伊萨科维茨、菲斯克·约翰逊、彼得·戴曼迪斯和玛丽·艾伦·韦伯

（Mary Ellen Weber）。此外，还有一些人为我提供了背景信息，但要求在书中匿名。我也找过兰斯·巴斯，但未能取得联系。如果他读到本书，我希望在看到"太空妈妈"和宇航员巴斯的内容时，他也能像我一样会心一笑。

我与书中知名人物——奥巴马总统、汤姆·汉克斯、埃隆·马斯克、杰夫·贝佐斯、理查德·布兰森等——的对话都来自我的记忆。虽然近来我没有再与他们进行交谈，但由于这些人地位显赫，我们之间的对话很难忘却。他们很可能不会记得太多，但我希望他们如果读到本书，会认为我的描述没有失实之处。

NASA 的宇航员全都异常勇敢勤奋、头脑聪颖、技术娴熟、体魄强健。鉴于他们所从事的工作，纳税人为他们支付的报酬相当可观，但并不过分，只不过他们很少能够飞往太空。他们不是一个庞大而单一的群体，但为了简明起见，本书有时会将其作为一个群体指称。

虽然不少著名宇航员作为同事和朋友，都曾与我过从甚密，但我仍会将他们奉为英雄。成为这些人的批评对象令我心生畏惧，因为他们被赋予了崇高的社会地位，而与他们的观点相左无异于自寻烦恼。我与书中述及的宇航员英雄之间有过一些"不太积极"的遭遇，而对此进行评价着实让人不安。如果无须叙述这一背景或我们之间的冲突，我就能讲清自己想要传达的信息，我会很乐意这样做。

不是每个职业棒球运动员都能成为一名出色的总经理，不是每个医生都有能力管理好一家医院，同样，不是每个宇航员都能胜任所有职业。NASA 的宇航员接受过专业训练，要在有限的环境和极端的压力中，以及在几乎见不到其他人的情况下，执行复杂而精准的物理和技术任务。这些是他们的超能力。美国健在的英雄人物已所剩无几，而 NASA 的宇航员们在其中独树一帜。

随着越来越多人前往太空旅行，宇航员的神秘感最终会消失殆尽。如今，船长和商业航天公司的飞行员早就不再享有航海或喷气飞机时代早期公众给予的赞誉。同样，只有那些开辟新疆域的人物以及他们所表现出的英雄主义才会被载入史册。可以理解的是，一些宇航员不喜欢扩大这个小圈子，并且很在乎自己的头衔。对我来说，凡是不惜冒着生命危险飞往地面 50 英里以上（美国联邦航空管理局对"太空"的定义）的人们都可以被称作宇航员。

早在 NASA 诞生之前，科幻作家就创造出了"宇航员"一词。20 世纪 20 年代，它首次以书面形式出现，由希腊语"astron"（星）和"nautes"（船员）组成，仿佛宇航员就是在星际穿梭的船员。但这个词语并非总是名副其实。船员可以穿越浩瀚的海洋，也可以在小溪中泛舟。同样，并非所有医生都要给人做手术。即使是 NASA 的宇航员队伍内部，训练的范围和经验的多寡也截然不同。那些曾在月球上行走过的宇航员地位极其崇高。在航天飞机时代早期，驾驶飞船的宇航员有时会认为任务专家和有效载荷专家算不上真正的宇航员。

巴克敏斯特·富勒（Buckminster Fuller）说："在一艘名为地球的小型飞船上，我们都是宇航员。"这也是本书力图传达的信息。与其关注各自的差异，人类更应关注共通之处。我们仿佛地球这艘巨轮上的船员，为了保持这颗星球正常运转，我们必须共同努力。

我对"太空海盗"这个称号的使用似有随意之嫌，如果有人不愿被贴上这个标签或遭到了我的误解，我对此表示歉意。出版社最初考虑用这个词作为书名，因为我写书的目的是为了向他们的探索致敬。正如一切伟大事业一样，我在本书中述及的变革性进步来自无数个人和机构的努力。要想对他们一一褒扬，恐怕会占去太多篇幅，但他们才是新太空时代真正的开启者。

　　本书既不是学术论文，也不是那个时代的历史记载，而只是一本回忆录。毫无疑问，我远没有记下为我们今日所获进展做出过贡献的所有重大人物和事件。疏漏之处因我力有未逮，但绝非有意忽视其重要之处。NASA 是美国的一颗掌上明珠，因此我衷心希望本书提供的视角将使其在未来继续进步，造福全人类。

附　录

ESCAPING
GRAVITY

人类航天大事年表

1957 年　俄罗斯向太空发射第一颗人造卫星"斯普特尼克"

1958 年　艾森豪威尔总统签署法令，成立 NASA

1961 年　4 月，尤里·加加林成为进入太空和绕地球飞行的第一人

　　　　　5 月，艾伦·谢泼德成为第一个进入太空的美国人

　　　　　5 月，肯尼迪总统向国会提议将人类送上月球

1962 年　约翰·格伦成为第一个绕地球飞行的美国人

1967 年　"阿波罗 1 号"失火，导致 3 名宇航员在训练任务中丧生

1968 年　"阿波罗 8 号"首次绕月球飞行

1969 年　"阿波罗 11 号"升空，尼尔·阿姆斯特朗和巴兹·奥尔德
　　　　　林成为首批踏上月球的人类

1971 年　尼克松总统提出建造航天飞机的计划

1972 年　"阿波罗 17 号"升空，哈里森·施密特和吉恩·塞尔南在
　　　　　最后一次阿波罗行动中登上月球行走

1973 年　3 名宇航员抵达美国第一个空间站"天空实验室",在轨道上总计停留 171 天

1975 年　"阿波罗"号美国宇航员和"联盟"号苏联宇航员在太空握手

1981 年　第一架航天飞机在太空飞行

1984 年　里根总统提出建立"自由"号空间站

1986 年　"挑战者"号航天飞机在升空时爆炸,导致 7 名宇航员丧生

1988 年　航天飞机恢复发射

1989 年　第 41 任美国总统布什提出登陆月球和火星的"太空探索计划"

1993 年　"太空探索计划"终止

克林顿总统提议邀请俄罗斯成为发展空间站的合作伙伴,"自由号"空间站后来更名为"国际空间站"

1996 年　NASA 与洛克希德·马丁公司就"X-33 计划"达成协议

2000 年　首批长期驻留的宇航员抵达国际空间站

2001 年　"X-33 计划"终止

2003 年　"哥伦比亚"号航天飞机在重返地球大气层过程中解体,导致 7 名宇航员丧生

2004 年　1 月,第 43 任美国总统布什提出让现有的航天飞机在 2010 年前退役,并在 2020 年前让人类重返月球

10 月,保罗·艾伦和伯特·鲁坦的"太空船 1 号"获得 1 000 万美元的安萨里 X 奖

2005 年　航天飞机恢复发射

2006 年　NASA 授予航天公司星座计划研究合同

2009 年 《美国复苏法案》为 NASA 提供初步资金，启动商业载人项目

2010 年 2 月，奥巴马总统提议取消星座计划，建立商业载人项目

2 月，NASA 授予首轮商业载人项目协议

10 月，国会决定延续星座计划合同，创建了后来的"太空发射系统"

2011 年 4 月，NASA 授予第二轮商业载人项目协议

7 月，航天飞机最后一次飞行

9 月，NASA 向国会提出方案，利用星座计划合同建造太空发射系统

2012 年 NASA 宣布第三轮商业载人项目名单

2014 年 NASA 将商业载人合同授予波音公司和 SpaceX

2018 年 维珍银河的"太空船 2 号"成功搭载两名飞行员往返太空

2019 年 特朗普政府发布政策，表示要让宇航员在 2024 年前重返月球

2020 年 5 月，SpaceX 成功完成首次商业载人发射任务，10 月，机组人员安全返回

11 月，SpaceX 开始定期执行向国际空间站运送人员的商业载人航天任务

2021 年 4 月，NASA 选择太空探索技术研发登月载人着陆系统

7 月 11 日，维珍银河搭载创始人理查德·布兰森与其他 3 名乘客和两名飞行员前往太空

7 月 20 日，蓝色起源搭载创始人杰夫·贝佐斯和其他 3 名乘客前往太空，并于 10 月和 12 月在旅行航班上搭载 10 人前往太空

8 月，波音公司的商业载人项目"星际客船"（Starliner）持续出现问题，试飞仍处于停飞状态

9 月，SpaceX 的"龙飞船"首次执行全平民机组航天任务，搭载 4 人绕地球飞行

GRAND CHINA

中 资 海 派 图 书

[美] 莱斯·约翰逊 著

苏 莹 译

定价：59.80 元

扫码购书

《星际旅行》

写给地球人，掷地有声的星际探索硬核科学创见
严密的逻辑，逼真展现超越时空限制的未来奇景

在浩渺的宇宙中，数千颗系外行星的发现，以及诸如"百年星舰"和"突破摄星"等宏伟计划展开，正将人类对星际旅行的古老梦想逐步转化为现实。

作为美国国家航空航天局（NASA）的资深太空探索专家，莱斯·约翰逊博士将引领我们穿梭于星际物理学的奥秘与尖端技术的前沿。约翰逊博士在《星际旅行》一书中深入探讨了最新的系外行星研究成果，以及科学家在空间推进、动力系统、机器人技术、通信网络等方面的创新突破，为读者揭示了实现星际旅行的可行路径。

然而，星际旅行并非易事，它要求我们面对未知宇宙的挑战。约翰逊博士以严谨的科学态度，细致描绘了宇宙探索中可能遭遇的困难与禁忌，以及人类与技术在这一过程中必须克服的重重难关。

《星际旅行》不仅是一扇窥探宇宙奥秘的窗口，更是一份珍贵的指南，为未来的太空探险家们提供了科学与技术的深刻洞见。它不仅激发了我们对星际旅行的无限遐想，更为实现这一宏伟目标提供了坚实的理论基础和实践指导。

GRAND CHINA

中 资 海 派 图 书

扫码购书

[美] 莱斯·约翰逊

约瑟夫·米尼 著

新宇智慧 译

定价：59.80 元

《未来黑科技通史》

洞悉智造产业机遇与挑战
把握现代科技变革与人类文明演进趋势

- 脑机接口能否让飞行员仅凭大脑操控飞机，为士兵配备力量和速度是人体四肢 5 ～ 10 倍的机械骨骼？
- 只要携带 3D 打印机和特殊材料，就能在月球或火星"复制"出适应独特环境的生命支持系统？
- 以石墨烯作为骨架，添加生物分子，就能形成类器官，甚至催生出赛博世界中的改造人？

在《未来黑科技通史》这本跨越科学、经济、历史的作品中，NASA 物理学家莱斯·约翰逊和纳米技术领域科学家约瑟夫·米尼将带你俯瞰一整部新材料科学发展史，你可以把握近几十年来令人兴奋的创新浪潮，前瞻式地了解石墨烯在人工智能、星际探索、基因工程、脑机接口等前沿领域正在创造的奇迹，深刻洞察现代文明即将面临的崭新纪元。

[肯尼亚] 卡莱斯·朱马 著

孙红贵 杨 泓 译

定价：89.80 元

扫码购书

《逃不开的科技创新战争》

人类如何突破科技创新的困境，打赢一场场从抵制到抵达的战争

《逃不开的科技创新战争》探讨了科技创新在 600 年间如何影响和塑造过去、当下以及未来的社会和经济制度。书中以人造黄油、农业机械化、电力、机械制冷、录制音乐、转基因作物和动物等技术创新为例，揭示了新科技如何诞生、扎根并推动制度变革。

同时，本书作者卡莱斯·朱马将人工智能、在线学习、3D 打印、基因编辑、机器人技术、无人机和可再生能源等现代技术的社会影响置于讨论焦点，指出由科技创新带来的就业、道德、健康和环境等社会问题和其背后深层的经济因素，及其在国际社会之间造成的紧张局势。

朱马强调，尽管如太阳能光伏电池和风力涡轮机等新技术，对于促进各国经济增长、满足大众需求和保护环境至关重要，但常因既有产业和利益相关者的阻力而难以普及。因此，公共领导者需承担起管理技术变革的责任，与科学家、工程师和企业家合作，通过制度调整和公众参与，应对科技创新带来的挑战，促进社会和谐与可持续发展。

GRAND CHINA

中 资 海 派 图 书

[美] 安妮·雅各布森 著

王祖宁 译

定价：89.80 元

扫码购书

《科技掠夺行动》

在美国全球霸权主义泛滥的今天
警惕对原则的破坏和历史的重演

　　第三帝国分崩离析，盟军情报人员缴获的第二次世界大战战利品包括纳粹科学家及其对火箭和生化武器的研究。在一次参谋长联席会议中，美国政府官员将这些人描述为"被选中的、罕见的头脑，我们需要利用他们的源源不断的智力生产力"，并且美国要确保这些智力战利品不会落入苏联手中。1945 年 5 月，由美国政府发动的一个名为"回形针行动"的无头怪即将浮出水面。

　　"回形针行动"招揽了 1 600 多名纳粹科学家。安妮·雅各布森通过采访几十位"回形针"家庭成员、同事和审讯者，查阅纳粹直属后裔提供的档案文件和美国政府内部的机密文件，全景式再现了"回形针行动"这一人类历史上最大规模的科技掠夺行动。雅各布森在文中深入讲述了 21 位在太空军事、生物化学等领域，助美国登上世界科技之巅的纳粹科学家的战后生活，曝光了美国政府以国家安全的名义，窃取多国知识产权，实现技术垄断，发动舆论战、科技战，甚至商业战争谋求世界霸权的绝密历史。

[美] 埃斯瓦尔·S. 普拉萨德　著

刘寅龙　译

定价：98.00 元

扫码购书

《美元陷阱》

一部警醒国人且正式拉响美元陷阱警报的作品
探究人民币国际化新格局与大国货币暗战更优解

《美元陷阱》回顾、分析了美元获得全球经济和货币体系核心地位的过程，并阐释了为什么在可预见的未来，美元作为避险货币、储备货币的霸权地位仍旧坚不可摧。此外，本书还披露：新兴市场日益增长的影响力、货币战争、中美关系的复杂性以及国际货币基金组织等机构的作用，并为修复有缺陷的货币体系提供了新思路。

值得一提的是，《美元陷阱》中大量的数据资料和研究成果，有作者埃斯瓦尔·S. 普拉萨德在国际货币基金组织一线工作 17 年的洞察与分析，有他与康奈尔大学和布鲁金斯学会知名学者的共同研究成果，甚至还有维基解密曝光和披露的档案，这些数据资料与研究成果让读者得以窥见国际金融政策中一些匪夷所思的内幕……

当今世界经济正处于弱不禁风的不稳定均衡状态中。美元陷阱既是一种令人痛苦的束缚，又是一种无可奈何的保护，但深陷其中的人们越来越希望逃离陷阱，路在何方？

GRAND CHINA

中 资 海 派 图 书

[美]鲁奇尔·夏尔马 著

鲍 栋 刘寅龙 译

定价：89.8 元

扫码购书

《国家兴衰》（大趋势前瞻版）

评判新兴市场荣枯经验法则
全球化视角读懂投资新形势

在鲁奇尔·夏尔马看来，全球经济市场像是一片危险又充满机遇的热带丛林，要想在这里存活下去，就需要排除一切杂音和噪声，准确地识别出新兴市场国家即兴或将衰的信号，从周期性的投资疯狂与痛苦中抽离。

夏尔马长达数十年游遍全球的经历，为他判断一国经济走向提供了实际依据，也降低了因市场随机性导致预测谬误的可能。他提出的 10 项规则跳出了传统经济学家的思维框架，以更接地气，但更独特的视角洞察未来 5~10 年的国际经济新形势。

无论是想了解全球经济趋势，还是预判下一轮投资热潮，本书都能给你不一样的解答。

[美] 文卡·文卡查曼 著

谭 浩 译

定价：89.80 元

扫码购书

《数字商业底层逻辑》

构建"规模-范围-速度"生态系统
掌控数字经济的创新变革

《数字商业底层逻辑》将帮助你了解传统企业、科技型创业公司和数字巨头这三类玩家如何构建和参与数字生态系统。你将学会如何通过合作共赢，在动态的商业网络中创造和捕获价值，利用强大的技术驱动组织和人才架构，创建自适应理论，组建数字化团队，构建自己的数字商业规则矩阵。

《数字商业底层逻辑》包含数字化商业战略研究奠基人文卡·文卡查曼三十余年教学、研究与咨询工作的丰富案例与实践经验，涉及金融服务、制造和汽车、交通物流、医疗保健、消费品和零售、媒体和娱乐等多个行业。书中提出的分析和预测已经在全球经济中发挥了作用，向我们证明了数字化转型是对商业领导力的挑战，企业的未来取决于其驾驭数字技术的能力。

READING
YOUR LIFE

人与知识的美好链接

20 年来，中资海派陪伴数百万读者在阅读中收获更好的事业、更多的财富、更美满的生活和更和谐的人际关系，拓展读者的视界，见证读者的成长和进步。

现在，我们可以通过电子书（微信读书、掌阅、今日头条、得到、当当云阅读、Kindle 等平台），有声书（喜马拉雅等平台），视频解读和线上线下读书会等更多方式，满足不同场景的读者体验。

关注微信公众号"**海派阅读**"，随时了解更多更全的图书及活动资讯，获取更多优惠惊喜。你还可以将阅读需求和建议告诉我们，认识更多志同道合的书友。让派酱陪伴读者们一起成长。

ㅅ 微信搜一搜　　🔍 海 派 阅 读

了解更多图书资讯，请扫描封底下方二维码，加入"中资书院"。

也可以通过以下方式与我们取得联系：

📱 采购热线：18926056206 / 18926056062　　📞 服务热线：0755-25970306

✉ 投稿请至：szmiss@126.com　　🌐 新浪微博：中资海派图书

更 多 精 彩 请 访 问 中 资 海 派 官 网　　[www.hpbook.com.cn　⟩]